INA HALLER

AARAUER FINSTERNIS

Kriminalroman

emons:

Bibliografische Information der Deutschen Nationalbibliothek
Die Deutsche Nationalbibliothek verzeichnet diese Publikation in der Deutschen Nationalbibliografie; detaillierte bibliografische Daten sind im Internet über http://dnb.d-nb.de abrufbar.

MIX
Papier aus verantwortungsvollen Quellen
FSC® C083411
FSC
www.fsc.org

Umschlagmotiv: RoFi/photocase.de
Umschlaggestaltung: Nina Schäfer, nach einem Konzept von Leonardo Magrelli und Nina Schäfer
Umsetzung: Tobias Doetsch
Gestaltung Innenteil: César Satz & Grafik GmbH, Köln
Druck und Bindung: CPI – Clausen & Bosse, Leck
Printed in Germany 2019
ISBN 978-3-7408-0513-5
Originalausgabe

Für Urs, Pascale, Rebecca und Manuela

Prolog

Er lehnte sich zurück und betrachtete die Leiche, die vor ihm im Bett lag. Er konnte es nicht fassen, was er vor wenigen Augenblicken erfahren hatte. Sein Leben war zerstört. Nicht nur das. Alles, woran er geglaubt hatte, war zerstört. Unwiederbringlich. Durch sie.

Jetzt hatte sie ihre gerechte Strafe. Sie war aus dem Leben gerissen worden. Mitten in ihrer besten Zeit. Er hatte gehofft, das werde ihm Erleichterung verschaffen. Doch das tat es nicht. Es milderte seine Wut nicht. Im Gegenteil. Sie wurde weiter angestachelt.

Er stand auf und lief vor dem Bett auf und ab. Vor dem Fenster blieb er stehen und starrte in die dunkle Nacht. Die Strassenlaternen waren ausgefallen. Die Schwärze draussen spiegelte seine Gefühlslage wider. Regen prasselte gegen die Fensterscheibe, und eine Böe liess das Glas erzittern. Die schmale Kiesstrasse vor dem Haus konnte er nur erahnen, weil er wusste, dass sie dort war. Das Haus war das letzte in der Sackgasse und befand sich direkt am Waldrand.

Vom Wohnzimmer her hörte er das Schlagen der Uhr. Mitternacht. Er liess seinen Blick über die Dunkelheit schweifen. Bei diesem Wetter war um diese Uhrzeit keiner unterwegs. Hier schon gar nicht. Das war gut so. Kurz verdrängte der Anflug von Panik seine Wut. Beruhige dich. Es hat niemand etwas bemerkt.

Mit der Hand fuhr er durch seine dunklen, kurz geschnittenen Haare. Seine Atmung normalisierte sich. Mit der Zeigefingerspitze strich er durch den getrimmten, gepflegten Bart. Sie hatte den Bart gehasst, ihn aber am Ende geduldet, als er sich durchgesetzt und ihn hatte wachsen lassen. Im Nachhinein kam es ihm vor, als bereue sie, was sie getan hatte, und würde als Strafe seinen Bart ertragen. Beinahe hätte er aufgelacht. Das war lächerlich.

Eine neue Windböe schleuderte Regen gegen das Fenster, und er meinte, draussen ein Bersten zu hören. Ein Schatten raste auf das Haus zu. Er wich zurück. In dem Dunkel glaubte er den Schemen eines Baumstammes zu sehen, der in die Richtung des Hauses gekippt war, es aber knapp verfehlt hatte. Das musste die uralte Eiche sein. Sie hatte sich öfter beschwert, der Baum sei morsch und stelle eine potenzielle Gefahr dar, aber er hatte es nicht übers Herz bringen können, diesen alten Baum zu fällen.

Er stiess die Luft aus, die er angehalten hatte. Knapp daneben war auch vorbei. Das Haus war der Katastrophe entkommen. War das ein Zeichen? Er wandte sich zum Bett. Die kleine Lampe, die auf dem Nachttisch stand, verbreitete schummriges Licht. In diesem Licht schien ihr Gesicht besonders zu erstrahlen, was eine neue Woge der Wut in Gang setzte. Ein Zittern durchlief seinen Körper. Er stellte sich an das Bettende und betrachtete die Frau. Sie strahlte Frieden aus. Fast als würde sie schlafen. Es war, als sei alle Last von ihr abgefallen. Beinahe wirkte sie, als würde sie vor Erleichterung schweben.

Je länger er sie betrachtete, desto deutlicher meinte er, sogar ein Lächeln auf ihrem Gesicht zu erkennen. Die Wut wechselte in Zorn. Er ballte die Hände zu Fäusten. Es war ungerecht.

Sie hatte ihren Frieden gefunden, obwohl es ein schlimmer, aber kurzer Todeskampf gewesen war. Die Erinnerung an ihr verzerrtes Gesicht und die vor Angst geweiteten Augen zauberte ein Lächeln auf seine Lippen, das gleich darauf wieder erlosch. Der Todeskampf mit der damit verbundenen Angst musste vergessen sein. Wie war es nach dem Tod? Er war sich sicher, an dem Ort, an dem sie nun war, gab es keine Schmerzen und keine Angst mehr. Warum war ihm das nicht früher in den Sinn gekommen? Er hätte anders gehandelt. Sie hätte länger leiden müssen. Stattdessen hatte er es abgekürzt. Ein Fehler, der ihm zunehmend keine Ruhe liess.

Er wandte sich ab und nahm seine Wanderung wieder auf.

Die Frage, wie sie ihm das hatte antun können, kreiste unaufhörlich durch seinen Kopf. Eine nächste gesellte sich dazu: Wie war es ihr gelungen, es so lange vor ihm geheim zu halten? Oder anders formuliert: Warum hatte er ihren Betrug nie bemerkt?

Wieder hielt er vor dem Bett an. Sie wirkte wie eine Heilige. Eine Scheinheilige.

«Hexe», murmelte er. «Hoffentlich kommst du in die Hölle.» Gab es überhaupt eine Hölle? Bisher hatte er nie über das Leben nach dem Tod und die Möglichkeiten, die es bereithalten konnte, nachgedacht. Er wünschte sich zu wissen, was passierte und wohin man gelangte. So hätte er vielleicht ein wenig Ruhe gefunden.

Der Zorn bohrte sich wie ein Stachel in sein Fleisch. So würde er nicht weiterleben können. Eine Idee nahm in seinem Kopf Gestalt an. Immer deutlicher trat sie hervor. Das war die einzige Möglichkeit, die er hatte, um Ruhe zu finden. Genau. Das würde er tun. Die notwendigen Angaben dazu hatte er. Er wandte sich ab. Vor der Tür blieb er stehen und blickte zurück.

«Ich werde alles tun, damit du in der Hölle schmorst oder an einem Ort, an dem es nicht angenehm ist und wo es keinen Frieden geben wird. Für alles, was folgt, bist du verantwortlich. Sogar im Tod lädst du weitere Schuld auf dich. Dafür wirst du büssen. Bis in alle Ewigkeit.»

EINS

«Es tut mir leid, dass ich spät bin.» Enrico Bianchi trank in einem Zug das Glas Wasser leer und füllte es am Wasserhahn nochmals auf. Er wirkte genauso erschöpft, wie Andrina sich fühlte. Sie wünschte, es wäre bereits Wochenende, aber leider war heute erst Mittwoch.

Seine fast schwarzen Augen wirkten matt, was diesen Eindruck verstärkte. Seit einem Monat lief viel bei dem Pharmaunternehmen JuraMed, und das schien nun seinen Tribut zu fordern. «Es war ein beschissener Tag.» Mit der Hand fuhr er durch seine dunklen vollen Haare.

«Was ist passiert?» Andrina lehnte sich neben ihn an die Küchenanrichte. Sie löste das Haarband und fasste ihre schulterlangen dunklen Haare zu einem neuen Rossschwanz zusammen.

Enrico griff nach ihrer Hand und verschränkte seine Finger mit ihren. «Köbi hat gekündigt. Ausgerechnet jetzt. In einem Monat kommt ein neues Produkt auf den Markt, und ausserdem ist da die Umstrukturierung des Verkaufs.»

«Köbi? Du meinst Köbi Steiner?»

«Sì.»

«Warum das?» Köbi Steiner war für Enrico mehr als nur ein Mitarbeiter. Der Mittfünfziger war ein Freund und wie eine Vaterfigur für ihn. Wenn Enrico einen Rat brauchte, ging er zu ihm. Das war einer der Gründe, warum er ihn vor einem halben Jahr zum Verkaufsleiter befördert hatte. «Auf Köbi kann ich mich hundertprozentig verlassen», hatte Enrico ihr einmal gesagt.

«Wenn ich das wüsste», seufzte er und nahm einen weiteren Schluck Wasser.

«Hat nichts darauf hingedeutet?»

«Nein.»

«Es muss Anzeichen gegeben haben», hielt Andrina dagegen. «Es muss etwas vorgefallen sein, sonst würde er nicht in dein Büro marschieren und dir die Kündigung übergeben.»

«Er ist nicht in mein Büro marschiert. Sie kam heute als eingeschriebener Brief.»

«Er hat sie dir nicht persönlich gegeben?», fragte Andrina verwundert. So feige hätte sie ihn nicht eingeschätzt.

Sie hatte Köbi Steiner bereits mehrmals getroffen. Er war die einzige Person, die sie von Enricos Mitarbeitern bisher persönlich kennengelernt hatte. Ihr war der Mann mit seiner ruhigen Art sofort sympathisch gewesen. Sie hatte nachvollziehen können, warum Enrico viel von ihm hielt.

«Hast du ihn nicht gefragt?», fragte sie.

«Er war nicht da. Seit dem Wochenende ist er krank.»

«Hast du ihn angerufen?»

«Am Montagmorgen fand ich eine E-Mail von ihm, in der er sich entschuldigte, nicht zur Arbeit kommen zu können. Ich habe versucht, ihn telefonisch zu erreichen, aber er hat nicht abgenommen. Daraufhin habe ich ihm ein WhatsApp geschrieben. Er hat geantwortet, es sei eine Sommergrippe. Er sei heiser und könne nicht reden. Daher sei er nicht ans Telefon gegangen. Er schrieb zudem, er würde sich melden, wenn es besser wäre. Ich fragte ihn, ob er etwas brauche, woraufhin er meinte, er sei gut versorgt. Seine Nachbarin kümmere sich um ihn.»

Andrina konnte sich ein Lachen nicht verkneifen. Köbi Steiner war alleinstehend. Rosa Fankhauser, die ebenfalls alleine wohnte und im selben Alter war, hatte ein Auge auf ihn geworfen. Zwischen den beiden schien sich etwas anzubahnen, hatte Enrico ihr vor Kurzem augenzwinkernd erzählt.

«Das Nächste, das du von ihm gehört hast, war die Kündigung?», fragte Andrina weiter.

«So ist es. Das Telefon hat er wieder nicht abgenommen. Ob er immer noch heiser ist oder einfach nicht mit mir sprechen will, weiss ich nicht.»

Andrina stellte sich vor Enrico, legte die Arme um seine Taille und schaute zu ihm auf. «Besuch ihn! Wenn die Grippe ihn im Griff hat, wird er zu Hause sein. Ich denke, es wird sich alles relativieren. Er könnte sich nicht trauen, dir in die Augen zu schauen, weil ihn die Konkurrenz abgeworben hat.»

«Konkurrenz? Abwerben?»

«Du hast vor längerer Zeit von dieser Praxis erzählt und dass du froh seist, weil das bei JuraMed bisher nicht passiert ist. Ich hätte Köbi anders eingeschätzt, trotzdem könnte das der Kündigungsgrund sein.»

Enrico fasste Andrina an den Schultern und schob sie ein Stück zurück. Lächelnd sah er sie an. «Auf diese Idee hätte ich selber kommen können. Ich sehe zu, mit ihm zu reden. Vielleicht kann ich ihn dazu bringen, sich umzuentscheiden.» Er küsste sie. «Wie geht es dir überhaupt?»

«Ich weiss nicht. Mal habe ich das Gefühl, es ist besser, und im nächsten Augenblick wieder nicht.»

«Ich glaube nicht, dass es der Fisch von vorgestern Mittag war. Wir hatten beide das gleiche Gericht, und ich habe nichts gemerkt.» Sie hatten sich in der Mittagspause in der Stadt getroffen und waren zusammen essen gegangen.

Am Abend hatte Andrina Übelkeit verspürt. Das Unwohlsein hatte sich über die letzten beiden Tage hingezogen. Es war nicht schlimm genug, um sich krankzumelden, dafür aber lästig. Grossen Appetit verspürte sie nicht. Sie fragte sich, wie es beim Apéro sein würde. Nach Hin- und Herüberlegen hatte sie beschlossen zu gehen, weil sie Kilian nicht enttäuschen wollte. Kilian Gerber war neu beim Cleve-Verlag. Er wollte seinen Einstand geben und hatte zu einem kleinen Apéro in den Garten eingeladen. Jeder könne seinen Partner mitbringen. Sie hatte sich mit Enrico bei seinem Haus, unweit der Kunsteisbahn Aarau, in der Nähe des Stadtwaldes verabredet, damit sie gemeinsam hinfahren konnten.

«Es muss nur eins von den Fisch-Chnusperli gewesen sein», sagte sie mit Nachdruck. «Ausgerechnet eins, das auf meinem Teller lag.»

«Mein Angebot mit dem Grappa steht weiterhin.» Enrico

grinste. «Ein guter Schluck würde sämtliche Bakterien oder was sonst nichts in deinem Magen zu suchen hat abtöten.»

Andrina schüttelte den Kopf. «Das ist nichts für mich.»

«Überlege es dir. Ich sollte endlich bequemere Kleidung anziehen.» Er deutete auf seinen Anzug und stellte das Glas in den Geschirrspüler.

Andrina füllte Wasser in ein Glas und trank. Obwohl es bald Ende August war und die Hundstage fast vorüber waren, hatte der Sommer die Schweiz weiterhin im Griff. Zwar war es nicht mehr hochsommerlich heiss, aber das tüppige Wetter heute setzte ihr besonders zu. Für die Nacht waren vereinzelte Gewitter vorausgesagt.

Es klingelte an der Haustür. Enrico kam die Treppe nach unten geeilt. Er brummte einige Worte, die Andrina nicht verstand.

Stimmengemurmel. Die Stimmen wurden lauter, und Andrina hörte zwei Personen, die Richtung Wohnzimmer gingen. Verwundert verliess sie die Küche. Im Wohnzimmer traf sie auf Enrico, der den Anzug inzwischen gegen eine Jeans und ein anderes Hemd getauscht hatte, und einen Mann, den sie nicht kannte. Er musste das gleiche Alter wie Enrico haben und war ebenfalls ein südländischer Typ – dunkler Teint und schwarze Haare. Er war kleiner als Enrico und hatte die Sonnenbrille auf die vollen Haare geschoben. Mit der Hand fuhr er über seinen kurz getrimmten Vollbart. Er trug eine Jeans und ein T-Shirt.

«Andrina, das ist Sergio Moretti, ein Freund von mir», sagte Enrico.

Das Gesicht des Mannes verdunkelte sich für einen Moment, aber nicht vor Verlegenheit, sondern vor Ärger. Warum? Weil sie in den Raum gekommen war?

«Muglièra toja?», fragte er.

Bevor Enrico antworten konnte, fuhr Moretti fort, auf ihn einzureden. Er sprach immer schneller. Andrina stutzte. Das war kein normales Italienisch, obwohl es zwischendurch so klang. Es war schwer, dem Inhalt zu folgen. Hin und wieder gelang es ihr, einzelne Worte herauszufiltern. Bisher hatte sie Enrico nie in diesem Dialekt sprechen gehört, was sie verwirrte. Wenn Andrina und Enrico alleine waren, redeten sie normalerweise italienisch miteinander, und inzwischen war diese Sprache für Andrina zur Selbstverständlichkeit geworden.

Die Wörter flogen hin und her. Freundschaftlich klang es nicht gerade.

Wörter wie *jurnata*, *frate*, *morte* kamen wiederholt vor.

Andrina zuckte zusammen. *Morte* – Tod? Gleich darauf fiel der Name JuraMed. Sätze prasselten gegen Enrico. Zu Andrinas Erstaunen fiel seine Antwort ruhig aus – so, wie er während des Wortgefechtes geblieben war. Andrina verstand immer mehr. Zumindest glaubte sie, den Sinn des Gesagten zusammensetzen zu können. Es schien, als mache Moretti Enrico Vorwürfe, der Eigentümer von JuraMed zu sein. Es klang, als sei es unfair, weil Enrico es zu etwas gebracht hatte im Gegensatz zum *frate*. Bruder? Wen meinte Moretti damit? Marco Feller? Wer war ausserdem Stefano, dessen Name mehrmals fiel?

Wieder flogen Worte hin und her. Das, was Moretti sagte, klang zunehmend wie eine Drohung.

Sie suchte nach einer Möglichkeit, wie sie die Dynamik, die das Ganze entwickelte, durchbrechen konnte, als der Mann unvorhergesehen das Wohnzimmer verliess. Kurz darauf fiel die Haustür mit einem Knall ins Schloss.

Enrico wandte sich ab und starrte aus dem Fenster. Seine Schultern bebten. Andrina wusste nicht, was sie tun sollte. Als er sich nicht rührte, ging sie auf ihn zu und berührte seine Schultern. Enrico drehte sich um, und sie erschrak, als sie sein versteinertes Gesicht sah.

«Was wollte der?», fragte sie.

In Enricos Gesicht arbeitete es. Als er den Mund öffnete, klingelte sein Handy. Er holte es aus der Gesässtasche und nahm das Gespräch entgegen.

Seine Augen weiteten sich, und sein Gesicht wurde blass.

«Ich komme sofort», sagte er in seinem italienisch gefärbten Hochdeutsch und beendete das Gespräch. Er starrte auf das Handy. «*Porca miseria!* Ein Unglück kommt selten allein.» Er hob den Kopf. «Ich fürchte, ich kann nicht mit zu Kilian kommen. Bei JuraMed ist der Alarm losgegangen. Es sieht so aus, als sei jemand eingebrochen. Ich muss sofort in die Firma. Die Polizei ist vor Ort.»

«Und Sergio Moretti?»

«Später. Da möchte ich in Ruhe mit dir darüber reden.»

Betrübt schob Andrina das Velo den Brügglifeldweg entlang und bog in die Bachstrasse Richtung Aarau ab. Vom Brügglifeldstadion schallte Jubel zu ihr. Sie blieb stehen und schaute zurück. Offenbar hatte es ein Tor für die Aarauer gegeben. Heute war das erste Heimspiel der Saison. Andrina überlegte, ob die Mannschaft es dieses Jahr schaffen würde, wieder in die Super League aufzusteigen. Zwar war sie kein Fussballfan, aber sie würde es der Mannschaft gönnen.

Sie wandte sich ab und setzte ihren Weg fort. Besonders grosse Lust hatte sie nicht, alleine zu Kilians Apéro zu gehen. Sie hatte sich auf den Abend gefreut, obwohl sie Angst davor gehabt hatte. Es wäre das erste Mal, Enrico mit zu einem Anlass vom Verlag zu nehmen. Bisher hatten sie es vermieden, Kontakt zu dem Kollegenkreis des anderen zu halten. Diese unausgesprochene Regelung war in erster Linie von Andrina ausgegangen.

Nach der Trennung von Enricos Halbbruder Marco Feller vor eineinhalb Jahren hatte sie befürchtet, jeder werde Enrico mit Feller vergleichen und neugierige oder aufdringliche Fragen stellen. Beispielsweise, ob es ernst mit ihnen war oder wann sie endlich zusammenziehen würden.

Als sie nach der Trennung von Marco Feller mit Enrico zusammengekommen war, hatte sie sich vorgenommen, es langsam und nicht so überstürzt wie damals bei Feller angehen zu lassen. Die Trennung von ihm war für sie schmerzhaft gewesen, obwohl ihr klar gewesen war, dass keine Vertrauensbasis mehr zwischen ihnen existierte, was eine gemeinsame Zukunft unmöglich machte.

Als Andrina bei Feller ausgezogen war, war sie mit ihrer Freundin und Arbeitskollegin Gabi Hug nach dem Tod ihres Mannes in eine Wohnung gezogen, die in der Nähe vom Cleve-Verlag lag, der seine Büroräume an der Entfelderstrasse hatte.

Gabi … Inzwischen war Andrina sich nicht mehr sicher, ob diese WG eine gute Lösung war. Seit ihrer Entführung hatte Gabi sich verändert. Andrina fand es verständlich, aber es betrübte sie, weil ihre Freundschaft von diesen Veränderungen betroffen war. Sie hatte gehofft, dass sie sich nach den Ereignissen vor bald zwei Jahren gegenseitig eine Stütze sein würden. Funktioniert hatte das nicht. Sie gingen sich je länger, je mehr aus dem Weg.

Andrina überlegte, ob sie Kilian absagen sollte. Was sollte sie angeben? Die Übelkeit, die sich wieder verstärkt hatte, seit sie von Enricos Haus losgezogen war? Offenbar stimmte die Aussage, Dinge könnten einem auf den Magen schlagen, vor allem, wenn dieser nicht fit war.

Sie beschloss, trotzdem zu Kilian zu gehen. Das würde sie ablenken. Die nächste Frage war, ob sie mit dem Velo fahren oder lieber den Bus nehmen sollte. Sie fühlte sich mit dem Velo nicht sicher. Zwar war sie stolz darauf, wie weit sie sich von den schweren Rückenverletzungen erholt hatte, die sie sich vor bald zwei Jahren zugezogen hatte. Inzwischen konnte sie ein selbstständiges Leben führen. Sie konnte laufen und hielt – je nach Tagesform – Spaziergänge von bis zu zwei Stunden durch, wenn sie ihre Walkingstöcke mitnahm. Dennoch gab es eine Menge Einschränkungen. Eine davon war ihr Gleichgewichtssinn, was Velofahren zu einer Herausforderung machte. Besonders, wenn die Strecke entlang stark befahrener Strassen führte, wie zum Beispiel zu Kilians Haus in Rombach. Sie ging in Gedanken die Strecke durch. Bachstrasse, Bahnhofstrasse, Kasinostrasse und danach durch die Aarauer Altstadt. Den schmalen Velostreifen über die Kettenbrücke fand sie abschreckend. Andrina beschloss, einen Abstecher zu ihrer Wohnung zu machen, um das Velo zu Hause abzustellen. Sie würde mit dem Bus zur Haltestelle Aarepark fahren und von dort zu Kilian laufen.

Andrinas Gedanken kehrten zu Moretti zurück. Was war das für ein Mann, der aus dem Nichts aufgetaucht war? Andrina forschte in ihrem Gedächtnis nach seinem Namen. Bisher hatte Enrico ihn nie erwähnt. Wenn er tatsächlich ein Freund gewesen wäre, hätte er von ihm erzählt.

Nach einem lang ersehnten Wiedersehen zweier Freunde hatte das Gespräch auch nicht ausgesehen. Im Gegenteil. Morettis Verärgerung war greifbar gewesen. Verärgerung stimmte nicht. Bedrohung passte eher. Warum brachte er bei seinem ersten Besuch JuraMed zur Sprache? Würde ein Freund nicht neugierige Fragen zur Frau stellen, die ins Wohnzimmer gekommen war, und einen dummen Spruch machen nach dem Motto: «Wow, du hast mir ja deine hübsche Frau verschwiegen.» Stattdessen hatte er Andrina nur einen kurzen Blick zugeworfen und sie danach ignoriert.

Mafia, schoss es ihr aus heiterem Himmel durch den Kopf. Andrina blieb stehen und starrte auf den Stadtbach. Zwei Erpel kamen angeschwommen, in der Hoffnung, Brot zu ergattern. Andrina nahm sie nur am Rande wahr.

Enrico stammte aus Süditalien – südlich von Neapel.

Steckte er mit der Mafia unter einer Decke, oder wurde er erpresst? Das konnte und wollte sie nicht glauben. Ausserdem hätte sie es früher merken müssen, falls das so war. Hätte sie das? Nicht unbedingt. Dafür lebte er zu lange in der Schweiz.

Das muss nichts heissen, meldete sich die mahnende Stimme im Hinterkopf.

Andrina erschrak, als die beiden Erpel vor ihr quakten. Sie waren aus dem Bach herausgekommen und auf sie zugewatschelt. Da sie nichts bekamen, taten sie ihren lautstarken Protest kund und kehrten ins Wasser zurück.

Keine Mafia, beschloss Andrina. Nicht Enrico. Genauso

keiner seiner Freunde. Die Stimme im Hinterkopf blieb lästig. Was, wenn doch, flüsterte sie.

***

«Da bist du ja endlich», rief Kilian. Er schüttelte Andrina die Hand und führte sie in seinen Garten.

«Wo hast du deinen Freund gelassen?», rief Lukas, der ihr entgegenkam. «Wolltest du ihn nicht endlich in unsere erlauchte Gesellschaft einführen?»

Enttäuschung, seine Neugierde nicht befriedigt zu bekommen, huschte über sein Gesicht. Beinahe hätte Andrina gelächelt. Lukas war zu einfach zu durchschauen.

«Bestimmt hat sie ihn ausgeladen», sagte Gabi. Das hätte freundschaftliches Geplänkel sein können, wenn es nicht so spitz geklungen hätte.

«Bei JuraMed ist eingebrochen worden», sagte Andrina.

«Oh, der grosse Unternehmer bekommt Probleme?», fragte Gabi.

«Was soll das?», mischte sich Lukas ein.

Wiederholt hatte Gabi ihre Antipathie gegenüber Enrico zum Ausdruck gebracht. Sie hatte darum gebeten, Enrico nicht in ihre Wohnung mitzubringen. Warum sie ihm gegenüber so empfand, konnte Andrina sich nicht erklären. Auf ihre Nachfrage hin hatte Gabi geschwiegen und ihr schliesslich erklärt, sie wolle mit einem Neureichen nichts zu tun haben. Sie könne nicht verstehen, wieso Andrina sich von Marco Feller getrennt habe und sich stattdessen diesem reichen Schnösel an den Hals geworfen hatte. Damit war die Diskussion zu Ende gewesen.

«Eingebrochen?», wiederholte Lukas. «Wieso das?»

«Medikamente können lukrativ weiterverkauft werden», mischte sich Kilian ein.

«Stopp, das habe ich nicht gesagt. Enrico bekam einen Anruf und ist Hals über Kopf losgezogen.»

«Er hat bestimmt Drogen auf Lager», warf Gabi ein.

«Was für Drogen?», fragte Lukas erstaunt.

«Gewisse Medikamente, zum Beispiel die Betäubungsmittel, sollten nicht in die falschen Hände geraten», räumte Andrina ein.

Ging es bei dem Einbruch wirklich darum, fragte sie sich. Das würde zu ihrem Mafiagedanken passen. War der Einbruch eine Warnung? Sie dachte an Moretti. Sein Auftauchen passte zeitlich gut mit dem Einbruch zusammen. Wurde Enrico erpresst? Musste er Schutzgeld zahlen oder wie man das nannte? Konnten Italiener, die in der Schweiz lebten, Opfer solcher Erpressungen werden? Warum nicht, lieferte sie sich die Antwort gleich selbst. Hör endlich damit auf.

Kilian berührte ihre Schulter. «Du bist blass. Ist dir nicht gut?»

Andrina zwang sich zu einem Lächeln. «Der Schock oder das Wetter.»

«Oder beides zusammen.» Lukas reichte ihr ein Glas Wasser. Dankbar trank Andrina einen Schluck.

«Hier.» Kilian hielt ihr einen Teller mit Apérohäppchen hin, und Andrina fragte sich, woher er ihn aus dem Nichts gezaubert hatte. Sie musterte die Häppchen. Ein Pouletspiessli und zwei Schinkengipfeli lagen darauf. Zwei Spiesse mit Trauben und Käse und einer mit Cherrytomaten und Mozzarella. Daneben lag ein kleiner Haufen Chips. Ihr Magen brummte. Sie realisierte, dass sie seit dem Morgen nichts Handfestes gegessen hatte, wenn man von dem halben Sandwich am Mittag absah. Zwar war ihr übel, aber das konnte inzwischen als Hunger interpretiert werden. Dankbar schob Andrina Trauben und Käse in den Mund. Sie beschloss, nicht mehr über den Einbruch und die möglichen Mafiaverbindungen nachzudenken.

Andrina schloss die Tür zu ihrem Zimmer in der WG-Wohnung und legte sich auf das Bett. Sie starrte an die Decke. Sie hatte die Lampe nicht angeschaltet. Nur das Licht von der Strasse erhellte das Zimmer. Von unten her drang das Geräusch vorbeifahrender Autos nach oben. Ihr Zimmer war zur Entfelderstrasse ausgerichtet. Die Geräusche einer befahrenen Strasse waren etwas, an das Andrina sich nicht gewöhnen konnte. Sie wollte trotzdem das Fenster nicht schliessen, denn es war stickig im Zimmer. Wie so oft in den vergangenen Monaten hatte sie sich gefragt, warum sie Gabi das Zimmer auf der anderen Seite überlassen hatte. Dort war die Strasse nicht so deutlich zu hören. Sie hätte ausziehen können. Dazu hatte sie sich allerdings nicht aufraffen können.

Du bist verwöhnt, dachte sie. So schlimm ist es mit der Strasse wirklich nicht.

Sie dachte an Kilians ruhige Wohnlage in Rombach. Er hatte eine schöne Wohnung im Parterre eines Dreifamilienhauses mit einem grossen Garten, den alle im Haus gemeinsam nutzen konnten. Lange hatte sie es bei Kilian nicht ausgehalten. Andrina war nicht in Partylaune gewesen und aus reiner Höflichkeit eine Stunde geblieben. Sie war die Erste, die gegangen war, aber niemand hatte es kommentiert. Nur Gabi hatte Andrina einen unergründlichen Blick zugeworfen.

Andrina streckte sich. Es knackte in ihrer Lendenwirbelsäule – dort, wo sie damals die schweren Rückenverletzungen davongetragen hatte. Es folgte zum Glück kein Schmerz, sondern Erleichterung.

Sie dachte an den langen und mühsamen Weg, den sie gegangen war, um zurück ins Leben zu finden. Das Ziel, selbstständig und nicht auf andere angewiesen zu sein, hatte sie erreicht. Längst war nicht alles gut, aber sie war dankbar dafür, wie es war.

Sie hätte es nie alleine geschafft. Ohne Enrico wäre sie heute nicht da, wo sie war. Sein Glaube an sie und seine mentale Unterstützung hatten ihr geholfen.

Das Handy klingelte. Andrina musste lächeln, als sie auf das Display schaute.

«Land unter», sagte Enrico ohne grosse Einleitung. «Bildlich gesprochen, meine ich.»

«Es ist also wirklich jemand eingebrochen?»

«Ein Fenster wurde eingeschlagen. Ob der Einbrecher bis ins Gebäude vorgedrungen ist, weiss ich nicht.»

«Kennt man den Grund für den Einbruch?»

«Nein. Das werden die Fragen der Polizei sein, die sie mir stellen wird.»

«Wird? Haben sie das noch nicht?»

«Ich warte darauf. Damit will ich sagen, es könnte länger dauern.»

«Von ‹länger dauern› bin ich bereits ausgegangen.»

«Es tut mir leid, dass ich nicht mitkommen konnte.»

«Kilian hatte Verständnis. Er meinte, aufgeschoben ist nicht aufgehoben.»

Ein leises Lachen drang an Andrinas Ohr. «Wie war es?», fragte er.

«Okay.»

«Nur okay?»

«Ich war nicht in Partystimmung. Nach dem Einbruch und nach diesem Moretti. Kann er eventuell mit dem –»

«Moment», fiel Enrico ihr ins Wort. «Ich glaube, ich werde endlich befragt. Ich melde mich morgen bei dir. Irgendwann vor dem Kongress.»

Andrina musterte ihr Handy. Nach einer Weile wurde das Display dunkel.

Ob Moretti mit der Mafia zu tun hatte und daher mit dem Einbruch in Verbindung stand, hatte sie fragen wollen. Sie legte das Handy auf den Nachttisch und starrte an die Decke. Andrina war erschöpft. Allerdings war ihr klar, sie würde nicht schlafen können. Zu viel ging ihr durch den Kopf. Ihr gelang es, Moretti auf die Seite zu schieben.

Über ihr gab es einen dumpfen Aufschlag. In der Wohnung oben musste etwas umgefallen sein. In dem Block gab es immer Geräusche, obwohl man die Nachbarn nicht als laut bezeichnen konnte. Die Leute waren nett. Es wurde gegrüsst, oder man wechselte, wenn genug Zeit war, einige Worte miteinander.

Andrinas Gedanken drifteten zu Enricos Haus und dem Garten. Du kannst zu ihm ziehen. Kaum war der Gedanke im Kopf formuliert, zog sich ihr Magen zusammen. Nein, das konnte sie nicht. Lass solche Gedanken nicht zu.

ZWEI

Andrina streifte die Sandalen ab und lief über den kühlen Rasen zu dem Sitzplatz am kleinen Teich. Sie genoss es, wenn sie in Enricos Garten war. Das Grün um sie herum fehlte ihr besonders, seit sie mit Gabi in einer Wohnung lebte. Sie liess sich auf das bequeme Sofa fallen und schaute zum Haus. Da alles grün war und blühte, fiel ihr auf, wie sich alles verändert hatte. Letzten Herbst hatte er beschlossen, den Garten und die Hausfassade neu zu gestalten. Den Job hatte er Andrina übertragen, und sie war mit dem Gärtner zusammengesessen.

Das Ergebnis konnte sich sehen lassen. Der Efeu war von der Fassade verschwunden. Diese war in einem hellgelben Ton gestrichen worden, zu dem das Blau der Fensterläden passte. Der Garten wirkte wie ein Park im Miniformat, mit dieser gemütlichen Sitzecke und einem Hängekorb unter dem Kirschbaum. Büsche zu den Nachbargrundstücken gaben Sichtschutz. Bei den einzelnen kleinen Beeten hatte Andrina bei der Bepflanzung darauf geachtet, dass das ganze Jahr hindurch eine oder mehrere Pflanzen blühten – so wie im Moment die Bartblume, der Lavendel und die Rosen, die bereits zum zweiten Mal in diesem Jahr Blüten hatten und einen süssen Duft verströmten.

Andrina streckte die Beine aus. Heute war das Rückenturnen, das sie seit einem Jahr zweimal in der Woche besuchte, anstrengend gewesen. Ihr Blick wanderte zur Terrasse. Letzte Nacht war Aarau von Gewittern verschont geblieben. Sie sollte sich endlich aufraffen und die Pflanzen in den Kübeln giessen. Wenn Enrico unterwegs war, übernahm sie diesen Job. Ihr Handy klingelte.

«Ciao, Bella.»

Enrico klang unbeschwerter als am Morgen, als sie miteinander gesprochen hatten, nachdem er Bescheid gegeben hatte, in Basel angekommen zu sein. Er war spät dran, weil er im Stau gestanden war, und hatte gleich zu seinem ersten Meeting gemusst.

«So wie es aussieht, war der Dieb gestern nicht im Gebäude. Es scheint, als habe ihn der Alarm verjagt», hatte er kurz erzählt. Er hatte berichtet, wie lange sich die Abklärungen und Befragungen in der vergangenen Nacht hingezogen hatten. «Sie gehen davon aus, dass der Einbrecher Medikamente stehlen wollte. So weit ist es zum Glück nicht gekommen. Die kurze Nacht steckt mir in den Gliedern. Ich war erst um kurz vor drei Uhr zu Hause.» Andrina hatte gehört, wie er unterdrückt gegähnt hatte. «Ich melde mich am Nachmittag», hatte er zum Abschied gesagt. Aus Nachmittag war nun offenbar Abend geworden.

«Wo bist du?», fragte Enrico.

«Ich geniesse die Kühle deines Gartens und wollte mich um die Terrassenpflanzen kümmern. Wie läuft es auf dem Kongress?»

«Es ist anstrengend. Aber um diesen Ärztekongress komme ich nicht herum.» Enrico lachte leise. «Ich hatte einige Meetings, und die sind gut verlaufen.» Er berichtete von den Gesprächen, die er geführt hatte. «Wie du weisst, gibt es morgen als Abschluss dieses Gala-Nachtessen.»

Andrina verkrampfte sich, da sie wusste, was als Nächstes kommen würde. Bisher war sie darum herumgekommen, als Frau an der Seite des JuraMed-Eigentümers aufzutreten.

«Die Einladung bezieht sich auch auf die Partnerin», fuhr Enrico fort, als Andrina nichts erwiderte. Das hatte er bereits gesagt, als er Andrina davon berichtet hatte. Da Andrina sich nicht dazu geäussert hatte, hatte er es nicht vertieft, wofür sie ihm dankbar gewesen war.

«Es wäre mir wichtig», sagte er leise. «Ausserdem ist morgen Freitag – ideal für einen Ausgang.»

«Okay», hörte Andrina sich sagen, obwohl sie es nicht wollte.

«Danke.» Freude schwang in seiner Stimme mit. «Ich hole

dich morgen Nachmittag ab. So musst du nicht mit dem Zug kommen.»

«Ist gut», murmelte sie. Sie rechnete es ihm hoch an, weil er den Weg von Basel nach Aarau und zurück auf sich nahm.

Kurz setzte Schweigen ein, bevor Enrico das Wort ergriff. «Wo wir gerade dabei sind. Begleitest du mich auch am Montagnachmittag? Wie du weisst, ist da die Einweihung unseres Anbaus mit den neuen Büroräumen.» Eine kurze Pause folgte, als warte Enrico auf eine Antwort. «Ich weiss, es ist ein wenig viel im Moment», fügte er hinzu, als Andrina weiter schwieg. «Das wird sich zum Glück bald ändern. Spätestens im Herbst, wenn wir in die Ferien fahren.»

Wo es hingehen sollte, wusste sie nicht. Enrico hatte ihr erklärt, sie überraschen zu wollen.

«Klar komme ich am Montag mit», sagte sie und bemühte sich, locker zu klingen.

«Du bist ein Schatz», sagte er. Seine Erleichterung konnte Andrina deutlich spüren.

Das neue Schweigen wurde unangenehm, und sie suchte nach einer Möglichkeit, es zu brechen.

«Hast du mit Köbi sprechen können?», fragte sie.

«Leider nicht. Er nimmt nach wie vor das Telefon nicht ab. Es ist, als weiche er mir aus.»

«Das würde ich an seiner Stelle auch. Hast du es von einem anderen Telefon aus versucht?»

«Von einem anderen Telefon?», wiederholte Enrico.

«Er kennt deine Nummer. Daher nimmt er nicht ab.»

«Das ist eine gute Idee. Die andere Möglichkeit ist, bei ihm vorbeizuschauen, wenn die Messe zu Ende ist. So möchte ich das nämlich definitiv nicht im Raum stehen lassen.»

«Ich möchte auch etwas nicht länger im Raum stehen lassen», sagte Andrina. «Jetzt, da du nicht zu einer Befragung oder zu einem Meeting musst.»

«Das ist?» Enrico wirkte erstaunt. Er musste den Nachdruck gespürt haben, mit dem Andrina das gesagt hatte.

«Wer ist Sergio Moretti, und was wollte er?»

Stille. Es war, als hätte jemand den Ton ausgeschaltet. Andrina merkte, wie sie den Atem anhielt.

«Das ist eine Angelegenheit, über die ich nicht am Telefon sprechen möchte.»

«Ist er –»

«Bitte, Andrina, nicht am Telefon. Darüber möchte ich in Ruhe mit dir reden», unterbrach er sie.

Immerhin hatte er «mit dir» gesagt. Das hiess, er würde nichts verheimlichen. Geheimnisse gab es bisher nicht zwischen ihnen. Zumindest hoffte Andrina das. Genauso hoffte sie, er meinte es ehrlich, wenn er sagte, er wolle mit ihr darüber reden, und suchte nicht nach Gründen, es vor sich herzuschieben, oder nach neuen Ausreden. Für den Moment würde sie nicht mehr aus ihm herausbekommen. So viel stand fest. Daher beliess sie es dabei und berichtete über ihren Tag im Verlag.

Nachdem sie das Gespräch beendet hatten, kehrte Andrina zur Terrasse zurück. Sie füllte die Giesskanne.

«Das überlässt du besser mir.»

Andrina fuhr herum.

«Entschuldige, ich wollte dich nicht erschrecken.» Beschwichtigend hob Kurt Marquart die Hände.

«Kein Problem.»

«Du sollst nicht die schwere Wasserkanne schleppen.»

«Das ist kein Problem für mich.» Wie froh war Andrina, das inzwischen so selbstverständlich sagen zu können.

«Trotzdem.» Marquart nahm Andrina die Giesskanne ab.

Andrina musterte den hageren, drahtig gebauten Rentner, der ihnen im Garten half. Früher war er Feller zur Hand gegangen, aber dieser hatte ihn im Winter wissen lassen, sich fortan selbst um den Garten kümmern zu wollen.

Für Marquart war es ein grosser Verlust. Er liebte die Gartenarbeit. «Sie hält mich jung», hatte er Andrina einmal anvertraut.

Tatsächlich sah man ihm sein Alter nicht an. Regelmässig wurde er um zehn Jahre jünger geschätzt, als er in Wirklichkeit war.

Er hatte Andrina angerufen, ob sie jemanden kenne. Kurzerhand hatte Enrico ihn eingestellt. Für den frisch im Herbst umgestalteten Garten könne er gut jemanden gebrauchen, da Andrinas Rücken nicht wieder für Gartenarbeit hergestellt war.

Marquart stellte die Kanne auf den Boden. «Eigentlich wollte ich schauen, ob ich Unkraut jäten kann, aber der Boden ist zu trocken und zu hart.»

«Möchtest du etwas trinken?»

«Gerne einen Schluck Wasser.»

Nachdem Andrina eine Karaffe und zwei Gläser auf den Terrassentisch gestellt hatte, liess sich Marquart mit einem Aufseufzen auf einen der Stühle sinken.

«Das tut gut.» Er musterte Andrina. «Darf ich dich etwas fragen?»

«Kommt darauf an», erwiderte Andrina lächelnd.

«Wann zieht ihr endlich zusammen?»

Die Frage brachte Andrina aus dem Gleichgewicht.

«Entschuldige meine Direktheit, aber habt ihr nicht lange genug gewartet?»

Andrina war unfähig zu antworten. Sie fragte sich, warum Marquart ausgerechnet dieses Thema anschnitt.

«Ich weiss, wie schwer du dich damit tust, dich nach deiner Beziehung mit Marco zu öffnen. Du möchtest keinen zu dicht an dich heranlassen, weil du Angst hast, ihn zu verlieren.»

Normalerweise liebte Andrina Marquart für seine Direktheit. Aber jetzt verwünschte sie ihn, weil er den Nagel auf den Kopf getroffen hatte.

«Ich möchte es nicht überstürzen.»

«Das kann ich verstehen. Ich möchte dir nicht zu nahe treten. Zu lange warten darf man nicht. Du weisst nicht, was morgen ist.» Trauer huschte über sein Gesicht.

Auf einmal wurde Andrina bewusst, welcher Tag heute war und warum Marquart schwarz gekleidet war. Heute vor zehn Jahren war seine Frau unerwartet gestorben. «Eben stand sie noch am Herd, und einen Augenblick später lag sie auf dem Boden», hatte er Andrina erklärt. Im Spital war sie am selben

Tag an den Folgen einer Lungenembolie gestorben. Keiner hatte die Anzeichen dafür gesehen. Besonders Marquart gab sich die Schuld, weil er seiner Frau nicht hatte helfen können.

Abrupt stand er auf. «Ich mache hier fertig», sagte er und verschwand mit der Giesskanne um die Hausecke, um gleich nochmals aufzutauchen. «Enrico ist nicht Marco, auch wenn die beiden Brüder – na ja, Halbbrüder sind.»

«Das bedeutet nicht, dass es automatisch gut geht.»

«Er tut dir gut. Du tust ihm gut. Und wer nicht wagt, der nicht gewinnt. Andrina, bei vielem im Leben ist nicht klar, ob es gut geht oder nicht. Aber wenn man es nicht riskiert oder besser gesagt nicht bereit ist, es auf einen Versuch ankommen zu lassen, wird man es nie wissen. Am Ende ist es zu spät.»

«Was war bei dir und deiner Frau zu spät?», fragte sie.

Kurz nahm sein Gesicht einen verschlossenen Ausdruck an. «Wir haben so viel verschoben und gedacht, wenn wir beide pensioniert sind, haben wir alle Zeit der Welt, das zu tun, was uns Freude macht. Dazu kam es nicht. Kaum hatte Greta mit der Arbeit aufgehört, war es zu Ende.»

Die Trauer war deutlich zu spüren, selbst nach so vielen Jahren. Greta war seine Jugendliebe gewesen, und sie hatten jung geheiratet.

Ihr war zudem klar, warum Marquart gekommen war. Er brauchte Ablenkung.

Andrina trug die Gläser ins Haus und wusch sie ab. Danach wanderte sie durch das Haus. Schliesslich blieb sie am Küchenfenster stehen. Marquart goss die Terrassenpflanzen und schlenderte durch den Garten. Es wirkte, als prüfe er, ob es irgendwo Arbeit gäbe. Andrina wandte sich ab und nahm ihre Wanderung erneut auf. Die Begegnung mit Marquart hatte eine innere Unruhe ausgelöst.

Er hatte recht, musste sie sich eingestehen. Sie sollte nicht länger warten. Das Zeichen musste eindeutig von ihr kommen. Am Anfang ihrer Beziehung hatte sie Enrico erklärt, sie wolle es langsam angehen lassen. Als Reaktion darauf drängte er sie nicht.

Warum hatte sie Angst davor, sich ihm richtig zu öffnen? Lag es wirklich am Zerbrechen der Beziehung zu Feller, bei der sie davon ausgegangen war, sie würden immer zusammenbleiben?

Nach aussen wirkten sie und Enrico wie ein normales Paar, aber ihnen beiden war klar, dass der entscheidende Schritt dazu fehlte. Wie lange würde Enrico Geduld haben? Seit ungefähr einem Monat meinte sie zu sehen, wie er unter der inneren Distanz litt, auf die Andrina ihn weiterhin hielt. Sie hatte das Gefühl, er suche nach einer Möglichkeit, das zu ändern, wusste aber nicht, wie. Warum tat sie ihnen beiden das an? Warum suchte sie unbewusst nach einem Haken, der ihrem Glück im Wege stehen könnte?

Ihre Gedanken kehrten zum Auftauchen von Sergio Moretti zurück. War er so ein Haken, vor dem sie sich fürchtete? Hatte Enrico mit Mafialeuten zu tun? Halt, ermahnte sie sich. Falle nicht in deine altbekannten Zweifel. Vertrauen ist das Wichtigste. Wenn sie das nicht hatte, würde es mit ihr und Enrico nicht gut gehen. Ähnlich, wie es bei Feller gewesen war, nur da hatte das Vertrauen von seiner Seite gefehlt.

Für Andrina sah Moretti wie ein Mafioso aus, was nichts heissen musste. Er war ihr unheimlich, und sie hatte Angst vor ihm empfunden. Was war das Geheimnis aus der Vergangenheit, das um ihn herumschwebte?

Warum war der Einbruch bei JuraMed dazwischengekommen? Wieso musste gerade so viel los sein? Hinzu kam Köbi Steiners Kündigung. Andrina fasste einen spontanen Entschluss. Sie würde Köbi Steiner einen Krankenbesuch abstatten. Vielleicht erfuhr sie seine Beweggründe, die er seinem Chef, obwohl sie befreundet waren, nicht sagen würde. Zuerst wollte sie aber oben die Pflanzen giessen.

Sie ging in den oberen Stock und gab der Palme und der Dieffenbachie im Arbeitszimmer Wasser. Schliesslich stand sie im Schlafzimmer. Sie schloss die Augen und atmete Enricos Geruch ein, der in der Luft hing. Andrina stellte die Giesskanne auf den Nachttisch. Der Länge nach liess sie sich auf sein Bett fallen und presste ihr Gesicht in das Kissen.

Sie drehte sich auf den Rücken und lauschte. Stille. Es war ruhiger als in ihrer Wohnung. Sie verspürte den Wunsch, über Nacht zu bleiben. In Enricos Nähe, auch wenn er körperlich abwesend war. Dagegen würde er bestimmt nichts haben.

«Du vermisst ihn», murmelte sie und musste lächeln. Bisher hatte sie derartige Gefühle ausgeklammert. Sie musste sich eingestehen, wie gut sich das anfühlte. Ja, sie würde heute Nacht hierbleiben. Vorher wollte sie bei Köbi Steiner vorbeischauen. Er wohnte nur fünf Minuten zu Fuss von Enricos Haus entfernt in einem der Wohnblöcke am Waldrand unweit des Häxehüslis.

Andrina nahm ihre Handtasche vom Garderobenhaken und verliess das Haus. Sie machte einen Rundgang durch den Garten. Marquart war anscheinend gegangen. Gemächlich schlenderte sie Richtung Garage, um sich danach rechts zu halten.

«Bonasera.»

Andrina fuhr herum und erschrak, als sie Moretti vor sich erblickte. War er ihr gefolgt und hatte gewartet, bis sie kam? Wieso hatte er nicht geklingelt?

«*Scusi.* Ich wollte Sie nicht erschrecken.» Das klang glücklicherweise nach normalem Italienisch.

«Nessun problema.» Andrina schaffte es zu lächeln, obwohl ihr Herz bis zum Hals schlug.

«Ist Enrico zu Hause?» Andrina machte im Kopf eine Notiz, weil er ihn beim Vornamen nannte. Die beiden mussten also in irgendeiner Form näher bekannt sein. Ob es aber Freundschaft zwischen den beiden Männern war, bezweifelte sie weiterhin.

«*No.* Kann ich Ihnen helfen?»

«Sind Sie seine Frau?»

«Nicht ganz. Ich bin seine Freundin.» Andrina hielt seinem Blick stand und wunderte sich gleichzeitig, wie ein Südländer solch intensiv grüne Augen haben konnte. In dem dunklen Teint leuchteten sie wie zwei Glühwürmchen. Das trug bestimmt dazu bei, ihn als bedrohlich zu empfinden.

«Kann ich Ihnen helfen?», wiederholte sie.

Moretti schien abzuwägen. Offenbar fragte er sich, was und wie viel Enrico Andrina vom gestrigen Abend gesagt hatte.

«Wann kommt er zurück?»

«Er ist geschäftlich unterwegs», antwortete Andrina und flehte Moretti im Stillen an, nicht nachzufragen, wie er Enrico erreichen könne. Sie war sich nicht sicher, ob sie ihm seine Handynummer geben sollte.

Neues Schweigen stellte sich ein. Andrina fühlte sich unter dem prüfenden Blick zunehmend unwohl. Sie schrak zusammen, als er ihr einen kleinen Zettel hinhielt. Sie starrte auf die Hand, ohne die Notiz zu nehmen. Auf der Unterarminnenfläche erkannte sie einen tätowierten Skorpion.

«Könnten Sie ihm das bitte geben, wenn Sie das nächste Mal mit ihm sprechen. Ich wäre froh, wenn er mich anrufen könnte.»

Zögernd nahm Andrina das Blatt entgegen. «Das kann ich machen», sagte sie und hoffte, der Widerwille in ihrer Stimme war nicht zu deutlich.

«Gràzie assàje.» Damit drehte er sich um. Andrina blieb wie angewurzelt stehen und starrte auf die Büsche, um die Moretti gerade verschwunden war. Nach wie vor klopfte ihr Herz bis zum Hals. Als sich der Herzschlag ein wenig beruhigt hatte, senkte sie den Kopf und betrachtete die Telefonnummer. Gleichzeitig überlegte sie, was sie tun sollte. Sie holte ihr Handy hervor und begann ein WhatsApp zu tippen.

Als sie es abgeschickt hatte, fragte sie sich, ob sie das Richtige getan hatte. Hoffentlich war dieser Mann, der, aus welchen Gründen auch immer, Enrico aufgesucht hatte, wirklich kein Mafioso. Ihre Gedanken kehrten unweigerlich zum Einbruch bei JuraMed zurück.

***

Eine ältere Frau hielt Andrina die Haustür auf. Sie nickte ihr dankend zu. Andrina legte die Hand auf das Treppengeländer und stieg die Stufen nach oben. Inzwischen funktionierte das einwandfrei, obwohl sie um den Halt eines Treppengeländers froh war.

Im zweiten Stock fand sie Steiners Wohnungstür sofort und klingelte. Nichts rührte sich. Andrina überlegte, ob sie ein weiteres Mal klingeln sollte. Inzwischen bezweifelte sie, ob ihre spontane Idee wirklich gut war. Sie sollte sich lieber nicht einmischen. Es war eine Angelegenheit von Enrico und JuraMed und nicht ihre.

«Köbi Steiner ist nicht da.»

Als Andrina sich umdrehte, stand sie einer schlanken Frau mit grauen Haaren gegenüber.

«Was möchten Sie von ihm?», fragte die Frau.

«Ich ... wollte einen Krankenbesuch machen.» Andrina verwünschte sich, weil sie stotterte. Sie sollte besser verschwinden, bevor es peinlich wurde.

«Krankenbesuch?»

«Herr Steiner arbeitet in der Firma meines Freundes. Da mein Freund geschäftlich unterwegs ist, bat er mich, bei Herrn Steiner vorbeizuschauen, ob mit ihm alles in Ordnung ist oder ob er etwas braucht.» Etwas Besseres war ihr spontan nicht eingefallen. Erneut verwünschte Andrina sich. Sie ritt sich tiefer in die Probleme hinein. Sie mochte sich Enricos Reaktion nicht ausmalen, wenn er erfuhr, was sie hier tat. Bisher hatte es eine klare Grenze zwischen Andrina und JuraMed gegeben.

Die Frau schaute sie mit einem nicht zu deutenden Gesichtsausdruck an. «Köbi ist nicht krank. Er ist geschäftlich unterwegs. Er musste, Moment ...», sie neigte den Kopf auf die Seite, «in die Westschweiz. Danach wollte er einige freie Tage anhängen und seine Schwester besuchen, die im Jura wohnt.»

Jetzt war es an Andrina, erstaunt auszusehen. «Geschäftsreise? Er ist nicht krank?», stammelte sie. Ihr war bewusst, wie ihr Gestammel herüberkommen musste.

Die Frau zog die Augenbrauen über ihrer Nasenwurzel zusammen. «Wer sind Sie, und was wollen Sie wirklich?»

Der Satz «Wenn Sie nicht gleich verschwinden, rufe ich die Polizei» hing unausgesprochen zwischen ihnen.

«Mein Name ist Andrina Kaufmann. Enrico Bianchi von JuraMed bat mich, rasch vorbeizuschauen, weil Herr Steiner ihm gestern gesagt hat, er fühle sich nicht wohl und könne nicht nach Genf fahren», improvisierte sie. Die Notlüge kam leicht über die Lippen. Genf war ihr spontan in den Sinn gekommen. Hoffentlich stimmte das. Und hoffentlich bekam sie einen einigermassen würdevollen Abgang hin.

Das Gesicht der Frau hellte sich auf. «Mir hat er nicht gesagt, es ginge ihm nicht gut. Ich bin seine Nachbarin.» Sie deutete auf die Wohnungstür gegenüber, die nur angelehnt war. Das musste also Rosa Fankhauser sein, von der Enrico ihr erzählt hatte. «Köbi bat mich gestern, mich um seine Pflanzen und um die Post zu kümmern. Nach dem Kundenbesuch wollte er zu seiner Schwester.»

«Zu seiner Schwester», wiederholte Andrina und schaffte es, die Wörter nicht wie eine Frage klingen zu lassen.

«Richtig. Er sehe sie viel zu wenig und wollte die Gelegenheit nutzen.» Sie holte einen Schlüssel hervor.

«Warum ist Enrico nicht selber hergekommen?», fragte sie, und Misstrauen schlich sich zurück in ihre Gesichtszüge.

«Er ist an einem Ärztekongress in Basel.»

«Stimmt, davon hatte Köbi gesprochen», sagte Rosa Fankhauser. «Ursprünglich sollte er mit, doch es kam das Meeting in Genf dazwischen.»

«Ich werde es Enrico ausrichten, dass Herr Steiner nach Genf reisen konnte.» Andrina hoffte weiterhin, Köbis Nachbarin wunderte sich nicht, weil sie den Job übernahm, sich persönlich nach Köbi Steiners Wohlbefinden zu erkundigen. Wozu gab es heute Handys und E-Mails?

Andrina verabschiedete sich. Erleichtert wandte sie sich zum Gehen. Sie wollte so schnell wie möglich weg. Rosa Fankhauser nickte ihr lächelnd zu und schob den Schlüssel in das Schloss von Steiners Wohnung.

Als Andrina das Haus verlassen hatte, lehnte sie sich aufatmend gegen die Wand neben der Haustür. Hoffentlich erfuhr keiner von ihrer dämlichen Aktion. Im selben Augenblick setzte sich die Gedankenmaschinerie in Gang. Das alles passte nicht zusammen. Irgendwer log hier. Warum meldete Köbi Steiner sich krank, kündigte, erzählte seiner Nachbarin aber, er müsse geschäftlich weg, und bat sie sogar, sich um seine Wohnung zu kümmern? Mehr Widersprüche gab es nicht. Trotz Kündigung hatte er nämlich im Büro anwesend zu sein, es sei denn, er hatte ein ärztliches Attest oder er wäre freigestellt. Letzteres fiel weg, und von einem Attest hatte Enrico bisher nichts erwähnt.

Langsam ging Andrina vom Block weg. Auf halbem Weg drehte sie sich um und blickte die Fassade hoch. Es konnte genauso gut sein, dass sich Köbi Steiner verleugnen liess. Sie fragte sich, welche Fenster zu seiner Wohnung gehörten. Schauten Rosa Fankhauser und er ihr gerade nach? Ein solches Verhalten passte nicht zu dem Mann. Sie liess ihn vor ihrem inneren Auge erscheinen: drahtig gebaut, mit einem wirren weisshaarigen Wuschelkopf, der an Albert Einstein erinnerte. Gutmütige braune Augen, die immer zu lächeln schienen. Ein- oder zweimal waren sie gemeinsam am Abend zum Essen ausgegangen. Der Umgang der beiden Männer war freundschaftlich, vertraut gewesen. Andrina fragte sich, was vorgefallen sein konnte. Gleichzeitig überlegte sie, ob sie Enrico davon berichten sollte, was sie gerade erfahren hatte.

Schwungvoll wandte Andrina sich vom Block ab. Der Schwindel schlug wie aus einem Hinterhalt zu. Sie taumelte, bekam aber zum Glück die Strassenlampe zu fassen. Übelkeit stieg ihre Speiseröhre hoch. Andrina atmete mehrmals tief durch. Es dauerte einen Moment, bis beides verflogen war. Sie sollte einen Arzt aufsuchen. Andrina gab sich eine Frist bis nach dem Wochenende.

DREI

«Hat noch jemand von euch ein Anliegen?», fragte Elisabeth Veldt, die Eigentümerin des Cleve-Verlags, in die Runde. Ihr Blick wanderte von einem zum anderen und blieb an Andrina hängen. «Geht es dir inzwischen besser?»

«Es geht auf und ab.»

Am Vorabend war Andrina zu Enricos Haus zurückgekehrt und hatte sich früh hingelegt. Sie hatte tief und fest geschlafen. Ausgeschlafen war sie am Morgen dennoch nicht gewesen. In ihrem Magen rumpelte es weiterhin.

«Es wäre besser, wenn du dich zu Hause richtig auskurierst.»

«Halb so schlimm», sagte Andrina. «Ich habe nichts mehr für die Sitzung hinzuzufügen.»

«Aber ich», sagte Gabi. Sie straffte die Schultern, und in ihren Blick trat Entschlossenheit und etwas, das Andrina erschreckte.

«Ich bin schwanger. Bald im vierten Monat.»

Stille trat ein. Alle brauchten einen Augenblick, bis sie diese Neuigkeit richtig erfasst hatten.

«Hey, gratuliere», rief Lukas, der sich als Erster gefasst hatte. Gleich darauf stutzte er. «Wann ist der Geburtstermin, und wer ist der glückliche Vater?», fügte er mit der für ihn typischen Direktheit an.

Das war genau die Frage, die sich in Andrinas Kopf formiert hatte, kaum dass Lukas angefangen hatte zu sprechen. Von einem Mann in Gabis Leben wusste sie nämlich nichts. Das musste nichts heissen. So wie Gabi sich von Andrina abgekapselt hatte, konnte sie durchaus jemanden kennengelernt haben. Trotzdem erstaunte es sie, dass Gabi gleich schwanger wurde. Eine neue Frage, ob es Absicht oder ein Unfall gewesen war, drängte sich in den Vordergrund. Verstohlen musterte Andrina Gabi. Nach ihrer Entführung war sie abgemagert gewesen, hatte allerdings im Laufe der Zeit an Gewicht zugelegt. Ob das mit der Schwangerschaft zusammenhing? Als Anzeichen dafür hatte Andrina es bisher nicht gedeutet. Ihr Blick blieb an Gabis Bauch hängen. Egal, ob die Schwangerschaft der Grund für die Gewichtszunahme war, so pummelig wie früher war Gabi bei Weitem nicht.

«Im Winter», beantwortete Gabi Lukas' Frage. Das klang ausweichend. Sie drehte eine Strähne ihrer blonden Haare um den Zeigefinger.

«Und der Vater?», wiederholte Lukas, als Gabi nicht weitersprach. «Den gibt es doch auch.»

Ein Lächeln huschte über Gabis Gesicht, das sofort verschwand, als sie in Andrinas Richtung blickte. Sie reckte das Kinn. «Marco», sagte sie und schaute Andrina herausfordernd an.

«Welcher Marco?», fragte Lukas verdutzt. «Meinst du Andrinas ehemaligen Polizisten?»

«Genau den.»

Andrina wurde übel. «Marco? Du hast nicht gesagt, mit ihm zusammen zu sein», brachte sie hervor.

«Dir muss ich nicht alles sagen.» Gabi erhob sich und marschierte aus dem Sitzungszimmer.

Wie vom Donner gerührt starrte Andrina ihr hinterher. Ausgerechnet Marco. Hatte Gabi sich extra mit ihm eingelassen? Warum? Um Andrina zu … ja, was eigentlich? Zu provozieren? Weil sie gleich von Feller schwanger wurde, was ihr nicht gelungen war?

Andrina überlegte, ob Gabi erreicht hatte, was sie eventuell bezwecken wollte. Machte es ihr etwas aus, dass Gabi mit Feller zusammen war, den sie erfolgreich aus ihrem Leben verbannt hatte? Eine Antwort konnte sie sich auf die Schnelle nicht geben.

Sie spürte Elisabeths und Lukas' Blick auf sich. Kilian sah von einem zum anderen. Seine Frage hing förmlich in der Luft.

«Bereits seit Längerem frage ich mich, was mit Gabi los ist», sagte Elisabeth. «Ihr wart unzertrennlich, doch seit einem

Jahr habe ich das Gefühl, dass zwischen euch etwas vorgefallen ist. Es gipfelte darin, dass sie mich bat, ein anderes Büro zugewiesen zu bekommen.»

Andrina erinnerte sich, wie Elisabeth sie zu sich gerufen und von Gabis Bitte in Kenntnis gesetzt hatte. Seitdem teilte Andrina sich das Büro mit Lukas.

«Zwischen uns ist nichts vorgefallen», sagte Andrina. «Ich weiss nicht, ob es mit ihrer Entführung zusammenhängt. Sie hat sich mehr und mehr zurückgezogen. Auch privat haben wir so gut wie nichts mehr miteinander zu tun, obwohl wir eine WG haben.»

«Wer ist überhaupt Marco?», fragte Kilian.

«Andrinas Freund, von dem sie sich vor eineinhalb Jahren getrennt hat», beantwortete Lukas seine Frage, als Andrina schwieg. «Das ist eine lange Geschichte.» Er wandte sich Andrina zu. Es wirkte wie eine Aufforderung, sich dazu zu äussern. Das wollte Andrina beim besten Willen nicht.

«Du hast nichts davon gewusst?», fragte Kilian. «Ich meine, dass sie mit deinem Ex zusammen ist.»

«Nein.»

«Mit Marco hattest du seit der Trennung keinen Kontakt mehr?», hakte er nach.

«Ich bin aus seinem Leben verschwunden und nicht mehr darin aufgetaucht, wie er es gewünscht hat.» Andrina stand auf und verliess den Raum, sich der Blicke in ihrem Rücken wohl bewusst. Im Gang lehnte sie sich gegen die Wand. Ihr war klar, was ihr zu schaffen machte. Nicht die Tatsache, dass Gabi ausgerechnet mit Feller zusammen war. Sie fühlte sich von Gabi verraten, weil sie es ihr nicht gesagt hatte. Sie sollten dringend miteinander sprechen. Andrina stiess sich ab und öffnete die Tür zu Gabis und Kilians Büro.

Gabi sass vor dem Computer und wirkte konzentriert bei der Arbeit. Andrina schloss die Bürotür und blieb stehen.

«Ich finde es unfair, dass du es mir nicht vorher gesagt hast.»

«Das geht dich nichts an.»

«Dem muss ich widersprechen.»

«Er gehört dir nicht, und daher geht es dich nichts an, was er tut und was nicht.» Gabi funkelte Andrina an. «Ich warne dich, wenn du versuchst, uns auseinanderzubringen.»

Daher wehte der Wind. «Darum geht es nicht, und das weisst du. Zum Beispiel hätte ich ihm in unserer Wohnung plötzlich gegenüberstehen können.» Zwar hatte Gabi ein Männerbesuchsverbot verhängt, weil sie Enrico nicht in der Wohnung haben wollte, aber Andrina war überzeugt, dass Gabi sich nicht daran gehalten hatte. Jetzt kam ihr in den Sinn, einmal gemeint zu haben, einen Rasier-Set im Bad gesehen zu haben. Zuerst hatte sie ihn nur am Rande wahrgenommen. Als sie später nochmals nachgeschaut hatte, war er weg gewesen.

Die Kampfeslust, die Andrina in Gabis Gesicht sah, erschreckte sie. «Du warst eh die ganze Zeit bei Enrico.»

Andrina holte tief Luft. «Seid ihr schon lange zusammen?»

«Ah, Paparazza lässt grüssen.»

«Mensch, Gabi. Was ist los? Warum ist unsere Freundschaft zerbrochen? Liegt es an der Entführung? An Franks Tod? Für all das kann ich nichts …» Andrina brach ab. «Ich wollte für dich da sein, aber du hast mich nicht an dich herangelassen. Zuerst dachte ich, du brauchst Zeit für dich, dann habe ich aber bald gemerkt, dass es einen anderen Grund geben muss, weshalb du dich immer mehr von mir zurückgezogen hast. Was habe ich getan?»

«Falls es dich wirklich interessiert. Seit letztem Winter.» Andrina brauchte einen Moment, bis sie verstand, worauf sich Gabis Antwort bezog. «Kurz vor Weihnachten sind wir uns über den Weg gelaufen.» Andrina hatte das Gefühl, der Boden unter ihren Füssen schwanke. So lange ging das schon? «Eins hat das andere ergeben. Zunächst war es eine Zweckgemeinschaft. Uns beiden hatte das Schicksal übel mitgespielt.»

Andrina setzte zu einer Erwiderung an, aber Gabi hob die Hand. «Du hast ihm übel mitgespielt. So wie du ihn behandelt hast, das hat das keiner verdient. Erst machst du ihm Hoffnung, und im nächsten Atemzug stösst du ihn vor den Kopf.»

Ihre Augen bohrten sich in Andrinas. «Winter sind kalt und dunkel. Besonders nach solchen Erlebnissen und Rückschlägen. Wir waren dankbar, weil wir uns hatten. Nach und nach ist mehr daraus geworden.» Gabi wandte sich dem Bildschirm zu. «Wir ziehen übrigens zusammen. Möchtest du die Wohnung alleine übernehmen, oder wollen wir sie kündigen?»

Andrina liess sich auf Kilians Stuhl fallen. «Ihr zieht zusammen? Ist das nicht ein wenig schnell?»

«Das sagt gerade die Richtige. Wer ist damals nach wenigen Wochen bei ihm eingezogen?» Sie hob den Kopf. «Ausserdem weiss ich im Gegensatz zu dir, was ich will, und veranstalte nicht so ein Theater, wie du es mit Enrico tust. Ich frage mich, wie lange er Geduld mit dir haben wird.»

«Ich …»

«Immer dieses nervige Gerede von ‹Ich will es langsam angehen lassen›», äffte Gabi Andrina nach. Sie stiess ein heiseres Lachen aus. Die Gehässigkeit erschreckte Andrina zutiefst. Die Übelkeit schlug erneut zu. Dieses Mal vermochte Andrina sie nicht zurückzudrängen, und sie stürzte aus dem Raum.

***

Andrina setzte sich auf den Rand der Badewanne und liess den Tag im Verlag Revue passieren. Sie konnte nicht verstehen, was passiert war. Gabis Verhalten ihr gegenüber hatte eine neue Dimension angenommen. Sie benahm sich angriffslustig und verletzend. Den ganzen Tag hatte sie sich gefragt, woran das liegen konnte. Andrina meinte, Angst hinter Gabis Auftreten zu erkennen. Ihr wurde einiges an Gabis Verhalten der letzten Monate klar. Je länger sie darüber nachdachte, desto sicherer wurde sie sich. Gabi befürchtete, Andrina könnte versuchen, Feller wieder zurückzuerlangen. Konnte sie damit recht haben? Andrina horchte in sich hinein. Leere. Sie empfand eindeutig nichts mehr für Feller. Das hatte sich seit ihrer Trennung nicht geändert. Gabi konnte zusammen sein, mit wem sie wollte. Dennoch fühlte sich Andrina verletzt.

Das Kind. Das war der Grund. Gabi wurde einfach schwanger. Ihr ging Andrinas Herzenswunsch, den sie während ihrer Beziehung mit Feller gehabt hatte, in Erfüllung. Sie hatte innerhalb kurzer Zeit das geschafft, was Andrina damals nach den Jahren, in denen sie zusammen gewesen waren, nicht gelungen war. Ihr Magen zog sich zusammen, wenn sie daran dachte, wie sie sich gewünscht hatte, endlich schwanger zu werden. Nach einer Fehlgeburt hatte es nie mehr geklappt.

Nach der Trennung hatte Andrina diesen Wunsch so weit zurückgedrängt, bis er kein Thema mehr war. Ein Kind hätte bedeutet, Enrico zu dicht an sich heranzulassen, wozu sie nicht bereit gewesen war und immer noch nicht war.

Ihre Gedanken drifteten zu dem verhängnisvollen Sommer zurück. Fellers Misstrauen ihr gegenüber und wie er sie wie eine Schwerverbrecherin behandelt hatte. Damals war etwas in ihr kaputtgegangen. Etwas, das nicht nur die Beziehung zu Feller betraf, sondern die zu Enrico behinderte.

Damals war ihr bewusst geworden, wie stark Feller sich verändert hatte. Wie hart er im Umgang mit seinen Mitmenschen geworden war. Diese Kompromisslosigkeit, die er an den Tag legte, hatte Andrina verängstigt. Sie hatte Angst, diese Erfahrung noch einmal zu machen.

Andrinas Blick fiel auf die Uhr, und sie erschrak. Die fünf Minuten waren um. Sie wollte nicht nachsehen. Was war, wenn sich ihre Vermutungen bewahrheiteten? Dann würde genau das passieren – passieren müssen –, wovor sie sich fürchtete. Ihr blieb aber nichts anderes übrig, wenn sie Gewissheit über das haben wollte, was sich am Nachmittag in ihr Bewusstsein geschlichen hatte und sich nicht mehr verdrängen liess. Sie tastete zum Badewannenrand. Als ihre Fingerspitzen das Plastikstäbchen berührten, zuckte sie zurück. Vorsichtig schielte sie auf das kleine Display. Andrina brauchte einige Sekunden, bis sie sich traute, es in die Hand zu nehmen. In dem kleinen runden Fenster erkannte sie ein Plus. Andrina presste die Augen zusammen. Schnell schloss sie die innere Tür, damit keine Gefühle an die Oberfläche drängen konnten.

Als Gabi am Morgen von ihrer Schwangerschaft gesprochen hatte, war im Laufe des Nachmittags eine Erklärung für *ihre* andauernde Übelkeit vor ihrem inneren Auge erschienen. Sie hatte nachgerechnet. Ihre Mens war seit mehr als einer Woche überfällig. Normalerweise war sie wie ein Uhrwerk alle einunddreissig Tage.

Mit dieser Erkenntnis war Andrina gleichzeitig klar geworden, wann es passiert war. Am 1. August war Enrico mit ihr spontan für einige Tage ins Tessin gefahren. Am Abend im Hotelzimmer hatten sie bemerkt, die Kondome vergessen zu haben. Trotzdem waren sie im Bett gelandet. Da Andrina die Pille nicht vertrug, lag das Risiko auf der Hand. Es war in diesem Kurzurlaub nicht bei dem einen Mal geblieben.

Du bist selbst schuld, dachte sie und drehte sich so, dass sie den Kopf gegen die Plättli an der Wand lehnen konnte. Die Kühle tat gut, und sie verharrte einen Moment in dieser Stellung. Es war, als schwebe sie in einem luftleeren Raum. Wie würde Enrico reagieren? Bis jetzt hatten sie das Thema nicht mal am Rande behandelt, und sie kannte seine Einstellung dazu nicht. Andrina wünschte sich, ihre Schwester Seraina um Rat bitten zu können, wie sie die Sache am besten angehen konnte. Das war nicht möglich. Seraina war in Kanada. Michael hatte sein Zehn-Jahr-Arbeits-Jubiläum und hatte Extra-Ferienwochen geschenkt bekommen. Sie waren vor einer Woche abgereist und kamen erst in drei Wochen zurück. Ausserdem hatten sie nach den Vorfällen von vor eineinhalb Jahren nicht zu dem vertrauten Verhältnis von früher zurückgefunden. Das bedeutete, sie war die falsche Person für einen Rat in dieser Angelegenheit.

Hupen von der Strasse schreckte sie auf.

Andrina schielte auf die Uhr und bekam einen neuen Schreck. So spät, dachte sie entsetzt. In zehn Minuten wollte Enrico sie abholen, damit sie nach Basel zu dem Gala-Essen fahren konnten.

Mit einem Ruck stand sie auf und begann sich die Haare zu bürsten. Dabei kamen ihr ihre Bewegungen wie die eines Roboters vor.

Nachdem sie sich geschminkt hatte, streifte sie das leichte dunkelgrüne Sommerkleid über. Bevor sie die Wohnung verliess, hielt sie vor dem Spiegel an. Andrina musterte sich und strich über den flachen Bauch. Sie fragte sich, wie lange es dauerte, bis man die ersten Anzeichen sah. Bestimmt nach einigen Wochen. Sie war zierlich gebaut und hatte kein überschüssiges Gramm Fett am Leib, mit dem sie eine Schwangerschaft eine Weile hätte kaschieren können. Andrina zupfte am Ausschnitt. Ihre Brüste wirkten grösser, oder lag das an dem eng anliegenden Kleid? Das Ziehen, das sie seit zwei Tagen in den Brüsten verspürt hatte, konnte sie also ebenfalls erklären.

Andrina drehte sich und betrachtete sich aus verschiedenen Blickwinkeln. Nein, sie waren definitiv grösser geworden. In ihren dunklen Augen begann es zu glitzern. Es gefiel ihr, musste Andrina sich eingestehen.

Du siehst sexy aus, dachte sie und musste lachen. Hör auf mit dem Blödsinn.

Mit einem Lächeln auf den Lippen verliess sie die Wohnung.

Andrina schaltete herunter und beschleunigte aus der Kurve heraus, als sich die Spur in zwei aufgliederte. Mit Leichtigkeit überholte sie den Traktor und scherte vor ihm ein. Sie bremste ab, als sie an dem Ortsschild «Staffelegg – 621 m» auf der Passhöhe vorbeifuhren. Nachdem die Geschwindigkeitsbeschränkung wieder aufgehoben war, beschleunigte Andrina erneut und folgte dem leicht kurvigen Strassenverlauf hangabwärts. Sie genoss die Fahrt in Enricos Cabrio. Der Fahrtwind zerzauste ihre Haare. Sie hoffte, ihre Frisur wäre nicht hin, wenn sie in Basel ankamen. Das war ihr jedoch egal. Schliesslich hatte sie selbst Enrico gebeten, mit offenem Dach zu fahren.

«Siehst du», sagte Enrico, der auf dem Beifahrersitz sass. «Deine Bedenken waren unbegründet. Auto fahren funktioniert.»

«Für diese kurze Strecke kannst du das nicht beurteilen.»

«Anfang Jahr hast du diesen Fahr-Eignungstest mit Bravour bestanden.»

Das stimmte, aber Andrina hatte sich nicht getraut, sich hinter das Steuer zu setzen.

«Deine Bremskraft und Reaktionsfähigkeit sind nicht eingeschränkt. Deine Beine funktionieren einwandfrei.» Er schob seine Sonnenbrille auf die Nasenspitze und schaute Andrina über den Rand kurz an, bevor er sie wieder hochschob.

«Fast. Joggen geht nicht.» Andrina bremste bei der Abzweigung nach Asp auf sechzig Stundenkilometer ab und folgte weiter dem Verlauf der Staffeleggstrasse. Die Bäume rechts und links der Fahrbahn spendeten Schatten. Sogleich fühlte sich die Luft einige Grad kühler an.

«Sei nicht so ungeduldig mit dir. Das, was du in den letzten zwei Jahren erreicht hast, ist nicht selbstverständlich.»

Dem musste Andrina zustimmen. Lange war nicht klar gewesen, ob sie je wieder würde laufen können. Andrina drängte den Gedanken an die Höhen und Tiefen, die sie durchlebt hatte, zur Seite. Sie bremste, als sie das Ortsschild von Densbüren passierten.

«Mir ist nicht wohl, meine Fahrpremiere ausgerechnet mit deinem Wagen zu unternehmen.»

«Warum?»

«Ich will ihn nicht kaputt machen.»

«Das tust du nicht.»

«Wenn meine Beine mal –»

«Andrina, hör auf, dich mit solchen Fragen zu quälen. Habe Vertrauen.»

Andrina schwieg. Konzentriert blickte sie abwechselnd auf die Fahrbahn und auf die Einfamilienhäuser, die den Strassenrand säumten. Von irgendwo wehte der Duft nach gebratenem Fleisch zu ihnen herüber.

Die Angst vor dem Versagen der Funktionstüchtigkeit der Beine würde sie immer verfolgen. Sie wusste, nicht sicher davor zu sein. Jeden Tag erinnerte ihr Körper sie an die Verletzung. In einem Bus musste sie zusehen, sich zu setzen, da der Gleichgewichtssinn sie im Stich liess. Das Gleiche galt für Pflastersteine oder unebene Böden jeglicher Art.

Hör auf damit, dachte sie. Sie sollte sich lieber auf die Punkte konzentrieren, über die sie mit Enrico sprechen wollte, solange sie alleine waren und er nicht ausweichen konnte.

«Wer ist Sergio Moretti?», fragte sie, nachdem sie Densbüren verlassen hatten und kurz darauf nach Herznach kamen.

Enrico holte tief Luft. «Es war nur eine Frage der Zeit, bis du diese Frage wiederholst», murmelte er. «Ich hatte gehofft, das würde passieren, wenn wir uns persönlich gegenübersitzen.»

«Wir sitzen persönlich nebeneinander.»

«Fahr bitte rechts ran.»

Andrina kam der Aufforderung nach und hielt auf dem kleinen Parkplatz vor einem Coiffeurgeschäft gegenüber der Postfiliale.

Enrico starrte geradeaus.

«Warum taucht er aus heiterem Himmel bei dir auf, und worum ging es?»

In Enricos Gesicht arbeitete es. Er wirkte, als wisse er nicht, wie er anfangen sollte.

«Wer ist Stefano?», setzte Andrina nach, obwohl sie wusste, Enrico besser nicht zu drängen und mit Fragen zu bombardieren.

«Das ist eine lange Geschichte.» Das war eine ausweichende Antwort. Andrina befürchtete, er werde sich zurückziehen und nichts preisgeben. «Wir wissen nicht, was auf der Autobahn los ist.»

«Ausnahmsweise ist dort nichts los», sagte sie mit Nachdruck. «Du hast ausserdem gesagt, wir lägen gut in der Zeit.»

«Stefano war mein bester Freund», sagte Enrico, als Andrina schon dachte, er werde nicht mehr antworten.

«War?», fragte Andrina, als Enrico nicht fortfuhr. «Wieso Vergangenheit?»

«Er ist verunglückt.» Schmerz huschte über sein Gesicht.

«Entschuldige, das wusste ich nicht.»

«Woher auch? Stefano war Sergios Zwillingsbruder.»

Andrina wartete, ob er weitersprach, was er jedoch nicht tat. «Er wirkte vorgestern anklagend. Alles habe ich nicht verstanden, denn das, was ihr miteinander geredet habt, war kein normales Italienisch.»

«Das war Neapolitanisch.» Ein Lächeln stahl sich in Enricos Gesicht. «Wenn ich es recht überlege, könnte ich ohne Weiteres in Zukunft mit dir neapolitanisch sprechen.» Er nahm die Brille ab und zwinkerte Andrina zu.

Weich nicht aus, dachte sie, liess sich aber kurz auf das Geplänkel ein. «Wenn du riskieren möchtest, dass ich dich nicht mehr verstehe.»

«Das ist nur am Anfang so. Du bist sprachbegabt und hast dich bestimmt schnell hineingehört.» Sofort wurde er wieder ernst. «Zurück zu Stefano und Sergio. Ja, er gibt mir die Schuld an Stefanos Tod, und er hat nicht unrecht damit.» Enrico senkte den Kopf und blickte auf die Sonnenbrille, die er in den Händen hielt. «Stefano und ich waren im selben Schwimmclub. Wir trainierten zusammen und waren bereits auf mehreren Wettkämpfen gestartet. Wir galten als die Vorzeigejungs unseres Clubs und unseres Dorfes. Solche Talente erwartete man da draussen nicht.» Er drehte die Brille hin und her. «Leider kam nach und nach ein Konkurrenzkampf zwischen uns auf. Er ging nicht von mir, sondern eher von ihm aus und begann unsere Freundschaft zu belasten. Ich weiss nicht mehr genau, wie es dazu kam, aber ich glaube, er war sauer, weil ich die letzten Wettkämpfe gewonnen hatte und nicht er. Ich hätte nur eine grosse Klappe und gleichzeitig Glück gehabt, hat er gesagt. Mehr stecke nicht dahinter. Der bessere Schwimmer sei er und nicht ich.» Enrico machte eine neue Pause. «Stefano forderte mich heraus. Zuerst wollte ich mich nicht darauf einlassen. Sergio – er sollte der Schiedsrichter sein und bestimmen, wer der Bessere sei. Die Idee war ein Wettschwimmen von den Klippen bis zum Strand unserer Bucht. Stefano und ich trafen uns an den Klippen. Mir war ehrlich gesagt nicht wohl, dort hinunterzuspringen. Es hatte Felsen unter der Wasseroberfläche und eine unberechenbare Strömung in der Bucht. Ununterbrochen wurde davor gewarnt. Ich wollte ihn von der wahnwitzigen Idee abhalten.»

«Er meinte aber, du seist ein Feigling.»

«Genau, und Sergio ergriff Partei für seinen Bruder.»

«Ihr habt also dieses Wettschwimmen veranstaltet?»

«Zum Wettschwimmen kam es nicht mehr, nachdem wir hinuntergesprungen waren.»

«Was ist passiert?», fragte Andrina, als er nicht fortfuhr.

«Wie gesagt, es hatte Untiefen und Felsen. Ich hatte Glück, in genügend tiefem Wasser zu landen. Als ich auftauchte, trieb Stefano auf dem Rücken. Er blutete am Kopf. Ich habe ihn zum Strand geschleppt und wäre dabei beinahe selber ertrunken. Die Strömung war stärker, als wir angenommen hatten.» Enrico lehnte den Kopf gegen die Nackenstütze und schloss die Augen. Er wirkte, als liefe gerade ein Film vor seinem inneren Auge ab. «Zum Glück erwartete Sergio uns am Ufer und half mir, Stefano auf den Strand zu ziehen. Als Sergio begriffen hatte, dass Stefano tot war, hat er mich zusammengeschlagen und dabei ‹Mörder› gerufen. Es grenzt an ein Wunder, dass ich noch lebe.» Den letzten Satz hatte er geflüstert, und Andrina konnte ihn kaum verstehen. «Genau weiss ich nicht mehr, wer mich gerettet hat. Touristen seien es gewesen, hat man mir später gesagt.» Enrico öffnete die Augen. Sein Blick war in die Ferne gerichtet. Mehrere Autos fuhren vorbei, aber Andrina nahm sie nur als entferntes Rauschen wahr. «Es gab Ermittlungen. Meine Aussage stand gegen die von Sergio. Am Ende bin ich um die wohlverdiente Strafe herumgekommen.»

«Wieso wohlverdient? Du hast ihn nicht getötet.»

«Indirekt habe ich das. Ich hätte hartnäckiger sein sollen. Wir hätten dort nie hinunterspringen dürfen. Als Einheimische wussten wir von der Gefahr.»

«Was geschah später?»

«Es gab kein Später zwischen Sergio und mir. Kurz nach dem Vorfall bin ich nach Neapel gegangen, um zu studieren.

Alle im Dorf sahen es als Flucht und Schuldeingeständnis an. Ich bin nie mehr zurückgekehrt.»

Andrina verstand jetzt, warum er nicht nach Italien reisen wollte. Als sie den Vorschlag gemacht hatte, war er ausgewichen. Nein, er war abweisend gewesen. Es gäbe andere schöne Orte auf der Welt. Als sie ihn gefragt hatte, ob er nicht hin und wieder nach Hause fahren wollte, hatte er den Kopf geschüttelt.

«Mein Zuhause ist die Schweiz», hatte er gesagt. Andrina hatte keinen weiteren Vorstoss gewagt, da klar gewesen war, dass er das Thema nicht vertiefen wollte.

«Meine Mutter ist einige Monate später deswegen weggezogen», fuhr Enrico fort. «Mein Adoptivvater hat eine Stelle in Salerno angenommen.»

«Was war mit der Beerdigung?»

«Sie haben mir verboten, daran teilzunehmen. Bevor du fragst, bis vorgestern hatte ich keinen Kontakt mit Sergio, jemandem aus seiner Familie oder einer anderen Person aus dem Dorf.» Enrico setzte die Brille auf. «Bevor ich wegging, habe ich versucht, mit Sergio Kontakt aufzunehmen. Ohne Erfolg. Glaube mir, mich verfolgt das, was damals geschehen ist, bis heute in meine Träume.»

«Warum hast du nie darüber gesprochen?»

Enrico schwieg. Er hat Angst gehabt, es könne einen Einfluss auf unsere Beziehung haben, wurde Andrina bewusst. Enttäuschung machte sich breit, weil er sich ihr nicht anvertraut hatte. Du bist selbst nicht besser, dachte sie. Du lässt ihn nicht richtig an dich heran, warum sollte er es tun?

«Ein oder zwei Tage bevor ich das Dorf verliess, habe ich Sergio getroffen. Bevor ich ihn ansprechen konnte, hat er mir gesagt, wenn ich nicht so enden wolle wie Stefano, solle ich endlich aufhören, seine Familie zu belästigen.»

«Sie haben dir gedroht? Einfach so? Bist du nicht zur Polizei gegangen?»

«Nein.»

«Warum?»

«Italien eben.» Das klang übertrieben flapsig.

«War das unter anderem ein Grund, weshalb du in die Schweiz kamst?»

«Nicht direkt. Ich ging erst Jahre später ins Tessin. Vielleicht hat es meine Entscheidung unbewusst beeinflusst.»

«Warum taucht Sergio plötzlich auf?», fragte Andrina.

«In einem Monat ist Stefanos zwanzigster Todestag.»

«Das reicht in meinen Augen nicht als Erklärung.»

«Sergio bat mich, an der Gedenkfeier teilzunehmen.» Enrico betonte «Gedenkfeier» und malte mit den Fingern Anführungszeichen in die Luft.

«Was? Auf einmal? Warum?»

«Keine Ahnung.»

«Was hast du ihm gesagt?»

«Ich werde es mir überlegen.»

«Wo soll die stattfinden? In Neapel?»

«In unserem Heimatdorf.»

Andrina bekam ein flaues Gefühl in der Magengegend. Sie dachte an die hitzige Diskussion der beiden Männer und an das, was Enrico ihr eben erzählt hatte. Sergio hatte Enrico beinahe getötet. Das passte zu dem aggressiven Auftreten. Sie erinnerte sich an die Vorwürfe, die sie meinte, verstanden zu haben. Zumindest glaubte sie, es sei darum gegangen, wie unfair es war, dass es Enrico heute gut ging – Eigentümer und CEO von einem Pharmaunternehmen. Die Ungerechtigkeit des Lebens war bereits öfter Grund für Verbrechen gewesen, wie sie während ihrer Beziehung mit Feller erfahren hatte.

«Bitte fahr nicht», sagte sie.

«Ich bin es Stefano schuldig.»

«Das bist du nicht.»

«Er kann nichts dafür, wie sich die Dinge entwickelt haben. Es wäre ausserdem der Abschluss, auf den ich seit seinem Tod warte.»

«Dazu brauchst du keine makabren Feiern.»

«Makabre Feiern?»

«Ich finde es makaber, ein solches Jubiläum zu feiern. Wie

ich dich verstanden habe, soll das Ganze mit einer grossen Party stattfinden.»

«Sergios Familie legt seit jeher Wert auf gross ausgelegte Veranstaltungen», sagte Enrico.

«Sag bitte nicht, typisch italienisch», erwiderte Andrina.

Ein Lächeln huschte über Enricos Gesicht.

«Du kannst alleine sein Grab besuchen. Ganz still für dich», fuhr sie fort.

«Das wäre die bescheidene Schweizer Variante.» Jetzt blitzte es sogar in seinen Augen.

«Wenn das Ganze nur ein Trick ist, dich in das Dorf zu locken?» Trotz der wärmenden Augustsonne und des milden Windes, der durch ihre Haare strich, fror Andrina.

«Sie werden mich nicht lynchen.» Ein leises Lachen schwang in seiner Stimme mit, als er das sagte. Doch seine Augen blickten ernst. «Komm mit. Das ist die Gelegenheit, dir meine Heimat zu zeigen, worum du mich vor längerer Zeit gebeten hast und was längst überfällig ist.»

Nein, dachte Andrina. Nicht unter diesen Vorzeichen. «Wir sollten weiter», sagte sie ausweichend. Sie brauchte Zeit, das zu verarbeiten und zu überlegen, ob von Sergio eine Gefahr ausging. Sie griff nach dem Autoschlüssel, der nach wie vor in der Zündung steckte, aber Enrico hielt sie zurück. «Was hast du sonst noch auf dem Herzen?»

«Wie bitte?», fragte sie.

«Sergio ist nicht der Einzige, der dich beschäftigt.»

Durchschaut, dachte Andrina. War jetzt der richtige Moment? Besonders nach der Geschichte, die Enrico ihr erzählt hatte, erschienen ihr ihre Probleme klein und unbedeutend. Sie musste es tun, sonst würde es den ganzen Abend zwischen ihnen stehen. Es würde nicht einfacher werden. Ausserdem war Enrico offen zu ihr gewesen. Er hatte verdient, dass sie es ihm gleichtat. Andrina fragte sich, womit sie beginnen sollte, und entschloss sich für das Einfachere.

«Gabi erwartet ein Kind», sagte sie. «Von Marco.»

«Was?» Die Verwirrung war Enrico anzusehen.

Andrina berichtete Enrico von dem Vormittag im Verlag.

«Du hast nichts davon gemerkt?»

Andrina schüttelte den Kopf. Langsam fuhr sie mit dem Zeigefinger das Lenkrad entlang.

«Versteh mich nicht falsch. Mir ist es egal, mit wem sie zusammen und von wem sie schwanger ist, aber ich finde es nicht fair, dass sie es mir verheimlicht hat. Ich wäre nicht begeistert gewesen, wenn ich Marco plötzlich in der Wohnung gegenübergestanden wäre.»

«Das beruht sicher auf Gegenseitigkeit. Allerdings dürfte das nicht passieren, denn ihr habt ein Männerbesuchsverbot in eurer WG.»

«Ich traue ihr zu, sich nicht daran zu halten. Wo wir gerade beim nächsten Thema sind», fuhr Andrina hastig fort. Das Thema Feller wollte sie nicht vertiefen. «Gabi will ausziehen.» Noch immer wagte Andrina nicht, in Enricos Richtung zu schauen. «Sie hat mich gefragt, ob ich die Wohnung behalten will oder nicht. Wenn nicht, würde sie gerne auf Ende Monat kündigen, da der Vertrag auf ihren Namen läuft. Das geht ja nur alle vier Monate – Ende April, Ende August und Ende Dezember.»

«Manchmal frage ich mich wirklich, wieso es so komische Bedingungen bei Mietwohnungen gibt.»

«Es ist nicht überall gleich.»

«Was ist mit dir?», fragte Enrico, als Andrina nichts mehr hinzufügte. «Mit Gabi zusammenzuwohnen war bereits länger nicht mehr die ideale Lösung. Nun ändern sich die Vorzeichen. Willst du in der Wohnung bleiben?»

«Ich weiss es nicht.» Andrina brach ab. Nein, das wollte sie nicht. Ein wirkliches Heimatgefühl hatte sich nie eingestellt. Die Situation mit Gabi war sicher einer der Gründe, aber es war nicht der einzige. Sie war überzeugt, sich auch nach Gabis Auszug dort nicht wohlzufühlen. Mit dem Finger zeichnete sie das Markenemblem auf dem Steuerrad nach.

«Meinst du nicht, das wäre die Gelegenheit für den nächsten Schritt?», fragte Enrico.

«Den nächsten Schritt?» Andrina riskierte einen kurzen Seitenblick.

«Ich weiss, du hast mir erklärt, es langsam mit uns angehen lassen zu wollen. Dieses Langsam-Angehen dauert nun eineinhalb Jahre.» Er klang vorsichtig, als würde er sich an ein schwieriges Thema herantasten. Seine Hand legte sich auf ihre und stoppte die Bewegung von Andrinas Finger über das Lenkrad.

«Ich weiss nicht, ob ich so weit bin.»

Enrico zog die Hand zurück. Seine Enttäuschung war greifbar.

Warum tust du das, fragte sie sich. Du hast dich das, was er gerade angeschnitten hat, in den letzten Tagen wiederholt selbst gefragt. Jetzt wäre die Gelegenheit gewesen, Ja dazu zu sagen. Ja zu einem weiteren Schritt der Annäherung. Zu dem, was sie sich im tiefsten Inneren wünschte, aber nicht wagte umzusetzen. Hier und jetzt wäre eine Hilfe dazu gewesen. Warum konnte sie das nicht und hielt ihn weiter auf Distanz?

Sie dachte daran, was Gabi ihr an den Kopf geworfen hatte. Irgendwann würde Enrico nicht mehr warten und die Beziehung beenden. War jetzt der Augenblick gekommen? Eine kalte Faust drückte ihren Magen zusammen, und ihr Hals wurde eng. Diese Chance war wichtig, und sie hatte sie vertan. Sie würde Enrico verlieren. Tränen traten in ihre Augen. Spring endlich über deinen Schatten. Sie öffnete den Mund, bekam aber keinen Ton hervor und schloss ihn wieder.

«Das ist aber nicht alles.» Enrico klang reserviert.

«Wie meinst du das?», fragte sie heiser.

Sein Gesicht war eine nichtssagende Maske. Andrina öffnete den Mund, aber erneut liess sie ihre Stimme im Stich. Die Distanz zwischen ihnen vergrösserte sich.

«Es gibt einen weiteren Punkt, über den du sprechen wolltest.»

Andrina nagte an ihrer Unterlippe. «Nicht nur Gabi ist schwanger», bekam sie endlich hervor.

Sekunden verstrichen, bevor über Enricos Gesicht Verstehen huschte. «Du meinst, ich werde Vater?»

Unglaube blitzte auf. Er beugte sich vor. Andrina wollte seinem Blick ausweichen, aber seine Augen hielten ihre fest.

Sie nickte.

Weitere Sekunden verstrichen. Ein Lächeln breitete sich auf seinem Gesicht aus. Zuerst zögernd, bis es immer strahlender wurde. Die Freude, die Andrina darin sah, überrumpelte sie. Er strich mit der Hand ihre Wange entlang.

«Ist das wirklich wahr?», fragte er.

Sie nickte abermals.

Irritation schob sich über seine Gesichtszüge. «Du siehst aus, als hättest du Angst vor meiner Reaktion gehabt.»

«Wir haben nie über dieses Thema gesprochen und –»

«Stimmt, das hätten wir tun sollen. Ich gebe zu, ich habe es nicht gewagt, weil …» Er suchte nach Worten.

Weil ich dich auf Distanz hielt, ergänzte Andrina für ihn im Stillen.

«Glaubst du, ich hätte auf Verhütungsmassnahmen verzichtet», fragte Enrico, «obwohl es nur in diesem Kurzurlaub war? Wenn ich nicht bereit gewesen wäre, mögliche Konsequenzen zu tragen?»

Andrina senkte den Kopf, der sogleich von Enricos Zeigefinger angehoben wurde.

«Ich spüre, das geht dir definitiv zu schnell. Du hast viel durchgemacht. Du hast Angst vor solchen Schritten. Du warst einmal sehr weit in einer Beziehung, die am Ende zerbrochen ist. Marco hat dir viel bedeutet, und dieser Trottel hat alles kaputt gemacht. Du hast Angst, es könne wieder geschehen, und du möchtest diesen Schmerz kein weiteres Mal erleben. Meinst du aber nicht, du solltest zulassen, wie sich die Dinge von selbst entwickeln? Es passieren so viele schreckliche Sachen auf der Welt. Da sollte man sich nicht selber im Weg stehen, weil es für einen zu schnell ist. Keiner weiss, was morgen ist. Wir sollten das Heute geniessen, ohne es zu hinterfragen. Lass es zu, Andrina. Lass uns zusammenziehen. Lass uns auf unser Kind freuen und sein Zimmer einrichten. Sag Ja zu uns – ohne Vorbehalte.»

Enrico zog sie an sich. Sie legte den Kopf gegen seine Schulter und presste die Nase an seinen Hals. Tief sog sie den Geruch seiner Haut ein. Sekunden vergingen. Seine Hand strich über ihren Rücken.

«Sì», sagte sie leise.

Enrico stiess die Luft aus. Er musste den Atem angehalten haben. Die Hand hielt in der Bewegung inne, bevor sie weiter über ihren Rücken strich.

Sie verharrten einen Augenblick in dieser Position, bis Andrina sich aufrichtete.

Er fasste ihr Gesicht mit beiden Händen und küsste sie. Anschliessend legte er seine Hand auf Andrinas Bauch, und sie legte ihre auf seine. Wieder lehnte sie ihren Kopf an seine Schulter. Es war, als fiele eine Last von ihr ab. Sie hatte das Gefühl, gleich loszufliegen. Endlich konnte sie die Vergangenheit loslassen und in die Zukunft blicken. In eine Zukunft mit Enrico und ihrem Kind.

***

Andrina spürte eine Berührung an der Schulter. Sie blinzelte.

«Wir sind zu Hause», sagte Enrico.

Sie richtete sich auf und brauchte einen Moment, bis sie wusste, wo sie war. In dem schummrigen Licht der Lampe, die sich einschaltete, wenn das Garagentor hochfuhr, wirkte Enricos Garage unheimlich. Sie schaute auf die Uhr. Es war ein Uhr morgens. Das Gala-Essen hatte bis Mitternacht gedauert. Kaum hatte Andrina im Wagen gesessen, musste sie eingeschlafen sein.

«Komm.» Enrico stieg aus. Er legte den Arm um Andrina. Die Nacht war lau, aber ein kühler Windzug, der ankündete, dass der Herbst vor der Tür stand, liess sie frösteln.

Als sie das Haus betreten hatten, suchte Andrina den Lichtschalter.

«Lass es dunkel.»

«Ich habe Durst.»

Enrico fasste Andrinas Hand, und sie tasteten sich in die Küche. Hier war es zum Glück heller. Der halb volle Mond schien direkt auf die Tischplatte. Andrina holte aus dem Schrank zwei Gläser, füllte sie mit Wasser und reichte eins Enrico.

«Lass uns ins Bett gehen», sagte Enrico und stellte sein Glas auf die Anrichte.

Als sie zur Treppe huschten, blieb er in der Wohnzimmertür stehen.

«Was ist?», fragte Andrina.

Er antwortete nicht, sondern betrat den Raum. Sie zuckte zusammen, als sie ein knirschendes Geräusch vernahm.

«Mach bitte Licht», sagte er.

Zuerst musste Andrina die Augen zusammenpressen, und es dauerte eine Weile, bis sich ihre Augen an die Helligkeit gewöhnt hatten.

«Es ist einer eingebrochen!» Fassungslos schaute Enrico nach unten. Er stand in Glasscherben. Die Terrassentür, vor der er stand, war eingeschlagen.

«Merda!»

Gehetzt sah er sich um. Bis auf das kaputte Fenster und die Scherben am Boden sah alles aus wie immer.

Enrico lief an Andrina vorbei und eilte die Treppe nach oben. Sie konnte sich nicht rühren und starrte auf die zerbrochene Scheibe. Es kam erst Bewegung in sie, als von oben ein neuer Fluch ertönte. Andrina machte auf dem Absatz kehrt und rannte die Treppe hoch. Sie traf Enrico im Arbeitszimmer an. Ordner waren aus den Regalen gezogen worden. Die Schreibtischschubladen standen offen. Der Computer lag auf dem Boden. Enrico rannte an Andrina vorbei und öffnete die Tür zum Gästezimmer. Gleich darauf lief er ins Schlafzimmer. Andrina folgte ihm und stolperte in ihn, als er wie angewurzelt stehen blieb. Andrina spähte an ihm vorbei.

«Du musst die Polizei anrufen», flüsterte sie, als sie das Chaos erblickte.

«Das ist es fürs Erste», sagte der Beamte, dessen Namen Andrina vergessen hatte. Er sprach Schweizerdeutsch, nachdem Enrico ihm erklärt hatte, Mundart sei kein Problem für ihn.

Sie war erleichtert gewesen, als sie die beiden Männer erblickt hatte, die zehn Minuten nach Enricos Notruf vor der Tür gestanden waren. Keinem der beiden war sie bisher begegnet, und sie schienen zu einer anderen Abteilung als Marco Feller zu gehören.

«Es dauert einige Zeit, bis die Spurensicherung fertig ist. Können Sie solange auswärts schlafen?»

«Bei mir», sagte Andrina.

«Sie wohnen nicht zusammen?» Der Mann wirkte erstaunt.

«Nein», sagte sie. Knapp konnte sie eine Rechtfertigung zurückhalten. Das ging die beiden nichts an.

Nachdem Enrico den Beamten seine Handynummer mitgeteilt hatte, gingen sie zu Enricos Wagen.

«Gabi wird begeistert sein, wenn sie mich morgen vor der Kaffeemaschine antrifft», sagte Enrico, nachdem sie eingestiegen waren.

«Das ist eine Ausnahme. Sie könnte bei Marco sein.»

«Hoffentlich.»

«Wie kannst du dir sicher sein, dass nichts fehlt?», wechselte Andrina das Thema. «In dem Chaos könnte ich das nicht beurteilen.»

«Ich hatte gesagt, auf den ersten Blick. Hätten die Einbrecher sonst so ein Chaos angerichtet, wenn sie gewollt hätten, ich könne es gleich feststellen?»

«Wenn sie etwas gesucht haben, schon.»

«Was sollen sie gesucht haben?»

«Wertvolles. Schmuck, Geräte.»

«Bei mir?» Der Satz «Was soll es bei mir zu holen geben?» hing in der Luft.

Du bist der Eigentümer von JuraMed, dachte Andrina, liess

es aber unausgesprochen. Es gab ausser Computer und Fernseher keine verborgenen Schätze in Enricos Haus. Materielle Dinge interessierten ihn nicht.

«Ich weiss, die beiden Polizisten gehen von einem ganz normalen Einbruch aus. Wieso nehmen die Einbrecher den Computer nicht mit und schmeissen ihn stattdessen auf den Boden? Wenigstens scheint er heil geblieben zu sein. Der Fernseher ist da und die Stereoanlage ebenfalls.»

«Bestimmt haben sie Schmuck gesucht.»

«Ich habe keinen Schmuck», brummte Enrico und hielt vor dem Block an, in dem Andrina ihre Wohnung hatte.

«Woher sollen sie das wissen?»

«Das muss mit dem Einbruch in der Firma zu tun haben.» Enrico parkte auf einem der Besucherparkplätze.

«Wieso meinst du das?» Andrina hatte nicht gewagt, diesen Gedanken zuzulassen. Er erschien nun umso bedrohlicher, da Enrico ihn ausgesprochen hatte.

Er schwieg.

«Das scheint mir weit hergeholt zu sein. Woher sollten sie wissen, wo du wohnst?»

«Aus dem Telefonbuch. Bisher hatte ich nicht das Gefühl, es könnte ein Problem sein, dort drinzustehen.»

Er stieg aus. Mit weit ausgreifenden Schritten ging er auf den Block zu. Andrina beeilte sich, hinter ihm herzukommen. Die Haustür stoppte ihn, da sie abgeschlossen war. Andrina kramte in ihrer Handtasche und brauchte einige Sekunden, bis sie den Schlüssel gefunden hatte.

«Welcher Stock?», fragte Enrico.

«Der dritte.» Auf einmal war es ihr nicht mehr recht, ihn mit in die Wohnung zu nehmen, die er bisher nie betreten hatte, wie Andrina auffiel.

Sie konnte nur hoffen, Gabi hörte sie nicht. Nebeneinander liefen sie die Treppe nach oben. Andrina schob möglichst leise den Schlüssel in das Schloss der Wohnungstür und kam sich wie ein Eindringling vor.

«Lassen wir das Licht aus», flüsterte sie.

Leise fiel die Tür hinter ihnen ins Schloss. Sie nahm Enricos Hand und führte ihn den kurzen Gang entlang zu ihrem Zimmer.

«Ich komme mir vor wie ein Teenager, der verbotenerweise bei seiner Freundin zu Besuch ist», flüsterte Enrico und lachte leise.

«Pst!»

Er blieb stehen. «Eigentlich hätten wir das viel früher machen sollen.»

«Leise.»

«So ein doofes Theater.»

Im selben Moment blendete Andrina das Licht der Deckenlampe. Sie dachte, es wäre Gabi, die den Gang betreten hatte, erkannte aber gleich darauf Enricos Hand auf dem Lichtschalter.

«Wir sind erwachsen, und diese Regel ist mehr als bescheuert.»

Andrina zog ihn ohne ein Wort in ihr Zimmer und schloss die Tür. «Insgeheim muss ich dir zustimmen, aber ich habe keine Lust auf Theater und Diskussionen mitten in der Nacht.»

«Auch wahr. Tut mir leid.» Enrico blickte sich in Andrinas kleinem Zimmer um. Er füllte den Raum aus und passte überhaupt nicht hierhin.

Damals war sie froh gewesen, die Wohnung möbliert übernehmen zu können. Je länger Andrina hier wohnte, desto weniger hatte sie jedoch das Bedürfnis verspürt, einzelne Möbelstücke zu ersetzen, obwohl sie es sich vorgenommen hatte, als sie eingezogen war. In dem künstlichen Licht trat das Alter der Einrichtung deutlich hervor.

Enrico setzte sich auf das Bett und zog die Schuhe aus. Er nahm die Krawatte ab und öffnete die beiden oberen Knöpfe des Hemdes. Andrina fiel auf, wie stickig es im Zimmer war. Sie öffnete das Fenster. Kühle Nachtluft strömte herein.

Enrico liess sich nach hinten fallen und faltete die Hände über dem Bauch. Unsicher, was sie machen sollte, blieb Andrina dort stehen, wo sie war. Das Bett war schmal, und sie fragte sich, wie sie beide darin Platz haben sollten.

«Hat man zu dem Einbruch bei JuraMed neue Erkenntnisse?», nahm sie ihre Unterhaltung von vorhin auf.

«Nein», antwortete Enrico. «Die Polizei meint, weit sei der Eindringling nicht gekommen. Die Alarmanlage müsse ihn verjagt haben. Im Gegensatz zu dieser Aussage steht Köbis Büro. Schreibtischschublade und Schranktüren standen offen. Das heisst nicht, es herrschte ein Chaos. Es könnte jedoch in meinen Augen durchaus so interpretiert werden, dass jemand etwas gesucht hat, dabei aber gestört worden ist.»

«Bist du sicher, dass das der Einbrecher war?» Andrina streifte ihre Schuhe ab und bewegte die Zehen. Sie dachte an ihren Schreibtisch im Verlag. Dort herrschte nicht unbedingt immer Ordnung. «Wieso sollte der Einbrecher ausgerechnet zu Köbis Büro wollen?»

«Ich weiss, das klingt weit hergeholt, aber ich habe keine andere Erklärung. Normalerweise räumt er abends auf und schliesst Schränke und Schubladen.»

Er hob die Hand, als Andrina zu einer Erwiderung ansetzte. «Köbi könnte es vergessen haben. Das stimmt und ist früher hin und wieder vorgekommen. Aber er hat in der Regel am Abend seinen Arbeitsplatz immer ordentlich verlassen.»

Andrina fragte sich, wieso er sich dessen so sicher war. Er ging bestimmt nicht jeden Abend durch die Büros und inspizierte den Ordnungszustand.

Enrico drehte sich auf den Bauch und stützte sich auf. «Lass uns morgen weiter darüber sprechen. Ich bin müde. Wir sollten versuchen zu schlafen.» Er rutschte an die Wand und machte eine einladende Bewegung auf die Fläche vor sich. Andrina setzte sich auf die Bettkante. Als sie das Licht löschen wollte, hielt sie mitten in der Bewegung inne.

«Köbi!», rief sie und senkte gleich darauf die Stimme. «Das habe ich ganz vergessen.»

«Was hast du vergessen?»

Dir das zu beichten, dachte sie. Diese Aktion erschien ihr jetzt um einiges peinlicher als gestern.

«Was ist mit Köbi?», fragte er.

«Ich war gestern bei ihm.»

«Du warst was?» Enrico setzte sich auf.

«Ich wollte ihn fragen, warum er gekündigt hat.»

«Moment mal. Du hast was?»

«Ich weiss, das geht mich nichts an», sagte Andrina schnell, bevor Enrico weitersprechen konnte. «Es ist eine Angelegenheit von JuraMed, und ich hätte erst mit dir darüber sprechen sollen. Es war eine spontane Aktion. Du warst so niedergeschlagen, und ich wollte helfen. Tut mir leid.»

«Egal», brummte er. Andrina konnte seinen Ärger spüren und wagte nicht, ihn anzusehen. «Es ist passiert.» Das klang versöhnlich, und Andrina riskierte einen Blick in seine Richtung. Seine Augen, die in dem Licht tiefschwarz wirkten, waren auf sie gerichtet. «Was hat er dazu gesagt, als du bei ihm aufgetaucht bist?»

«Nichts.»

«Nichts?»

«Er war nicht da. Seine Nachbarin meinte, er sei auf Geschäftsreise.»

«Geschäftsreise?», fragte er irritiert. «Er ist krank. Sommergrippe.»

Andrina schilderte die verwirrende Begegnung mit Köbis Nachbarin.

«Das verstehe ich nicht. Erst meldet er sich am Montag krank. Am Mittwoch darauf kündigt er und behauptet Rosa gegenüber, er müsse auf Geschäftsreise, obwohl im Moment von seiner Seite nichts ansteht ausser dem Ärztekongress. Und der war in Basel und nicht in der Westschweiz.»

Andrina schaltete das Licht aus, und der schwache Schein der Nachttischlampe erhellte den Raum. Der Lichtkegel reichte nicht mehr bis zu Enrico, dessen Gesichtsausdruck im Dunkeln verborgen blieb. Sie hob die Beine auf das Bett und winkelte sie an. Mit den Armen umfasste sie die Knie.

Seine Hand legte sich auf ihre, und zu ihrer Erleichterung schlossen sich seine Finger um ihre. Ihr war bewusst, sich mit dem Besuch bei Köbi aus dem Fenster gelehnt zu haben. Sie hatte Angst gehabt, er würde ihr diese Aktion übel nehmen und es könne dadurch zu einer Diskussion kommen. Ein Streit wäre das Letzte gewesen, das sie gewollt hatte. Seine Geste und der Tonfall, mit dem er sprach, deuteten zu Andrinas Erleichterung aber keine Verstimmung an.

«Das ist seltsam. Es muss mehr dahinterstecken», sagte er.

«Du kannst ihn anrufen. Vielleicht klärt sich alles.»

«Ich habe es gestern mehrmals versucht. Er hat sein Handy abgestellt, und ich wollte nicht jedes Mal auf die Combox sprechen.»

«Weisst du, wo seine Schwester wohnt?»

«Ja. Wir kennen uns.»

«Ruf sie an.»

«Das ist eine gute Idee. Ich werde aber nicht anrufen, sondern hinfahren. Mich vorher anmelden werde ich nicht.»

«Falls Köbi bei ihr ist, soll er nicht die Flucht ergreifen, damit er dem Gespräch ausweichen kann.»

«Genau aus diesem Grund. Nun lass uns versuchen, ein wenig zu schlafen.» Er schaltete die Nachttischlampe aus und zog Andrina zu sich. Es war eng, aber es würde gehen. Ihr war bewusst, ihr Kleid zu tragen, aber es war ihr egal, da ihre Glieder schwer wie Blei waren. Sie kuschelte sich in seine Arme. Trotz der Aufregung schlief sie augenblicklich ein.

VIER

Andrina beugte sich über das Lavabo und spülte ihren Mund aus. Vorsichtig richtete sie sich auf. Kaum war sie erwacht, hatte sie ins Bad rennen und sich erbrechen müssen. Sie hatte bei Seraina miterlebt, wie es war, wenn man von Schwangerschaftsübelkeit geplagt wurde. Trotzdem hatte sie nie gedacht, wie mühsam es sein konnte.

Sie musterte sich im Spiegel. Langsam kehrte die Farbe in ihr Gesicht zurück. Sie fühlte sich wackelig auf den Beinen, was aber nicht an den Schwangerschaftsbeschwerden liegen musste. Die kurze Nacht war bestimmt ein weiterer Grund. Zum Glück war Samstag. Einen Arbeitstag hätte sie heute bestimmt nicht überstanden.

Sie atmete tief durch, und die Übelkeit liess nach, auch wenn sie nicht ganz verschwand.

Andrina ging in die Küche, in der Enrico bereits den Tisch gedeckt hatte. Verstohlen schaute sie sich um. Von Gabi keine Spur. Enrico lehnte an der Anrichte und nippte an einem Espresso. Er sah müde aus. Die Blässe in seinem Gesicht wurde durch die dunklen Bartstoppeln verstärkt. Sein Hemd war zerknittert.

«Geht es?», fragte er.

«Es muss.» Andrina lächelte.

«Iss bitte. Das hilft bestimmt.»

Hunger verspürte Andrina keinen, aber sie sah ein, eine Kleinigkeit essen zu müssen, wenn ihr Kreislauf nicht schlappmachen sollte.

Enrico stellte eine Tasse mit heissem Wasser vor sie und deutete auf die beiden Teeverpackungen. «Ich wusste nicht, welchen du bevorzugst.»

«Das weiss ich selber nicht.» Andrina entschied sich für den Früchtetee.

Enrico biss in das Brot, das er mit Konfitüre bestrichen

hatte. «Vorhin hat Herr Mäder von der Polizei angerufen. Wir dürfen am Nachmittag ins Haus zurück.»

«Schon?»

«Offenbar waren sie schnell.»

«Was haben sie herausgefunden?»

«Dazu hat er nichts gesagt. Er möchte heute nochmals mit uns sprechen.»

Die Küchentür öffnete sich. Gabi blieb ruckartig stehen und starrte Enrico an.

«Wieso ist der hier?», fragte sie scharf. «Du weisst, was wir abgemacht haben. Kein Männerbesuch über Nacht.»

«Es ist eine Ausnahme.»

«Es gibt keine Ausnahmen.» Ihre Stimme wurde lauter.

«In sein Haus wurde eingebrochen», sagte Andrina ruhig. «Da brauchten wir einen Unterschlupf. Tut mir leid, wenn uns nachts um zwei spontan nur diese Wohnung eingefallen ist.»

«Es hat genug Hotels. Der ‹Aarauerhof› am Bahnhof hat bestimmt um diese Zeit geöffnet.»

«Langsam ist das Ganze lächerlich», mischte Enrico sich in das Gespräch ein. «Ich weiss, wie wenig du meine Anwesenheit schätzt, aber gewisse Dinge sind kindisch. Diese Regelung und das jetzt sowieso.» Gabis Miene verdüsterte sich. Sie setzte zu einer Erwiderung an, klappte den Mund jedoch wieder zu.

«Sei unbesorgt. Es wird nicht mehr vorkommen», sagte Andrina. «Du kannst die Wohnung kündigen, und unsere WG ist hiermit beendet.»

«Gut.» Den Gesichtsausdruck, den sie aufsetzte, konnte man direkt als versöhnlich bezeichnen. «Es gibt übrigens Interessenten. Sie würden sogar die Möbel übernehmen, so wie wir es damals getan haben. Sie möchten so schnell wie möglich einziehen. Wenn es geht, bereits im September. Sie übernehmen ab diesem Zeitpunkt die Mietkosten. Unser Vermieter wäre einverstanden.»

«Kein Problem.» Innerlich atmete Andrina auf. Dieses

Kapitel schien schneller zu Ende zu gehen, als sie gehofft hatte.

***

«Sie vermissen also definitiv nichts», sagte Mäder. Er sass Andrina und Enrico gegenüber am Terrassentisch. Die Store der eingeschlagenen Terrassentür war heruntergelassen. Das sorgte für ein wenig Normalität. Andrina war froh, dass die Sonne schien und sie draussen waren und nicht in dem Chaos des Wohnzimmers sitzen mussten. Die Arbeit der Spurensicherung hatte es nämlich vergrössert.

«Bis jetzt nicht. Es ist schwer, das in dem Durcheinander festzustellen.»

«Verständlich», erwiderte Mäder.

«Wenn mir beim Aufräumen etwas auffällt, melde ich mich.»

«Einverstanden.» Mäder trank einen Schluck Wasser, das Andrina ihm gebracht hatte, als er vor einer Viertelstunde gekommen war.

«Für mich macht es keinen Sinn, einzubrechen, ein Chaos zu hinterlassen, aber nichts zu stehlen. Ich habe nichts Wertvolles im Haus und frage mich die ganze Zeit, warum sie ausgerechnet mein Haus gewählt haben.»

«Das fragen sich viele, bei denen eingebrochen wurde. Häufig ist es Zufall. Die Leute sind nicht da, und die Einbrecher nutzen die Gunst der Stunde.» Mäder musterte Andrina und anschliessend Enrico. «Allerdings gehe ich in Ihrem Fall nicht von Zufall aus.»

Enrico runzelte die Stirn.

«Der Einbrecher könnte gestört worden sein. Eventuell haben wir sogar einen Hinweis auf die Person, die in Ihr Haus eingedrungen ist.»

«Das ging schnell», erwiderte Enrico.

«Ihnen sagt bestimmt der Name Köbi Steiner etwas.»

Enrico prallte zurück, als habe Mäder ihm eine Ohrfeige

erteilt. «Ja. Er arbeitet in meiner Firma. Wollen Sie damit andeuten, er ist es, der eingebrochen ist?»

«In dem Chaos, das der Einbrecher in Ihrem Arbeitszimmer hinterlassen hat, haben die Kollegen von der Spurensicherung Herrn Steiners ID gefunden. Ich nehme an, Sie haben seinen Ausweis nicht in Ihrem Büro aufbewahrt.»

«Nein. Warum sollte Köbi das tun?»

«Das wollte ich Sie gerade fragen. Wann haben Sie Herrn Steiner das letzte Mal gesehen?»

«Gestern vor einer Woche. Er hat sich letzten Montag krankgemeldet und …» Enrico brach ab.

«Ja?», hakte Mäder nach, als Enrico weiter schwieg.

«Er ist unmöglich bei mir eingebrochen. Er ist auf Geschäftsreise.»

Erstaunt wandte Andrina sich ihm zu. In Enricos Gesicht arbeitete es. Ihre Augen trafen sich. Warum willst du ihn schützen?, fragte Andrina im Stillen. Nach allem, was seit Köbis Krankmeldung vorgefallen ist, ist es das Letzte, das er verdient.

«Er ist an einem Wochenende auf Geschäftsreise?»

«Soviel ich weiss, wollte er nach den Terminen einige freie Tage anhängen und hat sich die kommende Woche freigenommen.» Nach wie vor war sein Blick auf Andrina gerichtet. Es war, als beschwor er sie, den Mund zu halten. Er will es mit ihm alleine klären, ging es ihr durch den Kopf.

***

Mäder war seit bestimmt zwanzig Minuten gegangen, aber Enrico verharrte noch immer in derselben Position auf dem Stuhl. Er fixierte einen Punkt im Garten, schien ihn aber nicht wahrzunehmen.

«Warum hast du Herrn Mäder nicht die Wahrheit gesagt?», fragte Andrina, als sie das Schweigen nicht mehr aushielt.

Enrico starrte weiter auf den Punkt, und sie war sich nicht sicher, ob er sie gehört hatte.

«Immerhin hat er sich einiges geleistet. Er ist dabei, dich zu verraten, oder besser, er hat es bereits getan.»

Enrico schwieg weiterhin.

«Sich krankmelden und gleich darauf kündigen. Hinzu kommt Rosas Geschichte. Ich denke, er wusste von dem Gala-Essen und nutzte das, um in dein Haus einzubrechen und ein Chaos zu hinterlassen. Nicht nur das. Es gehen Dinge zu Bruch. Er hat gewütet wie Vandalen. Das rechtfertigt nicht, ihn vor der Polizei schützen zu wollen.»

Langsam wandte Enrico sich Andrina zu. «Er ist mein Freund.»

«Ein Freund, der dich verraten hat», wiederholte Andrina.

«Ich habe ihm viel zu verdanken.»

Andrina fragte sich, ob Enrico ihr zuhörte.

«Ein Freund lügt einen nicht an oder bricht in das Haus ein und verwüstet es.»

«Falls er es gewesen ist, möchte ich von ihm persönlich erfahren, was das Ganze soll.»

«Das ist der Job der Polizei.»

«Das ist eine private Angelegenheit.»

«In Süditalien regelt man das vielleicht so, aber du wohnst in der Schweiz.»

«Wenn die Polizei ihn verhaftet, habe ich keine Gelegenheit mehr.»

«Nicht unbedingt. Es gibt Möglichkeiten, ihn zu besuchen.»

«Wenn er in Haft ist, bestehen kaum Chancen, dass er mit mir sprechen wird. Bis Mittwoch war alles in Ordnung. Zumindest hatte ich das Gefühl. Es hat keine Diskrepanzen zwischen uns gegeben. Weder auf geschäftlicher noch auf privater Ebene. Ich möchte wissen, was der Grund für alles ist.»

«Das ist der Job der Polizei», wiederholte Andrina.

«Noch einmal. Mit dieser Methode werde ich nicht alles erfahren.»

Andrina schloss für einen Moment die Augen. Sie drehten sich im Kreis.

«Falls er es war, ging es ihm nicht darum, mir etwas zu entwenden», fuhr Enrico fort. «Er wollte eher, wie soll ich sagen, ein Zeichen setzen.»

«Ein Zeichen?» Beinahe hätte Andrina aufgelacht. «Wofür? Eben sagtest du, er habe keinen Grund. Wenn ich dich jedoch richtig verstehe, sieht es aus, als wolle er sich für etwas rächen.»

«Das habe ich nicht gesagt.»

«Aber möglich wäre es.»

Enrico drehte die Handinnenflächen nach oben. Deutlich sah Andrina ihm die Verzweiflung und den Widerspruch seiner Gefühle an.

«Dieses Mal blieb es beim Sachschaden, das nächste Mal könnte er es auf dich abgesehen haben.»

«Das finde ich ein wenig übertrieben.»

«Du weisst nicht, was in ihm vorgeht. Für dich kommt es überraschend. Bitte, Enrico. Überlass es der Polizei, ihn zu finden.»

FÜNF

Den ganzen Sonntag hatten sie damit verbracht, das Haus aufzuräumen und zu putzen. Ausserdem hatte Andrina ihre Habseligkeiten in der Wohnung gepackt.

Als sie die Wohnungstür das letzte Mal hinter sich geschlossen hatte, hatte sie Wehmut verspürt. Sie bedauerte es, dass ihre Freundschaft zu Gabi ein schleichendes Ende gefunden hatte. Ihr war wie schon oft klar geworden, wie stark sie die Freundschaft zu Gabi vermisste. Sie hatten viele Höhen und Tiefen gemeinsam gemeistert. Nie hatte Andrina gedacht, ihre Freundschaft könne auseinanderbrechen. Sie hatte das Gefühl, versagt zu haben. Sie war nicht die Stütze gewesen, die sie hatte sein wollen. Stattdessen hatte Gabi woanders Trost gesucht. Andrina fragte sich, ob Feller die geeignete Person dafür war.

Es lag nicht in ihrem Ermessen, das zu beurteilen. In einem Punkt war sie sich allerdings sicher. Solange Gabi mit Feller zusammen war, würden sie keinen Weg zu einer Freundschaft oder einem ähnlichen Verhältnis zurückfinden. Feller konnte Schuld am Scheitern der Freundschaft haben. Er musste Einfluss auf Gabi ausgeübt haben.

Rückblickend hatte sie letzten November das Gefühl gehabt, Gabi bewege sich wieder auf sie zu. Das hatte kurz vor Weihnachten ein abruptes Ende gefunden. Nun war Andrina klar, warum. Trotzdem wünschte Andrina Feller und Gabi Glück und hoffte, diese Beziehung würde Bestand haben und beide das darin finden, was sie suchten beziehungsweise brauchten.

Andrina legte die Füsse hoch und kippte den Liegestuhl nach hinten. Sie schaute zum Haus. Es war seltsam gewesen, sich in Enricos Haus einzurichten. Sie wagte nicht zu glauben, worauf sie sich einliess. Das Baby hatte etwas in ihrem Inneren ausgelöst. Offenbar hatte da jemand die Fäden gezogen, damit sie diesen Schritt tun konnte. Die Leichtigkeit, die sich mit diesem Entscheid eingestellt hatte, tat gut. Trotz Einbruch und Chaos.

In diesem Moment bog Enrico um die Hausecke und trat auf die Terrasse. Er trug ein Tablett mit einem Krug und zwei Gläsern. Suchend schaute er sich um und entdeckte Andrina im Liegestuhl.

Mit ausgreifenden Schritten kam er auf sie zu und stellte das Tablett auf den kleinen Tisch zwischen den Liegestühlen. Mit einem Aufseufzen liess er sich auf dem zweiten Liegestuhl nieder.

«Wenigstens ist das Haus wieder bewohnbar.» Er füllte die Gläser, in denen Eiswürfel waren. «Ich habe mir erlaubt, eine Flasche von deinem Holunderblütensirup zu öffnen, den du aus der Wohnung mitgebracht hast. Ich habe so was noch nie getrunken und bin gespannt.» Er nippte an seinem Glas. «Fein. Davon musst du mehr machen.»

Andrina richtete sich auf und griff nach ihrem Glas. «Es tut mir leid, dass ich schlappgemacht habe und du den Rest alleine machen musstest.»

«Das ist kein Problem. Es war nicht mehr viel.» Er stellte das Glas ab. «Signor Mäder hat angerufen.»

«An einem Sonntagabend?»

«Ich habe mich wie du gewundert. Ihm scheinen die Einbrüche keine Ruhe gelassen zu haben. Er meinte, es gäbe Hinweise, Köbi könne bei dem Einbruch in der Firma ebenfalls beteiligt gewesen sein.»

«Woher will er das wissen?»

«Das hat er nicht gesagt.»

«Warum sollte er einbrechen? Er hat einen Badge.»

«Mit dem Badge kommt er um diese Uhrzeit nicht rein. Er hat aber einen Schlüssel und kennt den Code. Das macht alles keinen Sinn.»

«Welchen Code?»

«Damit die Alarmanlage abgeschaltet wird.»

«Den kennt er?», fragte Andrina.

«Den wissen alle von der Geschäftsleitung. Trotzdem hat er den Weg durch das Fenster gewählt. Eine mögliche Erklärung wäre: Er wollte den Verdacht von sich ablenken. Die Polizei hat Blutspuren an der Fensterscheibe gefunden.»

«Dazu müssten sie aber eine Vergleichsprobe haben.»

«Die haben sie aus seiner Wohnung.»

«Das Ergebnis können sie unmöglich schon haben», hielt Andrina dagegen.

«Es habe vor dem Fenster etwas gelegen, das ihm gehöre, meinte Signor Mäder. Was es ist, wollte er nicht sagen.»

«Ist das nicht ein wenig viel Zufall?»

Enrico zuckte mit den Schultern.

«Warum sollte in der Firma und in deinem Haus ...»

«... unserem Haus.»

Das «unserem» brachte Andrina aus dem Konzept, und sie brauchte einen Augenblick, bis sie fortfahren konnte. «Welches Motiv sollte er haben? Wenn er Dokumente oder Medikamente bei JuraMed stehlen wollte, hätte er es leichter haben können. An die Medikamente kommt er während des Tages einfacher heran.»

«Das Problem dabei ist die Anwesenheit der Mitarbeiter.» Enrico nahm das Glas, stellte es aber gleich wieder zurück, ohne etwas getrunken zu haben. «Ich habe mir überlegt, ob er gezwungen worden sein könnte.»

An diese Möglichkeit hatte Andrina nicht gedacht.

«Oder jemand will den Verdacht auf ihn lenken», fügte Enrico an.

Andrina sah ihm an, wie er sich diese Option am meisten von allen wünschte. Nach wie vor kam er nicht damit zurecht, sein Freund könne hinter alldem stecken.

«Wie ist es mit Kameras? Die müssten beweisen, wer versucht hat einzubrechen.»

«Im Eingangsbereich gibt es welche. An der Seitenfront nicht. Köbi weiss das.»

«Es macht keinen Sinn», wiederholte Andrina. «Wieso bricht er anschliessend hier ein?»

«Weil er das, was er sucht, in der Firma nicht gefunden hat.»

«Er kam nicht weit. Und was soll das sein?»

Enrico stiess einen Seufzer aus. «Frage mich etwas Einfacheres.»

«Das heisst, es sind nicht die Medikamente, auf die er es abgesehen hat.»

«Das glaube ich inzwischen auch.»

«Warum hast du Köbi gegenüber Herrn Mäder in Schutz genommen, was das Alibi betrifft? Er ist nicht auf Geschäftsreise.»

Enricos Gesicht verdunkelte sich. «Er ist mein Freund.»

«Der sich aber nicht mehr als solcher verhält.»

«Ich muss mit ihm reden. Das bin ich ihm schuldig.»

«Du bist ihm gar nichts schuldig.»

«Doch.»

«Warum?»

Enrico wandte sich ab. Das Schweigen zog sich in die Länge.

«Wie willst du ihn finden?»

«Ich fange bei seiner Schwester an.»

«Was ist, wenn er seine Nachbarin angelogen hat? Das wäre nicht die erste Lüge.»

«Wenn das so ist, muss ich mir etwas anderes einfallen lassen. Aurélie ist der einzige Hinweis, den ich habe.» Er trank einen Schluck. «Morgen haben wir die Einweihung des Anbaus. Mittwoch muss ich in die Ostschweiz zu dem Workshop wegen der Umstrukturierung des Aussendienstes.»

«Wolltest du nicht am Donnerstag fahren?»

«Da Köbi nicht da ist, muss ich beide Tage übernehmen. Dazu ist die Sache zu wichtig. Dienstag wäre ein mögliches Zeitfenster für einen Ausflug in den Jura.» Er strich mit dem Zeigefinger über die beschlagene Oberfläche des Glases. «Kommst du mit?»

«Unter der Woche?»

«Dir ist schlecht.»

«Was?» Andrina begriff. «Vergiss es. Ich lüge Elisabeth nicht an.»

«Du hast recht, ein blöder Vorschlag.»

«Ich frage sie, ob ich mir einen Tag freinehmen kann. Ich habe genügend Ferientage.»

SECHS

«Ich freue mich, Sie kennenzulernen», sagte Hartmann und schüttelte Andrina die Hand. Er war der CFO von JuraMed. Andrina schätzte den Finanzchef auf Ende vierzig. Einzelne graue Haare mischten sich in den dunklen Wuschelkopf. «Warum kompliziert, wenn es einfach geht. Ich bin Gregor.»

«Ueli Siebert», sagte der Mann neben Hartmann. «Aber lassen wir es bei Ueli. Ich bin der Chief Operation Officer.»

«Ich bin Franziska Bauer und Enricos Sekretärin.» Die grauhaarige Frau reichte Andrina die Hand. «Wir haben einige Male telefoniert. Schön, dich endlich persönlich kennenzulernen.»

«Mein Name ist Beat Schär.» Ein hoch aufgeschossener Mann um die fünfzig lächelte Andrina an.

Langsam schwirrte Andrina der Kopf. Sie war froh, neben Enrico zu stehen, da sie sich sonst verloren vorgekommen wäre. In Gedanken wiederholte Andrina die Namen, da sie es peinlich fand, wenn man die Leute nicht mehr mit ihrem Namen ansprechen konnte. Sie befürchtete dennoch, diese nach spätestens fünf Minuten vergessen zu haben. Ihr Namensgedächtnis war eine Katastrophe.

«Warum hast du uns deine Frau so lange vorenthalten, Enrico?», fragte Siebert.

«Stimmt, es wurde Zeit, dich endlich mal persönlich kennenzulernen», sagte Hartmann. «Oh, da kommen Oliver Bieri und Sven Neuhauser.» Hartmann fasste einen blonden Mann Mitte fünfzig am Arm, der gerade an ihm vorbeigehen wollte. «Oliver und Sven, das ist Andrina. Enricos Frau.» Bevor Andrina ihn korrigieren konnte, reichte Neuhauser Andrina die Hand. «Ich bin für alles, was die Qualitätssicherung betrifft, zuständig.»

«Ich gehöre zum Verkaufsteam», sagte Bieri. «Mein Chef Köbi Steiner ist leider krank. Solange muss ich seinen Job machen.»

Offenbar hatte Enrico diese Version beibehalten. Auf der anderen Seite wunderte sich Andrina, dass die Polizei nicht am Arbeitsplatz nachgefragt hatte. Hatten sie es versäumt, oder gab es einen anderen Grund?

«Du wirst ihn länger machen müssen, da Köbi gekündigt hat.» Sieberts Miene verfinsterte sich.

«Was?» Mehrere Köpfe fuhren zu Siebert herum.

«Porca miseria!» Obwohl Enrico die Stimme gesenkt hatte, konnte Andrina deutlich heraushören, wie sie vor Wut vibrierte. «Das ist nicht offiziell. Würdest du das bitte nicht überall herumerzählen!»

«Entschuldigung. Es ist mir herausgerutscht.» Siebert wirkte zerknirscht.

«Hoffentlich ist es das nicht bereits auch an einem anderen Ort.»

«Nein.»

«Bei euch anderen verlasse ich mich auf eure Diskretion.» Er fasste jeden Einzelnen für einige Sekunden ins Auge.

Synchrones Nicken.

«Wieso weisst du überhaupt davon?», wandte sich Bieri an Siebert.

«Er kam gerade in mein Büro, als ich den Brief las», sagte Enrico.

«Ich kann ihn nicht verstehen und bin, muss ich ehrlich sagen, enttäuscht von ihm», murmelte Siebert. «Sich einfach so wegschleichen, um zu kündigen. Den Grund hätte er wenigstens nennen können.»

«Dazu ist er vermutlich nicht gekommen. Immerhin ist er krank», sagte Franziska Bauer.

«Heisst es», erwiderte Siebert gedehnt.

«Willst du etwa sagen, das stimmt nicht?» Franziska Bauer wirkte verstört.

«Ich weiss nicht, was ich hier glauben soll», sagte Siebert. «Er wirkte zufrieden, und andersherum gab es keinen Grund zum Klagen, oder war das anders, Enrico?»

«Er hat einen guten Job gemacht.»

«Eben. Ich dachte, er fühlt sich bei uns wohl. Er ist lange bei JuraMed.»

«Du weisst nicht, was seine Gründe sind», mischte sich Hartmann ein.

«Könnt ihr bitte dieses Thema beenden.» Enrico machte eine Geste, welche die versammelten Leute um sie herum einschloss.

«Wann machst du es offiziell?», fragte Siebert.

«Wenn ich mit ihm gesprochen habe.»

«Hast du das nicht?»

«Thema beendet!»

«Enrico, kann ich dich kurz sprechen?» Eine Frau mit einem blonden Kurzhaarschnitt tippte ihm auf die Schulter.

«Sicher», antwortete er. «Schaut euch bitte um», sagte er in die Runde und war verschwunden, bevor Andrina reagieren konnte.

«Gründe zum Kündigen», nahm Siebert trotz Enricos Bitte die Diskussion wieder auf. «Dass ich nicht lache. Bei diesem Unternehmen gibt es keine. Das Arbeitsklima ist gut. Die Mitarbeiter werden wie Menschen behandelt, was in der heutigen Zeit nicht selbstverständlich ist. So eine kleine Mitarbeiterfluktuation gibt es heute in kaum einem anderen Unternehmen. Warum sollte man da kündigen?»

«Er könnte abgeworben worden sein», sagte Franziska Bauer. «Wenn man ein verlockendes Angebot erhält, kann keiner widerstehen.»

«Ich schon», sagte Siebert.

«Bist du sicher? Du weisst nicht, was Köbi angeboten wurde.»

«Ich muss Franziska recht geben», sagte Schär. «Du kannst nicht in die Leute hineinschauen.»

«Im Moment kommt eins nach dem anderen: der Einbruch, die Kündigung», sagte Hartmann. «Ausserdem ist Enrico dauernd unterwegs. Er kommt nicht mehr zum Luftholen.»

«Richtig», sagte Franziska Bauer. «Daher sollten wir ihn unterstützen, wo es geht. Dazu gehört auch dies: Halten wir uns an seine Bitte und wechseln das Thema. Wir sollten uns lieber um unseren Gast kümmern.» Sie lächelte Andrina an. «Wie wäre es, wenn wir ihr etwas zu trinken anbieten und den Anbau zeigen, da sich Enrico aus dem Staub gemacht hat.»

«Das ist eine gute Idee», sagte Hartmann und nahm ein Champagnerglas vom Tablett einer Angestellten des Caterings. Er drückte Andrina das Glas in die Hand. Bevor sie protestieren konnte, hatte er sich ein weiteres genommen.

Hartmann stiess mit seinem Glas gegen Andrinas. «Ich sage einfach mal, willkommen im Club.» Er lächelte.

«Nun bin ich neugierig, wie es geworden ist», sagte Bieri, nachdem er einen Schluck getrunken hatte. «Enrico und ihr alle aus der Geschäftsleitung habt ein riesiges Geheimnis daraus gemacht.»

Hartmann übernahm die Führung. Andrina, Schär, Bieri, Neuhauser, Bauer und Siebert folgten ihm.

Während sie durch die Räume spazierten, suchte Andrina nach einer Möglichkeit, den Champagner unbemerkt loszuwerden. In einem der Büros, durch die Hartmann sie führte, ergab sich eine Gelegenheit. Sie stellte es neben ein anderes auf den Schreibtisch, wandte sich rasch ab und folgte der Gruppe. Dabei sah sie sich wiederholt um, ob sie Enrico irgendwo entdeckte.

«Was machst du beruflich?», fragte Beat Schär.

«Ich arbeite als Lektorin in einem kleinen Verlag, der Belletristik und Sachbücher verlegt.»

«Stimmt, da gab es diesen Berufsratgeber», sagte Siebert. «Du warst damals hier und hast wegen der Berufsmöglichkeiten in einem Pharmaunternehmen recherchiert.»

«Genau.»

«Jetzt weiss ich endlich, woher du mir bekannt vorkommst», sagte Franziska Bauer. «Was ist aus dem Ratgeber geworden?»

«Elisabeth Veldt, die Verlegerin, hat das Projekt auf Eis gelegt.»

«Schade. Das Ganze klang vielversprechend.»

«Was für ein Projekt?», wollte Hartmann wissen.

«Das war vor deiner Zeit», antwortete Siebert. «Bedeutet auf Eis gelegt in diesem Fall, dass es nicht fertiggestellt wird?»

«Nicht unbedingt», sagte Andrina. «Der Wunsch meiner Chefin ist, den Ratgeber irgendwann herauszugeben. Derzeit laufen zu viele andere Projekte.»

«Es würde mich freuen, wenn es klappt. Lass mich wissen, wenn es so weit ist.»

«Das mache ich», sagte Andrina. Sie musste sich eingestehen, sich zunehmend in dieser Runde wohlzufühlen.

In diesem Moment entdeckte Andrina Enrico. Er diskutierte mit einem Mann. Dieser trug eine Brille und war glatt rasiert. Die Deckenlampe spiegelte sich auf der polierten Glatze.

Der Blick des Mannes huschte umher und traf sich mit ihrem. Er runzelte seine Stirn, als überlege er, woher er Andrina kannte, was sie verwirrte. Sie forschte in ihrer Erinnerung, ob sie dem Mann bereits einmal begegnet war, kam aber zum Schluss, ihn bisher nie gesehen zu haben.

Er wandte sich erneut Enrico zu. Dabei gestikulierte er mit den Händen. Die Diskussion schien alles andere als freundschaftlich zu verlaufen. Auf Enricos Stirn bildete sich eine steile Falte. Der Mann schien nicht mit dem einverstanden zu sein, was Enrico ihm sagte. Mit einer Handbewegung unterstrich Enrico das Gesagte und wandte sich ab. Finster blickte der Glatzkopf Enrico nach, als er sich von ihm entfernte. Erneut traf sich sein Blick mit Andrinas, und sie verspürte ein Kribbeln im Nacken.

Als Enrico Andrina mit den anderen zusammen sah, hellte sich seine Miene auf. Er kam auf sie zu.

«Danke euch, dass ihr Andrina herumgeführt habt.»

«Keine Ursache», sagte Hartmann. «Einer schönen Frau zeigt man gerne die Firma.»

Enrico grinste. «Lass das Regula nicht hören. Wo ist sie überhaupt?»

«Sie muss sich um unseren Kleinen kümmern. Er hat hohes Fieber.»

«Ich wünsche gute Besserung.» Enrico blickte Andrina an. «Ich habe Hunger. Hast du schon etwas gegessen?»

Bevor Andrina antworten konnte, ergriff Schär das Wort. «Was sind wir für schlechte Gastgeber! Das sollten wir dringend nachholen.»

«Ich übernehme das, Beat.» Enrico lächelte.

Gemeinsam kehrten sie in den Empfangsbereich zurück, wo das Catering die Tische aufgebaut hatte. Andrina warf einen Blick über die Schulter. Der Glatzkopf war ihnen gefolgt. Er schaute in ihre Richtung, hängte seinen Kittel über den Arm und verliess mit grossen Schritten das Gebäude.

«Und?», fragte Enrico.

Andrina versuchte das Unbehagen abzuschütteln, das sich verstärkt hatte. «Was? Das Essen?»

«Nein, der Anbau.»

«Er ist schön geworden. Hell und freundlich. Für mich nicht unbedingt selbstverständlich für moderne Bauten.»

«Wieso?»

«Häufig sind das, was heute gebaut wird, irgendwelche Betonklötze, innen wie aussen. Sie sind ungemütlich, abweisend und steril. Das ist hier nicht der Fall. Der Anbau ist farblich auf das Hauptgebäude abgestimmt. Diese Leichtigkeit gefällt mir.» Andrina nahm den Früchtespiess, den Enrico ihr reichte.

Einen Augenblick assen sie schweigend.

«Wird dein Büro im neuen Teil sein?», fragte sie.

«Ich habe vor umzuziehen. Dieses Privileg erlaube ich mir.» Enrico lächelte, aber er wirkte nicht bei der Sache. Er blickte zur Tür, durch die der Glatzkopf verschwunden war.

«Wer war das, mit dem du vorhin gesprochen hast?»

«Wen meinst du?»

«Diesen Glatzkopf.»

«Das war der Inhaber der Elektrikerfirma, die am Bau beteiligt gewesen war.» Enrico nahm ein Canapé und biss hinein.

«Du sahst nicht zufrieden aus, dabei haben sie ihren Job offensichtlich gut gemacht.» Andrina dachte an die Beleuchtungsinstallationen in den einzelnen Büros. Das Gleiche galt für die Anschlüsse der Computer. Sie waren im Boden eingelassen, und keine Kabel lagen als Stolperfallen herum.

«Das erst beim zweiten Anlauf. Sie hatten zuerst alle Kabel falsch verlegt. Dabei hatte der Architekt erstklassige Pläne gemacht. Alles musste aufgespitzt und neu verlegt werden.»

Andrina erinnerte sich an das Theater. Das fehlerhafte Verlegen hatte eine längere Verzögerung nach sich gezogen, da andere Arbeiten erneut gemacht werden mussten. Enrico hatte Befürchtungen gehabt, der Anbau könnte nicht termingerecht fertiggestellt werden. Zum Glück hatte es knapp gereicht.

«Nun möchte er, dass ich die doppelte Arbeit zahle, woran ich aber nicht denke. Es ist eindeutig der Fehler seiner Arbeiter und nicht meiner. Wenn sie die Pläne genau angeschaut und alles so ausgeführt hätten, wäre das nicht passiert. Zudem weigert er sich, die Zusatzkosten, die durch sein Verschulden entstanden sind, zu begleichen.»

Enrico schnaubte und trank einen grossen Schluck Champagner. «Ich habe einen Anwalt eingeschaltet, worüber er nicht begeistert ist. Eine Verhandlung würde seine Firma in Verruf bringen.»

«Er ist bestimmt für derartige Fälle versichert.»

«Das sollte er sein.»

«Und jetzt?»

«Er weigert sich nach wie vor zu zahlen und hat mir mit Konsequenzen gedroht, falls das Image seiner Firma einen Schaden davonträgt.»

Andrina bekam einen schalen Geschmack im Mund. Moretti drängte sich in den Vordergrund. Sein Auftauchen war offenbar nicht genug. Es gab weitere Unannehmlichkeiten. Wieder blitzte der Gedanke «Mafia» in ihrem Kopf auf. Steckten Moretti und der Elektriker unter einer Decke? Waren die Fehler bewusst inszeniert gewesen? Der dunkle Teint hatte den Inhaber der Elektrikerfirma südländisch wirken lassen. Dennoch war es unwahrscheinlich, dass sie einander kannten.

«Wie heisst der Typ?», fragte sie.

«Warum willst du das wissen?»

«Nur so.»

«Fernando Gallo von G&B Electrics.»

Andrina schauderte.

«Was ist?», fragte Enrico.

«Nichts.»

«Lass uns das Thema wechseln und uns nicht von solchen Nichtigkeiten den Anlass verderben.» Enrico stellte sein ausgetrunkenes Glas auf ein Tablett, das ihm eine Mitarbeiterin des Caterings hinhielt, und nahm ein neues mit Champagner für sich und eins mit Orangensaft für Andrina. *«Â salute»*, sagte er lächelnd, als er leicht sein Glas gegen Andrinas stiess.

SIEBEN

Andrina schaute auf die vorbeiziehende Landschaft. Der Wald, der aus Nadelhölzern bestand, war durchsetzt von offenen Weiden, wie es im Jura typisch war. Obwohl es ein Tag zum Geniessen war, stellte sich keine Entspannung ein. Es half nicht einmal, als Enrico kurz nach dem Verlassen der Autobahn das Dach des Cabrios geöffnet hatte und die milde Luft über Andrinas Gesicht strich und die Haare flattern liess.

Die am Horizont aufziehenden dunklen Wolken passten eher zu der gedrückten Stimmung, die herrschte. Nach einer Tropennacht, was gemäss Meteo eine Besonderheit war, weil im Vergleich zum Hochsommer die Nächte jetzt eher kühl seien, hatten die Meteorologen für heute einen Hitzetag mit Gewittern vorausgesagt. Obwohl es erst Vormittag war, würden die Gewitter nicht bis zum Nachmittag warten.

Seit der Abfahrt hatte Enrico kaum ein Wort gesprochen, und beide hingen ihren Gedanken nach. Andrina grübelte unter anderem darüber nach, wohin genau im Jura sie unterwegs waren. Das hatte Enrico nämlich nicht gesagt. Die Adresse, die er in das Navi eingetippt hatte, sagte Andrina nichts.

Inzwischen war das Zielfähnchen auf dem Display aufgetaucht. Für Andrina stand es mitten im Nichts.

Kurz nachdem sie die Ortseinfahrt von Les Bois passiert hatten, bog Enrico links und gleich darauf noch einmal scharf links ab. Sie fuhren über eine freie Fläche. Rechter Hand stand ein einzelner Baum: Er wirkte genauso verloren, wie Enrico Andrina je länger, je mehr erschien. Einige Meter weiter bog Enrico in einen schmalen Weg rechts ab und fuhr direkt auf die sich auftürmenden Wolken zu, die von Minute zu Minute dunkler wurden.

«Willst du das Dach nicht schliessen?», fragte Andrina.

«Wir sind gleich da.»

Sie fuhren über einen Viehrost. Auf der Weide neben der Strasse grasten Kühe und Pferde nebeneinander. Als Enrico vorbeifuhr, hoben einzelne Pferde den Kopf, liessen ihre Ohren nach hinten und nach vorne schnellen und senkten den Kopf, um weiterzugrasen. Als sie um eine Kurve fuhren, tauchte ein grosses Gehöft mit mehreren Stallgebäuden auf. Auf einer Weide standen einige Esel. Enrico fuhr an ihnen vorbei und bog auf einen kleinen Parkplatz, auf dem zwei Wagen abgestellt waren. Verwundert blickte Andrina Enrico an.

«Hier auf diesem Hof, na ja, Gut passt eher, wohnt Köbis Schwester?»

«Nein. Ich wollte nicht direkt vor ihrem Haus anhalten und Köbi damit Gelegenheit geben, sich zu verstecken.»

«Warum sollte er das tun?», fragte Andrina.

«Bis jetzt ist er mir erfolgreich aus dem Weg gegangen beziehungsweise hat nicht reagiert, wenn ich ihn gebeten habe, zurückzurufen.»

«Meinst du, er ist tatsächlich hier?»

«Ja. Es soll ein Überraschungsbesuch sein. Wir laufen ein kleines Stück.»

Der Wind frischte auf, und die dunklen Wolken schoben sich vor die Sonne.

«Wenn wir zu Fuss bei ihm auftauchen, hat er länger Gelegenheit, sich uns zu entziehen.»

«Mein Auto, das er kennt, fällt eher auf als zwei Spaziergänger.» Enrico schloss das Dach und stieg aus.

«Du willst ausgerechnet jetzt einen Spaziergang machen?» Andrina deutete zum Himmel. Donnergrollen. Einzelne Tropfen fielen.

«Wir können das Gewitter abwarten.» Enrico ging mit weit ausgreifenden Schritten auf ein Gebäude zu.

«Dürfen wir hier einfach parken?», fragte sie.

«Das ist eins der Besuchszentren für alte Rösser», antwortete Enrico.

«Für was?»

«Ein Pferdealtersheim. Wir sind Besucher. Möchtest du einen Kaffee trinken oder dir die Stallungen anschauen?»

Enrico wartete Andrinas Antwort nicht ab und marschierte auf die Stallgebäude zu. Ihre Verwirrung wuchs, und sein Verhalten irritierte sie. Es wurde deutlich, unter welchem Druck er stand. Sie folgte ihm zum ersten Stall. Kaum hatten sie ihn erreicht, öffnete der Himmel seine Schleusen. Andrina fragte sich, wie es den Pferden auf den Weiden erging, an denen sie vorhin vorbeigefahren waren. Zu ihrem Erstaunen war der Stall nicht leer. Pferde schauten sie erwartungsvoll an. Es blitzte, und ein neues Donnergrollen, das aber weit entfernt war, war zu hören. Den Pferden schien das Wetter nichts auszumachen. Neugierig streckten sie ihnen ihre Köpfe entgegen. Andrina strich über die Nüstern einer Fuchsstute. Sie war erstaunt, wie weich sie waren. Andrina las die Informationstafel, auf der das Schicksal des Pferdes zusammengefasst war.

«Köbis Schwester hat hier gearbeitet, bevor sie in Pension ging.»

«Wie alt ist sie?» Andrina dachte an Köbi, den sie auf Anfang fünfzig schätzte. Die Fuchsstute schnaubte und stiess ihre Hand an. Andrina musste lächeln, als sie ihre Nüstern in ihre Handfläche drückte.

«Aurélie ist fast zwanzig Jahre älter als Köbi. Nach dem Tod der Mutter hat ihr Vater nochmals geheiratet. Eine Deutschschweizerin. Er ist weggezogen. Aurélie ist hiergeblieben. Nach der Pensionierung hat sie hier noch stundenweise ausgeholfen. Letztes Jahr musste sie operiert werden. Ein Bandscheibenvorfall.» Er schielte zu Andrina. «Seitdem darf sie keine schweren Arbeiten verrichten. Komm, das Gewitter hat uns nur gestreift, und es hat aufgehört zu regnen.»

Hand in Hand schlenderten sie den Weg zu den Weiden entlang. Die Sonne war hinter den Wolken hervorgekommen und heizte die feuchte Luft auf. Kein Luftzug regte sich. Es war, als beginne es gleich von Neuem in der Atmosphäre zu brodeln. Andrinas Haut fühlte sich klebrig an.

Als Enrico Anstalten machte, die Weide zu betreten, zögerte sie.

«Es ist nur ein kurzes Stück.» Er deutete nach rechts, was Andrina recht vage erschien. «Als ich Aurélie das letzte Mal besucht habe, hat sie mir die Ställe gezeigt. Wir sind über die Weide zu ihrem Haus gegangen.»

«Ich kann nicht …» Andrina verkrampfte sich mehr und mehr. Sie verfluchte ihre Nachlässigkeit, nicht mehr automatisch die Walkingstöcke mitzunehmen. Warum hatte Enrico sie nicht vorgewarnt, sie müsse einen unebenen Weg bewältigen. Reiss dich zusammen, dachte sie und setzte einen Fuss auf die Weide.

«Es tut mir leid, nicht daran gedacht zu haben», sagte Enrico.

«Kein Problem. Es wird gehen.» Andrina rang sich ein Lächeln ab. Sie sollte endlich versuchen, solche Wege ohne Hilfsmittel in Angriff zu nehmen. Zwar hatte sie im letzten Jahr Fortschritte gemacht, aber seit einigen Wochen stagnierten diese, was sie zusehends frustrierte. Das war also eine wunderbare Gelegenheit, einen Fortschritt zu erzielen.

Enrico legte seinen Arm um ihre Schultern. Dankbar stützte sie sich bei ihm ab, als sie über den unebenen Untergrund stolperte. Enrico passte seine Geschwindigkeit ihrer an und sagte nichts. Das feuchte Gras, das über ihre Füsse strich, die in Sandalen steckten, empfand sie als angenehme Abkühlung. Nach einer für Andrina erscheinenden Ewigkeit erblickte sie eine schmale asphaltierte Strasse, in deren Richtung Enrico sie an zwei Kühen und drei Pferden mit einem Fohlen vorbeidirigierte.

Als sie an der Strasse angekommen waren, atmete Andrina auf. Sie merkte, dass sich ihr Atem beschleunigt und sie noch mehr zu schwitzen begonnen hatte. Früher war sie nur bei ihren Joggingrunden, wenn sie ein zügiges Tempo vorgelegt und versucht hatte, die Vita-Parcours-Strecke unter zwanzig Minuten zu laufen, so ausser Atem gewesen.

«Ich bin völlig untrainiert», murmelte Andrina. «Wenn ich wenigstens joggen könnte.»

«Du musst dir Zeit lassen.»

«Ich möchte endlich Sport machen können.»

«Du machst viel – Rückenturnen und Walking.»

«Du meinst eher, mit Stöcken spazieren gehen. Das läuft für mich nicht unter Sport.»

Ein Lächeln umspielte seinen Mund. Mit der Hand strich er eine Haarsträhne hinter ihr Ohr. «Was ist für dich Sport?»

«Skifahren …»

«Skifahren? Ich kann das auch nicht.»

«Aus einem anderen Grund als ich. Du hast es nie gelernt.»

Enrico drehte Andrina zu sich und legte seine Arme um ihre Taille.

«Ich weiss, du hörst es nicht gerne, und Geduld mit dir selbst zu haben gehört nicht zu deinen Stärken, aber du musst dir Zeit geben. Das, was du erreicht hast, ist nicht selbstverständlich, und ich bewundere dich dafür.»

Andrina schnaubte. Bevor sie zu einer Erwiderung ansetzen konnte, küsste Enrico sie.

«Skifahren ist nicht unbedingt der ideale Sport.»

«Es ist einer, der mir viel bedeutet – bedeutet hat», sagte sie. «Wie Joggen.»

Enrico fuhr mit dem Zeigefinger über Andrinas Wange. Dieses Thema kam nicht zum ersten Mal zur Sprache. Andrina war klar, dass er sich ihres Schmerzes deutlich bewusst war, wenn es um Dinge ging, die sie vermutlich nie mehr würde machen können.

«Es gibt Alternativen zum Joggen und Skifahren.»

«Die da wären?»

«Schwimmen.» Ein Lächeln huschte über sein Gesicht, das gleich wieder verflog. Er setzte sich in Bewegung.

Seit Morettis Auftauchen und Enricos Bericht über das, was in seiner Jugend mit Stefano passiert war, verstand Andrina, warum Schwimmen ihm so viel bedeutete. Damals hatte sie ihn nicht darauf angesprochen, aber jetzt war ihr einiges klarer.

«Wir sind da.» Er deutete auf ein kleines Haus, das mit Efeu überwuchert war. In dem kleinen Vorgarten blühten Malven. Enrico trat durch das schiefe Holzgartentor und klingelte.

Als Andrina dachte, es wäre niemand da, wurde die Tür geöffnet. Eine drahtig gebaute grauhaarige Frau erschien.

«Enrico!», rief sie. *«Quelle surprise!»* Nachdem sie ihn fest umarmt hatte, schob sie ihn ein Stück zurück und musterte ihn eindringlich. «Du hast dich nicht verändert, seit wir uns das letzte Mal gesehen haben.» Ihr Blick wanderte zu Andrina.

«Meine –»

«Bonjour», fiel Aurélie ihm ins Wort und schüttelte Andrina überschwänglich die Hand. «So eine Überraschung», sagte sie. Ihr Deutsch hatte den typisch französischen melodiösen Akzent. «Was führt euch mitten in der Woche in den Jura?» Enrico setzte zu einer Antwort an, aber auch dieses Mal kam sie ihm zuvor. «Kommt rein. Euer Besuch ist eine willkommene Abwechslung.»

Sie trat zur Seite. Diese Frau sollte Anfang siebzig sein? Sie wirkte mindestens zehn Jahre jünger. Verstohlen musterte Andrina sie. Aurélie wirkte aufgedreht und keinesfalls verkrampft, womit Andrina am ehesten gerechnet hatte. Sollte Köbi sich bei ihr aufhalten, musste sie sich denken können, was Enricos Besuch bedeutete. Andrinas Herz würde an ihrer Stelle bis zum Hals klopfen. Entweder war Köbi nicht da oder Aurélie eine gute Schauspielerin.

Aurélie führte Andrina und Enrico in ein kleines, einfach, aber gemütlich eingerichtetes Wohnzimmer. Andrina blickte sich unauffällig um und suchte nach Hinweisen auf Köbis Anwesenheit. Sie entdeckte allerdings nichts. Wieder gingen ihr die zwei Möglichkeiten durch den Kopf. Entweder war er nicht hier, oder sie hatten Andrina und Enrico bereits entdeckt, als sie über die Weide gekommen waren, und schnell alle verräterischen Spuren beseitigt.

Aurélie bat sie, Platz zu nehmen, und eilte in die Küche, in der Andrina durch die Tür einen altmodischen Herd erkennen konnte. Erleichtert liess Andrina sich auf einem der Sessel nieder und streckte die Beine aus. Die Verkrampfung, die sich beim Überqueren der Weide in ihrem Rücken festgesetzt hatte, löste sich.

Sie wechselte mit Enrico einen Blick. Die Fragen, die sie beschäftigten, mussten offen in ihrem Gesicht zu erkennen sein, denn er zuckte mit den Schultern.

Andrina fragte sich, wie sie sich am besten nach Köbi erkundigen konnten, beschloss aber, das Gespräch Enrico zu überlassen und ihre Position als Beobachterin beizubehalten.

Kurz darauf kam Aurélie mit einem Tablett mit drei dampfenden Kaffeetassen, drei Gläsern, einer Karaffe mit Wasser und einem Teller, auf dem drei Stücke Fruchtwähe lagen, zurück. Aurélie schob die Zeitschriften, die sich auf dem kleinen Tisch befanden, zur Seite und arrangierte alles. Sie neigte den Kopf, als prüfe sie, ob etwas fehle. Offenbar befand sie es für gut und setzte sich Andrina und Enrico gegenüber.

Bei dem Kaffeegeruch begann Andrinas Magen zu rebellieren, aber sie schaffte es, den Würgereiz unter Kontrolle zu halten. So unauffällig wie möglich schob sie die Tasse ein Stück von sich fort, damit der Geruch nicht direkt in ihre Nase stieg.

Donnergrollen draussen kündete ein weiteres Gewitter an. Andrina warf einen Blick zum Fenster.

«Ich denke, das wird uns nur streifen», sagte Aurélie.

Andrina fragte sich, woher sie die Gewissheit nahm, beliess es aber dabei.

«Das Wetter ist dieses Jahr seltsam. Im Frühling war es zu kalt, und jetzt ist der Hochsommer Ende August gemäss Meteo ungewöhnlich.» Sie deutete auf die Wähenstücke. «Bitte bedient euch. Wie gut, dass ich heute gebacken habe. Wir haben Spielenachmittag, und ich bin mit der Verpflegung dran.»

Mit einem Mal kam sie Andrina hyperaktiv vor. Es schien, als ob die aufgesetzte Fassade zu bröckeln begann. Aurélie rutschte nach vorne auf die Kante ihres Sessels, um sich gleich darauf wieder nach hinten zu stossen. Ihr Blick wechselte von Enrico zu Andrina und zurück. Offenbar verunsicherte sie ihr Schweigen. Fellers Taktik, dachte Andrina und fragte sich, warum sie ausgerechnet jetzt an ihn denken musste. Sie schielte zu Enrico, der sich vorbeugte und seine Tasse mit Kaffee anhob. Er nahm einen Schluck und stellte sie zurück.

«Merci, ma chère.» Bisher hatte Andrina Enrico kein Wort Französisch sprechen gehört, und das italienisch gefärbte Französisch klang seltsam in ihren Ohren. «Wir wollen dir nichts wegessen», fuhr er fort.

Aurélie machte eine wegwerfende Bewegung mit der Hand. «Iss! Du bist immer noch zu dünn. Die meisten der Frauen von unserer Jassrunde haben zu viel auf den Rippen.»

Enrico blickte an sich hinunter und strich mit der Hand über den flachen Bauch.

Andrina schob ein Stück Zwetschgenwähe in den Mund. Sie war köstlich.

«Nun sag schon, was führt dich hierher?» Endlich sprach Aurélie die Frage aus, die ihr offenbar unter den Nägeln brannte. «Warum seid ihr hier? Es hat hoffentlich nichts mit Köbi zu tun.»

Sie wirkte unsicher. Falsch, wachsam passte eher.

«Wie kommst du darauf?», fragte Enrico.

Aurélie senkte den Kopf und begann ihre Hände zu kneten. Das Schweigen zog sich in die Länge.

«Nicht direkt», sagte schliesslich Enrico. «Wir wollten ihn nur besuchen.»

«Hier?» Ihr Kopf schoss hoch, und das Erstaunen wirkte echt.

«Ja», antwortete Enrico.

«Er war fast ein Jahr nicht mehr hier. Mehr als einmal habe ich mich bei ihm beschwert. Ein Besuch bei seiner alten Schwester ist längst überfällig. Wieso meinst du, er sei hier, und das ausgerechnet unter der Woche?», fragte Aurélie.

Enrico stellte die Kaffeetasse ab. Aurélie wischte sich über die Stirn, auf der sich Schweisstropfen gesammelt hatten. Die Bewegung wirkte fahrig. Köbi musste hier sein, oder sie musste zumindest wissen, wo er sich aufhielt.

Als sie nichts sagte, begann Enrico zusammenfassend zu schildern, was in der letzten Woche geschehen war. Dabei behielt er Aurélie im Blick.

«Gekündigt? Davon hat er mir nichts gesagt.» Wieder wirkte das Erstaunen echt. «Im Anschluss daran soll er bei dir eingebrochen sein? Unmöglich.» Das schien aufgesetzt. Sie runzelte die Stirn. Enrico beugte sich vor. Aurélie wich seinem Blick aus. Stattdessen traf ihr Blick den von Andrina. Sie las Angst darin. Aurélie presste ihre Hände vors Gesicht und gab einen erstickten Laut von sich. Erschrocken sahen Andrina und Enrico einander an.

«Sie waren hier», stiess Aurélie hervor.

«Wer?», fragte Enrico.

«Gestern.»

«Wer war hier?», wiederholte Enrico seine Frage.

«Zuerst dachte ich, das sei unmöglich. Das konnte nicht Köbi sein, über den sie mir das berichteten.»

«Aurélie! Wer war hier?»

«Sie haben nichts von dem Einbruch bei dir gesagt. Sie meinten, er werde als Tatverdächtiger wegen Einbruchs gesucht. Dabei wurde weder JuraMed noch dein Haus erwähnt.» Sie nahm die Hände weg, und Andrina konnte die Tränen in ihren Augen glänzen sehen.

«Wer hat das gesagt?», fragte Enrico weiter.

«Die Polizei», flüsterte sie. «Sie fragten mich, ob ich wisse, wo Köbi sei.»

«Was hast du ihnen gesagt?»

«Das Gleiche wie dir.»

«Ist er wirklich nicht hier?», hakte Enrico nochmals nach.

Aurélie verkrampfte die Finger ineinander und legte die Hände in ihren Schoss.

«Bitte sag die Wahrheit. Ich muss mit ihm reden. Ich möchte wissen, warum er das getan hat.»

«Er ist nicht hier.»

«Ich will ihn nicht belangen. Wenn ich den Grund weiss, kann ich eventuell sein Handeln verstehen und ihm – als

Freund – helfen, bevor ihn die Polizei findet und er in die Mühlen des Gesetzes gerät.»

Aurélie wischte mit dem Handrücken über ihre Augen. «Das letzte Mal habe ich mit ihm vor zwei Wochen telefoniert. Seitdem hatte ich keinen Kontakt mehr zu ihm.»

«Wie wirkte er damals auf dich?»

«Das haben mich die Beamten bereits gefragt.»

«Und?» Andrina konnte Enrico die Ungeduld ansehen, und sie bewunderte ihn, weil er sie gut zurückhielt.

«So wie immer.» Aurélies Augen huschten zur Seite, und sie vermied es, Andrina oder Enrico anzusehen.

Sie log. Eindeutig. Andrina war sich sicher, sie würden nicht zu ihr vordringen können, um die Wahrheit zu erfahren. Sie mussten einen anderen Weg finden.

Enrico beugte sich ein Stück weiter vor. Aurélie gelang es, nicht zurückzuweichen, aber Andrina sah, wie viel Mühe es sie kostete. Es war, als nagle er sie mit seinem Blick fest. Nach einer Weile stand Enrico auf.

«Lass uns gehen», sagte er und war aus dem Raum heraus, bevor Andrina wusste, was geschah.

«Glaubst du ihr?», brach Andrina das Schweigen.

«Nein.»

Andrina war froh, als sie auf die schmale Strasse, die zu dem Pferdegut führte, abbogen. Nachdem sie Aurélie verlassen hatten, hatte Enrico gefragt, ob sie einen kleinen Spaziergang machen könnten. Er brauche Zeit zum Nachdenken. Der *kleine* Spaziergang dauerte nun über zwei Stunden und hatte über Schotterstrassen und Wiesenwege geführt. Andrina merkte, wie sie an ihre Grenzen kam. Erneut verwünschte sie sich, nicht an die Walkingstöcke gedacht zu haben.

Erschwerend kam hinzu, dass sie während der ganzen Zeit kein Wort gesprochen hatten. Eine Unterhaltung hätte sie abgelenkt und ihr geholfen, wenn sie merkte, dass sie nicht mehr konnte.

Sie hatte das Schweigen nicht gebrochen, da ihr klar war,

wie wichtig es für Enrico war, seinen Gedanken nachhängen zu können. Doch jetzt brauchte sie ein Gespräch, das ihr half, das letzte Stück des Weges zu meistern.

Andrina fuhr sich mit der Hand über die Stirn. Das T-Shirt klebte an ihrem Rücken. Es war tüppiger geworden, als es bei ihrer Ankunft gewesen war. In der Ferne sah sie neue Wolkentürme, die bereits von dem anfänglichen Weiss ins Dunkelgraue wechselten. Es würde weitere Gewitter geben.

Enrico blieb stehen und blickte in die Richtung, aus der sie gekommen waren. «Sagen wir es mal so. Sie hat teilweise die Wahrheit gesagt.»

«Was meinst du mit ‹teilweise›?», fragte Andrina.

«Ich denke, Köbi ist nicht bei ihr, und es ist einige Zeit her, seit er das letzte Mal hier war. Aber ich habe das Gefühl, sie weiss mehr.»

«Du meinst, sie weiss, warum er eingebrochen ist?»

«Indirekt. Er wird ihr etwas berichtet haben. Ihr könnte zu dem Zeitpunkt nicht klar gewesen sein, was das zu bedeuten hatte und was er ihr da anvertraut hat. Erst jetzt sieht sie einen Bezug.»

«Du willst damit sagen, sie kennt den Grund für sein Verschwinden?»

Enrico neigte den Kopf von der einen zur anderen Seite. «Nicht nur. Vielleicht ist ihr damals nicht bewusst gewesen, dass es, wie soll ich sagen, in diese Katastrophe ausarten könnte. Vielleicht hat Köbi nur Andeutungen gemacht, nach dem Motto: Es gibt da einen Vorfall …» Enrico hielt Andrina die Hand hin und führte sie über das Viehgitter auf der Strasse. Als sie es überquert hatten, legte er den Arm um ihre Schultern. Gemächlich gingen sie weiter. Die Pferde waren weg. Nur Kühe grasten auf der Weide. Vermutlich hatte man die Pferde in den Stall geholt.

«Warum hast du sie nicht darauf angesprochen?»

«Es hatte keinen Sinn. Wie du bemerkt hast, kamen wir keinen Schritt weiter. Ich hatte zwar gehofft, sie werde sich uns öffnen, aber sie tat das Gegenteil. Es brachte definitiv nichts, weiter auf sie einzureden und sie mit Fragen zu bombardieren.»

Das klang nach Aufgabe, und Andrina wunderte sich darüber. Es passte nicht zu Enrico.

«Meinst du, sie hat es den Beamten gesagt?», fragte Andrina.

«Nein. Ihnen wird sie weniger als uns erzählt haben.»

«Was willst du als Nächstes tun?»

«Ich weiss es nicht.»

Sie bogen um eine Kurve, und Andrina war froh, die Eselweide zu erblicken. Gerade buckelte das Eselfohlen über die Weide und schlug nach seiner Mutter aus. Es umrundete einen anderen Esel, der die Ohren anlegte und nach dem Fohlen schnappte.

«Ich verstehe das alles nicht. Es scheint, Köbi steckt wirklich hinter den Einbrüchen bei JuraMed und bei uns zu Hause», sagte Enrico.

«Du hast Aurélie gefragt, ob ihr beim letzten Kontakt mit ihrem Bruder eine Veränderung an ihm aufgefallen ist. Wie ist es mit dir? Hast du etwas bemerkt?»

Enrico blickte sie erstaunt an. «Gute Frage. Ich weiss es ehrlich gesagt nicht. In den letzten Wochen war viel los. Alle in der Firma waren angespannt. Ob Köbis Anspannung also einen anderen Grund hatte, kann ich beim besten Willen nicht sagen. Ich empfand keine Veränderung in seinem Verhalten mir gegenüber. – Wollen wir hier verspätet zu Mittag essen oder es lieber unterwegs tun?»

«Unterwegs», sagte Andrina, die keinen Hunger verspürte.

Enrico betätigte den Türöffner des Cabrios und hielt Andrina den Schlüssel hin. «Möchtest du zurückfahren?»

«Besser nicht. Ich traue meinen Beinen nicht.»

Enrico schaute auf die Uhr. «*Madre mia!* Bei allem habe ich auf dich keine Rücksicht genommen. Bitte entschuldige.» Sein Gesichtsausdruck unterstrich das Gesagte. «Wie lange sind wir gelaufen? Es müssen fast zweieinhalb Stunden gewesen sein. Und das ohne Stöcke.»

«Es ist kein Problem, und langsam sollte es möglich sein, nicht dauernd auf mich zu schauen, wenn wir einen Ausflug machen.»

«Einspruch.» Er zog sie an sich.

Bisher hatte Enrico darauf geachtet, die Ausflüge an Andrinas Möglichkeiten anzupassen. Zwar konnte sie hin und wieder je nach Tagesform Strecken von bis zu einer Stunde ohne Wanderstöcke meistern. Über zwei Stunden ohne Pause war sie bisher aber nur mit Stöcken unterwegs gewesen. Andrina hatte in der Vergangenheit mehrfach ein schlechtes Gewissen gehabt, wenn sie etwas nicht unternehmen konnten, weil Andrina körperlich dazu nicht in der Lage war oder einen schlechten Tag hatte.

«Ich weiss nicht, was in mich gefahren ist», fuhr er fort. «Das kommt davon, wenn man nur mit sich selber beschäftigt ist und das, was wirklich wichtig ist, aus den Augen verliert.»

«Wie gesagt, es ist kein Problem.»

Enricos Handy klingelte. Er blickte auf das Display und runzelte die Stirn. Schliesslich nahm er das Gespräch entgegen, als Andrina sich sicher war, er werde es nicht mehr tun.

«Signor Mäder», formte er lautlos mit den Lippen. «Ob es uns gut geht?», fragte er. Die Verwirrung in seinem Gesicht nahm zu. «Warum?» Er lauschte. «Wir sind unterwegs … Man hat was?» Er wurde blass. «Aber …» Ein weiteres Mal wurde er von Mäder unterbrochen, der anscheinend auf ihn einredete. «Darauf kann ich Ihnen keine Antwort geben … Wir haben heute freigenommen und machen einen Ausflug. Es wird eine Weile dauern, bis wir in Aarau sind.» Er wirkte zerstreut. Falsch, zappelig passte besser. Sein Verhalten beunruhigte Andrina zusehends. «Ja, ist gut», beendete er das Gespräch.

Er starrte das Handy an, nachdem er das Gespräch unterbrochen hatte. «Sie haben Köbis Auto gefunden.»

«Ist das eine gute oder schlechte Nachricht?», fragte Andrina, als er nicht weitersprach.

«Von Köbi fehlt weiterhin jede Spur.»

«Wo hat man den Wagen gefunden?»

«Auf dem Parkplatz bei der Hard. Dort haben wir unser Auto abgestellt, als wir zur Wasserflue hochgelaufen sind.»

Andrina wusste, wo.

«Und?», fragte sie.

«Im Kofferraum hat man die Leiche einer Frau gefunden.»

Andrina schwankte. Enrico bekam ihren Arm zu fassen.

«Die Frau hatte keine Papiere bei sich. Man weiss also nicht, um wen es sich handelt. Herr Mäder hat mich gebeten, vorbeizukommen und mir ein Bild anzuschauen. Er hofft, ich würde sie kennen.»

«Könnte es Köbis Nachbarin sein?»

«Wie kommst du darauf?»

Andrina schwieg.

«Ich weiss es nicht. Dazu muss ich das Bild erst einmal sehen.»

Andrina schloss kurz die Augen. «Er weiss nicht, wo wir sind?»

«Ich habe vermieden, ihm das auf die Nase zu binden.»

Das Warum konnte Andrina gerade zurückhalten. Mäder sollte nichts von ihrem Besuch bei Aurélie wissen.

«Das heisst, wir sollten uns schleunigst auf den Rückweg machen.»

«Vorher habe ich etwas anderes zu erledigen. Ich gehe nochmals zu Aurélie. Alleine.» Seine Entschlossenheit erschreckte Andrina.

«Wenn er da ist und dieser Frau etwas angetan hat, wird er nicht davor zurückschrecken, es bei dir zu versuchen», sagte Andrina.

«Ich weiss mir zu helfen.»

«Sie sind zu zweit, und du bist allein.»

Enrico fasste Andrinas Schultern und drehte sie zu sich. «Er hat es nicht getan. Davon bin ich überzeugt.»

«Woher nimmst du die Gewissheit?»

«Ich weiss es nicht.»

«Begib dich bitte nicht in Gefahr.»

Enrico strich mit dem Zeigefinger Andrinas Kinnpartie entlang. «Ich habe gerade ein Déjà-vu. Vor zwei Jahren glaubten alle, ich sei ein Mörder. Es gab nur eine Person, die das nicht tat und sich für mich einsetzte, obwohl alles gegen mich sprach. Dabei stellte sie alles hinten an, und nichts in ihrem Leben war mehr wie früher ...»

«Hör auf, Enrico. Köbi ist nicht du, und du bist nicht ich.»

«Wieso nicht?»

Andrina senkte den Kopf und musste mehrmals durchatmen, bevor sie ihm in die Augen blickte. «Okay, gehe zurück. Vielleicht triffst du ihn sogar an. Ich warte da vorne im Café und schaue, was es zu essen und zu trinken gibt. Wenn du in einer Stunde nicht zurück bist, rufe ich die Polizei.»

Enrico gab Andrina einen Kuss. «Danke.»

Sie schaute ihm nach, als er den Weg an den Stallungen vorbei zur Weide nahm. Hoffentlich habe ich ihn nicht zum letzten Mal gesehen, dachte sie und begab sich zum Café.

***

«Vielen Dank, dass Sie vorbeigekommen sind, obwohl es spät ist», sagte Mäder.

Andrina sah sich in dem Raum um. Hier war sie bisher nie gewesen. Er ähnelte dem Vernehmungszimmer in dem Stock von Fellers Team.

Langsam wurde Andrina unruhig. Bisher hatten sie über Belangloses geredet. Wenn es so dringend war, warum kam er nicht auf den Punkt und zeigte endlich das Bild der toten Frau?

Es klopfte. Als die Tür sich öffnete, meinte Andrina, jeden Moment tot umfallen zu müssen.

«Entschuldige, wenn ich zu spät bin», sagte Brogli. Er zog die Tür zu.

Der Puls, der in die Höhe geschnellt war, schien weiter anzusteigen, als Brogli sie mit einem Lächeln bedachte. Bisher hatte sich keiner aus Fellers Team blicken lassen, was Andrina mit Erleichterung realisiert hatte. Die Befürchtungen, mit jemandem aus seinem Team oder gar mit ihm selbst zu tun zu bekommen, waren in den Hintergrund gerutscht, als ihr klar wurde, dass Einbrüche nicht zu den Aufgaben von Leib und Leben gehörten. Nun hatte es eine Tote gegeben. Das rief unweigerlich diese Abteilung auf den Plan. Obwohl Brogli nicht die erste Wahl war, war Andrina froh, dass es kein anderer war.

Brogli reichte ihr und Enrico die Hand und setzte sich neben Mäder. «Wir können anfangen.»

Mäder legte eine Klarsichtmappe vor ihnen auf den Tisch, in der ein Bild von einer Frau im Kofferraum war, die mit einer Wolldecke zugedeckt war. Nur der Kopf und der Ansatz ihrer Schultern waren erkennbar. Der Teil des Körpers, der sichtbar war, war nackt.

Andrina blinzelte und wollte den Kopf abwenden. Doch sie unterdrückte den Drang und zwang sich, auf das Bild zu schauen. Die Haut war grau, und einige Fliegen hatten sich darauf niedergelassen. Zwei sassen am Rand der Augen, die aufgerissen waren. Andrina hatte das Gefühl, sie würden sie anstarren. Sie löste ihren Blick von den Augen und liess ihn über das Gesicht wandern. Die Blässe der Haut, die nur einige wenige Falten aufwies, wurde durch die dunklen Haare verstärkt. Andrina erkannte den grauen Haaransatz. Die Frau war also älter. Wobei das nicht unbedingt sein musste, da sie ausgemergelt wirkte. Andrina versuchte, das Alter zu schätzen, und kam zum Schluss, sie müsste Anfang fünfzig sein. Erleichterung machte sich breit, weil es sich nicht um Köbis Nachbarin handelte.

«Ich kenne sie nicht», sagte sie. Als sie den Kopf hob, traf sich ihr Blick mit dem von Brogli. Er musste sie die ganze Zeit gemustert haben. Zu gerne hätte sie gewusst, was ihm durch den Kopf ging. Das ist nicht relevant, ermahnte sie sich, und kann dir ausserdem egal sein.

«Ich auch nicht», sagte Enrico.

«Sind Sie sicher?» Der Frust war Mäder deutlich anzumerken.

«Ich bin dieser Frau nie begegnet», sagte Enrico.

Mäder zog die Mappe zu sich. «Das wäre zu schön gewesen», seufzte er.

«Es tut mir leid», fügte Enrico an. «Sie haben also keinen Anhaltspunkt, wer diese Frau sein könnte?»

«Nein», sagte Brogli. «Sie trug keine Kleider und hatte keinen Ausweis bei sich. Der Abgleich ihrer Fingerabdrücke mit denen im System hat nichts ergeben. Zudem gibt es bisher keine Vermisstenmeldung.» Andrina fragte sich, warum er ihnen eine derartig detaillierte Antwort gab.

«Haben Sie geschaut, ob bei Ihnen im Haus wirklich nichts fehlt?», mischte sich Mäder ein.

Andrina brauchte einen Augenblick, bis sie mit dem abrupten Themenwechsel zurechtkam. Enrico ging es offenbar ähnlich, denn seine Antwort liess auf sich warten. Auch Brogli wirkte erstaunt. Er stand auf. «Ich nehme an, du brauchst mich hier nicht weiter. Wir haben nämlich eine Besprechung wegen ihr.» Mit dem Kopf wies er auf die Klarsichtmappe.

«Den Rest kann ich alleine machen», sagte Mäder.

Brogli nickte ihnen zu und verliess zu Andrinas Erleichterung den Raum. Schweigen senkte sich über sie, bis es von Enrico gebrochen wurde. «Bis jetzt habe ich nicht feststellen können, ob etwas fehlt.» Er schaute Andrina an, und sie erkannte die Frage in seinem Gesicht, die sie sich gerade selbst stellte: Warum kam Mäder bei jedem Kontakt, den sie miteinander hatten, auf dieses Thema zu sprechen?

«Was hat der Einbruch mit der Toten zu tun?» Enrico deutete mit dem Kopf auf die Mappe, auf der Mäders Hände lagen und das Gesicht der Toten abdeckten.

«Nichts. Oder indirekt doch etwas. Köbi Steiner ist sowohl bei Ihnen als auch bei JuraMed eingebrochen, und nun liegt in seinem Wagen eine tote Unbekannte. Irgendwie muss alles zusammenhängen, und ich bin davon überzeugt, das Puzzleteil dazu ist in Ihrem Haus oder in der Firma zu finden beziehungsweise dort verschwunden, und das könnte uns zu Köbi Steiner führen.»

«Wieso glauben Sie das?», fragte Enrico.

Andrina spürte, wie sich Enrico neben ihr versteifte.

«Ich weiss es nicht. Nennen wir es Bauchgefühl», antwortete Mäder.

«Bauchgefühl ist in Ihrem Job nicht ratsam», erwiderte Enrico.

«Aber ohne kommen wir nicht aus, und ohne Intuition hätten wir viele Fälle nicht lösen können. Schauen Sie bitte noch einmal nach.»

«Ich kann es gerne machen.»

Nachdem sie das Polizeikommando verlassen hatten, dirigierte Enrico Andrina an der Hochhaussiedlung der Delfterstrasse vorbei zur Aare. Im Wald war es kühler, und ein angenehmer Windhauch wehte vom Fluss zu ihnen. Trotzdem schwitzte Andrina nach wie vor.

«Ich brauche einen klaren Kopf», sagte er.

«Warum hast du ihm nichts von dem Besuch bei Aurélie gesagt?», fragte Andrina, als sie beim Fluss ankamen.

«Das sieht nach Privatermittlungen aus.»

Was es war, dachte Andrina.

«Er wäre nicht begeistert darüber gewesen. Ausserdem können wir nichts beisteuern, das helfen könnte.»

Beim zweiten Besuch bei Aurélie war Enrico keinen Schritt weitergekommen. Sie hatte vehement abgestritten, Köbi bei sich zu haben. Es hatte auch nicht geholfen, als er sie mit dem Wagen und der Leiche im Kofferraum konfrontiert hatte. Das sei nicht er gewesen, war ihr einziger Kommentar dazu.

«Ich bin mir nicht sicher, ob sie bereits davon gewusst hatte», hatte Enrico zu Andrina gesagt.

Andrina hatte ihm deutlich angesehen, wie schwer es ihm gefallen war, diese Möglichkeit in Betracht zu ziehen.

Aurélie war nicht damit herausgerückt, was Köbi ihr im letzten Gespräch erzählt hatte. Sie blieb dabei, nichts bemerkt zu haben. Enrico hatte die Situation als zunehmend verfahren beschrieben. Am Ende sei es sogar Richtung Streit gedriftet. Sie hatte ihn gebeten, zu gehen und sie nicht weiter zu belästigen. Eine Zufallsbegegnung mit Köbi hatte Enrico leider nicht gehabt.

Andrina starrte auf das Wasser. Die Aare war auch heute in eine grosse Badi umfunktioniert worden. Die Leute nutzten den Feierabend für einen Sprung ins kühle Nass. Eine Gruppe liess sich mit drei Gummibooten und zwei Luftmatratzen stromabwärts treiben. Deutlich drang ihr Gelächter und Gequietsche ans Ufer. Am liebsten hätte Andrina sich zu ihnen gesellt. Drei Männer in einem Boot, das dichter am Ufer vorbeischwamm, hoben Dosen hoch und prosteten ihr zu. Mücken summten um sie, und eine liess sich auf ihrem Arm nieder. Andrina schlug zu und verfehlte sie knapp.

«Lass uns gehen», sagte sie.

ACHT

«Enrico?»

«Ich wollte dich nicht wecken.» Enrico liess den Türgriff los und kehrte zu Andrina zurück, die sich aufrichtete. Er setzte sich auf die Bettkante. «Ich muss los.»

«Wie spät ist es?»

«Kurz vor halb sechs.»

Andrina stützte sich auf. Trotz des schummrigen Lichts, das wegen der zugeklappten Fensterläden herrschte, konnte sie erkennen, wie müde er aussah.

Nachdem sie Pizza und Salat gegessen hatten, war Enrico nochmals die Unterlagen in seinem Arbeitszimmer durchgegangen, hatte aber auch dieses Mal nicht entdecken können, ob etwas fehlte. Anschliessend hatte er den Koffer und die Sachen, die er für den Workshop mit den Aussendienstmitarbeitern brauchte, gepackt und in den Tesla getan, den er von JuraMed geholt hatte, damit er direkt am Morgen losfahren konnte. Andrina konnte sich nicht erinnern, gehört zu haben, wann er ins Bett gekommen war.

«Hast du überhaupt geschlafen?», fragte sie.

«Nicht viel.»

«Musst du wirklich zu diesem Workshop? Es gibt bestimmt jemanden, der das übernehmen kann.»

«Dazu ist die Umstrukturierung zu wichtig. Ich werde es überleben.» Andrina konnte seine Zähne aufblitzen sehen, als er den Mund zu einem Grinsen verzog. «Danach wird es ruhiger.»

«Was du bitter nötig hast. Es ist keinem gedient, wenn du –»

Enrico legte kurz die Fingerspitzen auf Andrinas Lippen. «Du darfst nicht vergessen, die Ferien rücken näher.»

«Verrätst du mir, wohin es geht?»

Die Fingerspitzen kehrten auf Andrinas Mund zurück. «Überraschung.» Er küsste sie und legte seine Hand auf ihren Bauch. «Ihr zwei gebt bitte auf euch acht.»

«Und du, fahr bitte vorsichtig.»

«Das werde ich. Vorher mache ich einen Abstecher in die Firma.»

«Warum? Du wolltest direkt von hier fahren.»

«Ich habe dort Unterlagen vergessen.» Er schnitt eine Grimasse. «Ich melde mich zwischendurch.» Enrico gab ihr einen weiteren Kuss und verliess das Schlafzimmer.

Andrina blieb einen Moment liegen und genoss es, dass ihr ausnahmsweise nach dem Aufwachen nicht schlecht war. Kaum war sie aufgestanden, änderte sich das schlagartig. Als sie in die Küche wankte, musste sie lächeln. Enrico hatte den Tisch für sie gedeckt. Obwohl er es eilig gehabt hatte, hatte er sich dafür die Zeit genommen. Ein Hochgefühl stellte sich ein, und Andrina war sich sicher, das Richtige getan zu haben, indem sie mit ihm zusammengezogen war. Sie hätte es bereits früher tun sollen.

Auf dem Teller lag ein frisches Brötchen. Konfitüre und Honig standen dahinter. Neben dem Teller stand ein Schälchen mit frischem Fruchtsalat. Vor dem Teller lag ein Notizzettel mit drei Herzen darauf.

«Ich liebe dich», murmelte Andrina und setzte sich an den Tisch, nachdem sie sich Tee zubereitet hatte.

***

Andrina schloss die Haustür und holte ihr Handy hervor. Keine Nachricht. Der Workshop musste so arbeitsintensiv sein, dass Enrico nicht einmal Zeit fand, ein kurzes WhatsApp zu schicken. Zuletzt war er um halb sieben am Morgen online gewesen. Andrina seufzte. Anscheinend klappte es nicht so, wie er es sich mit der Informationsveranstaltung über die Umstrukturierung vorgestellt hatte. Eigentlich war das logisch. Umstrukturierungen liefen selten ohne Komplikationen ab. Er war im Vorfeld skeptisch gewesen, ob die Mitarbeiter die Änderungen begrüssen würden.

Sie dachte daran, wie müde er ausgesehen hatte. Enrico war

hagerer geworden, wie ihr besonders gestern bei dem Ausflug in den Jura aufgefallen war.

«Das kommt davon, wenn man Inhaber eines Pharmaunternehmens ist, das wächst», hatte er vor einigen Tagen lachend gesagt und hinzugefügt: «Du hast recht, es ist ein wenig viel, aber es ist absehbar.»

Seitdem sie zusammen waren, hatte es immer wieder Phasen gegeben, in denen sie ihn kaum zu Gesicht bekommen hatte. Aber dieses Mal dauerte bereits über zwei Monate an. Zum Glück war morgen der Workshop vorbei.

Zeit für eine Aufmunterung, beschloss Andrina und holte das Ultraschallbild aus ihrer Tasche, fotografierte es und schrieb darunter: «Alles in Ordnung. Der Doktor ist zufrieden mit uns. Als ich in der Stadt war, habe ich gleich die Gelegenheit ergriffen und der Gemeindeverwaltung meinen Wohnortwechsel mitgeteilt. Nun wohne ich offiziell hier.»

Sie setzte drei Herzen darunter und schickte es ab. Als Andrina das Handy auf die kleine Ablage neben der Garderobe legte, klingelte es an der Tür.

Andrinas Erstaunen war gross, als sie Aurélie erblickte. Sie wirkte fahrig und sah blass aus. Die dunklen Ringe unter den Augen verstärkten den Eindruck.

«Ist Enrico da?», fragte sie. Angst war deutlich herauszuhören.

«Er ist geschäftlich unterwegs.»

«Du meinst, er kommt heute nicht nach Hause?»

«So ist es.»

Aurélie sackte ein Stück in sich zusammen. «Gibt es eine Chance, ihn zu erreichen?»

«Ich fürchte, das wird schwierig. Komm erst mal rein.»

Aurélie zögerte. Andrina machte eine einladende Geste mit der Hand und trat einen Schritt zurück. Aurélie schien das Für und Wider abzuwägen und gab sich offenbar am Ende einen Ruck.

Andrina führte sie zur Terrasse, stellte Wasser und Holunderblütensirup auf den Tisch und setzte sich ihr gegenüber.

«Was ist passiert?», fragte Andrina.

Anstatt zu antworten, brach Aurélie in Tränen aus. Sie brauchte einige Sekunden, bis sie sich beruhigt hatte.

«Kaum war Enrico gestern weg, war die Polizei bei mir. Eigentlich hätte ich vorgewarnt sein müssen, nachdem er mir das von der Leiche im Auto gesagt hatte. Die Beamten wollten wissen, wo Köbi ist, aber das weiss ich nicht. Ehrlich.» Sie fuhr mit dem Handrücken über ihre Wange. «Ich hatte das Gefühl, sie verdächtigten mich als Komplizin und hätten mich am liebsten verhaftet. Aufgrund fehlender Beweise ging das nicht. Kaum waren sie weg, fand ich das in der Post», schniefte sie und kramte in ihrer Handtasche. Sie hielt Andrina einen Computerstick hin, den sie aus einem Couvert genommen hatte. «Köbi hat ihn mir geschickt. Dabei lag dieser Post-it.» Sie reichte Andrina das Notizblatt.

«Falls mir etwas passiert», las Andrina laut. «Du musst das der Polizei bringen.»

«Vergiss es! Die halten ihn für einen Verbrecher. Und mich gleich dazu. Besonders nach dem Fund von Köbis Wagen.»

«Wenn sie das sehen, nicht mehr.»

«Hast du eine Ahnung!» Neue Tränen sammelten sich in ihren Augen. «Es könnte ein Geständnis darauf sein.»

«Falls das so ist und er wirklich hinter allem steckt, ist es umso wichtiger, die Polizei zu informieren.»

«Ich verrate meinen Bruder nicht.»

In gewisser Weise konnte Andrina Aurélie verstehen.

«Mehr war nicht dabei?» Andrina deutete auf das Couvert.

Aurélie schüttelte den Kopf.

«Du hast nicht nachgeschaut, was darauf ist?»

«Es funktioniert nicht. Mein Laptop will das Ding nicht anzeigen.»

«Was meinst du mit ‹nicht anzeigen›?»

«Wenn ich den Stick in den vorgesehenen Anschluss stecke, erscheint er nicht auf dem Bildschirm. Bestimmt gibt es eine andere Möglichkeit, aber ich bin technisch nicht begabt. Ich habe überlegt, wer mir helfen könnte. Da ist mir eigentlich nur

Enrico eingefallen. Ich weiss, ich war gestern nicht besonders höflich … habe ihn vor die Tür gesetzt …» Sie holte zitternd Luft. «Jemand anderen möchte ich nicht fragen, da ich nicht weiss, was auf dem Stick ist.» Sie brach erneut ab.

Andrina drehte den Stick in der Hand.

«Kannst du … ich meine … ich weiss nicht mehr weiter.»

«Ich bin wie du nicht sonderlich begabt, was technische Dinge betrifft, aber ich kann es versuchen.»

Ein Hoffnungsschimmer blitzte in Aurélies Augen auf.

«Je nachdem, was darauf ist, wäre es gut, zur Polizei zu gehen.»

«Ich möchte aber nicht mit diesen beiden sprechen, die gestern da waren. Kennst du eventuell jemanden?»

Kennen schon, dachte Andrina. Aber fragen können war eine andere Sache.

Nachdem Andrina Enricos Computer eingeschaltet hatte, zögerte sie, als er das Passwort verlangte. Zwar hatte er es ihr gegeben, nachdem Andrinas privater Laptop nach dem Umzug aus der Wohnung beschlossen hatte, nicht mehr zu starten. Trotzdem war ihr nicht wohl dabei. Es waren seine Dokumente, die dort abgelegt waren und die sie nichts angingen.

Das ist ein Notfall!

Entschlossen tippte sie das Passwort ein und steckte den Stick in den Port. Nichts passierte.

«Wie bei mir.» Aurélies Enttäuschung war greifbar. Andrina rief das Internet auf und googelte nach «defekter Stick». Sie klickte auf einen der Links, die aufgelistet wurden.

«Eventuell wird Ihr USB-Stick nicht erkannt», las sie. Das, was darunter stand, klang sogar für sie machbar. Andrina folgte den Anweisungen, wie sie den Computer dazu bringen konnte, den Stick zu erkennen. Ohne Erfolg. Sie schaute sich eine andere Anleitung an, aber die half genauso wenig. Sie spürte, wie Aurélie sich hinter ihr abwandte und auf und ab ging, was Andrina nervös machte.

«Falls die angegebenen Lösungsvorschläge nicht funktionieren, ist Ihr Stick vermutlich defekt. Für Möglichkeiten, ihn zu reparieren, klicken Sie bitte hier», las Andrina laut vor. Sie liess den Cursor über dem Link schweben. «Ich weiss nicht, ob das schlau ist, wenn ich es versuche. Ich könnte genauso gut mehr kaputt machen.» Sie drehte sich um. Aurélie war bei ihrer Wanderung durch das Zimmer beim Regal angekommen und machte kehrt.

«Bitte geh zur Polizei. Die haben mehr Möglichkeiten als ich», sagte Andrina.

«Nein!»

Andrina nahm einen Notizzettel und notierte den Namen von Susanna Marioni und deren Handynummer. Sie war erstaunt, die Telefonnummer sogar nach den zwei Jahren, die vergangen waren, seit sie Susanna das letzte Mal gesehen hatte, auswendig zu kennen.

«Bitte sag Susanna einen lieben Gruss von mir», sagte Andrina.

«Wer ist Susanna?»

«Sie arbeitet bei der Aargauer Kriminalpolizei in der Abteilung Leib und Leben.»

«Das sind die, die mit Mord zu tun haben, nicht wahr?» Aurélies Augen weiteten sich, und ihr französischer Akzent trat deutlicher hervor.

«Köbi gehört zwar nicht zu ihren Aufgaben …» Andrina hielt inne. Das war falsch. Inzwischen tat er das. «Sie wird dir helfen, wenn du mich erwähnst.»

Würde sie das wirklich? Dem war Andrina sich nicht sicher. Nach allem, was passiert war. Seit der Trennung von Feller hatte sie mit keinem aus seinem Team mehr Kontakt gehabt. Aber es war einen Versuch wert. Ausserdem ging es hier nicht um Andrinas private Angelegenheiten. Sie hoffte nur, Susanna werde sich nicht mit Feller kurzschliessen. Würde sie das tun, würde nichts geschehen. Davon war Andrina überzeugt. Sie konnte sich vorstellen, was sein Kommentar sein würde: «Wir haben genug zu tun, da brauchen wir keine zusätzlichen Aufgaben.»

«Woher kennst du sie?», fragte Aurélie.

«Sie gehört zum Team von meinem Exfreund ... von Marco Feller.»

Aurélies Augen wurden grösser. «Mit Marco Feller meinst du aber nicht Enricos Halbbruder?»

«Doch.»

Aurélie steckte den Stick ein. «Ich werde lieber nicht fragen.» Die Ablehnung war greifbar. Andrina wusste nicht, was und wie viel Enrico über das nicht vorhandene Verhältnis zu seinem Halbbruder gegenüber Köbi beziehungsweise seiner Schwester erwähnt hatte, aber offenbar reichte es für Antipathie aus.

«Du sollst nicht ihn, sondern Susanna fragen. Bitte, Aurélie. Wenn das, was auf dem Stick gespeichert ist, nicht wichtig wäre, hätte dein Bruder ihn dir nicht geschickt, bevor er verschwunden ist.»

Aurélie warf einen Blick auf den Post-it, der zwischen ihnen auf dem Tisch lag. Nach einer Weile nahm sie ihn in die Hand. «Lass mich darüber schlafen.» Sie steckte ihn in die Tasche und stand auf.

«Hast du eine Bleibe in Aarau, oder fährst du gleich zurück?», fragte Andrina, als sie Aurélie zur Haustür brachte. «Andernfalls kannst du hierbleiben.»

«Ich übernachte in der Wohnung meines Bruders.» Das klang abweisend.

«Geht das?»

«Sie wurde freigegeben.»

Beim Abschied drängte Andrina Aurélie nochmals, Susanna anzurufen. Aurélie reagierte ungehalten und wandte sich ab. Als Andrina ihr nachblickte, hoffte sie, sie werde ihren Rat befolgen. Kurz überlegte sie, ob sie Susanna selbst anrufen sollte, verwarf den Gedanken aber gleich. Das ging zu weit. Der Schritt musste von Aurélie kommen. Sie musste sich helfen lassen wollen. Aufdrängen funktionierte nicht, wie sie eben gemerkt hatte.

Nachdem Aurélie aus ihrem Blickfeld verschwunden war, nahm Andrina den Schlüssel vom Briefkasten.

Sie holte den Stapel Briefe und die Zeitung und legte alles auf den Wohnzimmertisch. Sie blätterte durch die Briefe, die alle an Enrico adressiert waren. Nur ein Couvert war nicht angeschrieben. Andrina öffnete es und holte ein Foto heraus. Es war keine richtige Aufnahme, sondern ein Bild, das auf ein normales Blatt gedruckt war. Sie musterte die Aufnahme. Es dauerte, bis sie realisierte, was darauf abgebildet war. Andrina schrie auf und taumelte nach hinten. Knapp traf sie den Stuhl, was einen Sturz verhinderte. Sie blickte auf das Bild und musste sich ein Stück vorbeugen, da sie das Blatt losgelassen hatte und es auf den Boden gefallen war. Sie hob es auf. Sie hatte sich nicht getäuscht. Andrina begann zu zittern.

Das muss nichts heissen, dachte sie. Nur ein makabrer Witz. Ein grob zusammengezimmertes Holzkreuz lehnte an einer grauen Wand. Darauf standen Enricos Name und sein Geburtsdatum. Hinter dem Bindestrich war nur das Jahr vermerkt – dieses Jahr. Der Eintrag für Tag und Monat fehlte. Vor der Jahresangabe war Platz gelassen worden, als ob man sich die Option offenhielt, diese Angaben nachzutragen.

Enrico hatte auf kein WhatsApp reagiert oder zurückgerufen. Seit er heute Morgen losgezogen war, hatte sie nichts gehört. Meistens meldete er sich am Abend kurz, wenn er zum Beispiel zum Essen ging. Sie war davon ausgegangen, das werde er auch heute so handhaben.

Das Foto liess die Situation in einem anderen Licht erscheinen.

«Bitte nicht», flüsterte sie. Nur ein makabrer Witz, versuchte Andrina sich erneut einzureden. Es gelang ihr aber nicht, sich selbst zu überzeugen. Ein Ruck ging durch ihren Körper.

Andrina sprang auf und stürzte aus dem Haus.

Das Nächste, das sie realisierte, war die Haustür von Fellers Haus. Gehetzt blickte sie sich um. Zu Fellers Haus brauchte sie von Enrico fünf bis zehn Minuten zu Fuss. Sie konnte sich nicht entsinnen, bewusst diese Richtung eingeschlagen zu haben. Warum war sie ausgerechnet hierhin gerannt? Sie wurde sich ihres stossweise gehenden Atems bewusst. Gerannt? War sie tatsächlich gerannt?

Die Beine zitterten, und Andrina musste sich mit der rechten Hand an der Wand abstützen. In der Linken hielt sie nach wie vor das Foto. Sie sollte lieber die Polizei rufen und nicht die Zeit vergeuden, indem sie kopflos durch die Gegend rannte.

Feller ist die Polizei, sagte eine Stimme in ihrem Kopf. Er und sein Team würden herangezogen werden, wenn man die Leiche … Ein erstickter Laut kam über Andrinas Lippen.

Zögernd hob sie die Hand, senkte sie aber gleich darauf. Sie hatte Aurélie gesagt, sie solle sich an Susanna wenden. Warum folgte sie nicht ihrem eigenen Vorschlag? Andrina tastete die Jeanstaschen ab. Kein Handy. Sie würde weitere Zeit verlieren, wenn sie erst zurücklief, und drückte entschlossen auf die Klingel.

Sekunden verstrichen. Nichts geschah.

Als Andrina dachte, die Tür werde nicht geöffnet, hörte sie das Klicken des Schlüssels und stand gleich darauf vor Gabi.

«Du?», stiess Gabi hervor. «Was willst du hier?»

«Ich muss dringend mit Marco sprechen.»

«Vergiss es!»

«Es ist wichtig.»

«Du willst dich nur zwischen uns drängen, weil du erfahren hast, dass wir ein Baby erwarten.»

«Das stimmt nicht. Ich brauche seine Hilfe.»

«Vergiss es!», wiederholte Gabi. Die Tür flog mit einem Knall zu.

Andrina konnte sich nicht rühren. Was hatte sie erwartet? Nicht viel, aber das Zuschlagen der Tür vor ihrer Nase auch nicht.

Ein Beben ging durch ihren Körper, und sie fing unkontrolliert an zu zittern. Sie konnte sich kaum auf den Beinen halten. Was sollte sie tun? Ein zweites Mal klingeln? Nein!

Handle endlich, und zwar richtig. Geh nach Haus und rufe Susanna oder den Notruf an.

Langsam drehte sie sich um. Fellers BMW stand in der Einfahrt. Er musste zu Hause sein. Muss er nicht, korrigierte sie sich. Er konnte beispielsweise joggen sein. Sie löste sich von der Tür und schlich den Weg entlang. Es bereitete ihr mit jedem Schritt mehr Mühe, einen Fuss vor den anderen zu setzen.

Mach vorwärts, damit du endlich die Polizei verständigen kannst, und verliere keine weitere Zeit. Eventuell zählt jede Minute.

Die Beine gehorchten dem Befehl nicht, sich schneller zu bewegen, sosehr Andrina sich auch bemühte. Enrico ist tot, echote es durch ihren Kopf. Inzwischen war Andrina beim Wagen angekommen.

Wenn ihr hier die Hilfe verweigert wurde, hatte sie keine andere Chance. Ihr Anliegen würde als nicht dringend genug angesehen werden, um eine Ermittlung in Gang zu setzen. Falsch. Feller wäre derjenige, der es als nicht dringend ansehen würde und seinem Team entsprechende Anweisungen geben würde.

Andrina fragte sich, ob er tatsächlich so handeln würde, wie sie annahm. Enrico wäre sicher die letzte Person, der er helfen wollte. Andererseits war es sein Job. Ihre Beine drohten nachzugeben. Knapp konnte sie es verhindern, zu Boden zu sacken, indem sie sich am BMW abstützte. Unfähig, einen Schritt weiterzugehen, lehnte sie sich gegen das Auto.

Sie sandte die Bitte an ihre Beine, sich weiter vom Fleck zu bewegen, aber sie gehorchten ihr nicht. Es war über ein Jahr her, dass sich ihre Beine das letzte Mal geweigert hatten, ihre Befehle auszuführen. Warum passierte es ausgerechnet jetzt wieder?

«Wieso widersetzt du dich meinem Wunsch, meinem Leben fernzubleiben?»

Andrina erschrak. Langsam wandte sie den Kopf. Feller stand nur wenige Meter hinter ihr.

«Ich dachte, damals hätte ich mich deutlich genug ausgedrückt. Du hast mich aus deinem Leben geschmissen, und ich habe dich gebeten, nie mehr in irgendeiner Form in meinem aufzutauchen.» Er verschränkte die Arme vor der Brust. Er hatte seine blauen Augen zu Schlitzen verengt.

Sag was, dachte Andrina, aber sogar dazu war sie unfähig. Das Einzige, das ihr gelang, war, Feller anzustarren.

«Was willst du?», fragte er schneidend.

Andrina brachte kein Wort hervor.

«Was ist das?» Er deutete auf Andrinas Hand. Sie senkte den Kopf und starrte das Blatt einige Sekunden an, bevor sie es ihm reichte.

«Was soll ich damit?»

Andrina schaffte es immer noch nicht, zu antworten. Feller wirkte zunehmend genervt, griff aber nach dem Blatt. Er betrachtete das Foto einen Augenblick.

«Ein übler Scherz. Was meint Enrico dazu? Weiss er, wohin du gegangen bist?» Der Sarkasmus in seiner Stimme war deutlich.

Andrina fand ihre Stimme wieder. «Er …», sie räusperte sich, «… ist unterwegs.» Eine Träne bahnte sich den Weg über ihre Wange. «Das lag heute Abend im Briefkasten.»

Feller musterte sie, und es schien, als müsse er erst einmal verstehen, was Andrina sagte. Das Schweigen dehnte sich aus.

«Es tut mir leid, wenn ich dich belästigt habe.» Andrina nahm ihm das Foto ab. «Es wird nicht mehr vorkommen.» Mit hängendem Kopf schlurfte sie zur Strasse. Sie hatte sich lächerlich gemacht.

***

Wie Andrina in Fellers Küche gekommen war, konnte sie nicht mehr nachvollziehen. Sie erinnerte sich nur, dass er sie eingeholt hatte und an den schraubstockähnlichen Griff um ihren Arm. Er hatte auf sie eingeredet, aber ob und was sie geantwortet hatte, wusste sie nicht.

Feller stellte ein Glas Wasser vor sie hin und setzte sich ihr gegenüber.

«Warum hast du sie reingelassen?», rief Gabi, die gegen den Türrahmen lehnte. «Es ist eindeutig, was sie bezwecken will. Eifersucht pur. Sie will das zurück, was sie in die Wüste geschickt hat. Dabei hast du dir geschworen, nie mehr mit ihr Kontakt haben zu wollen.»

«Gabi, bitte.» Feller lehnte sich gegen die Rückenlehne des Stuhls. «Es gibt Situationen, die setzen anderes ausser Kraft.»

«Nein. Nicht bei ihr. Du willst sie selber zurück.»

«Hör mit diesen lächerlichen Unterstellungen auf und lass mich meinen Job machen!», donnerte Feller, und Gabi und Andrina fuhren gleichzeitig zusammen.

Gabis Mund wurde zu einem schmalen Strich. Zu Andrinas Erstaunen verliess sie die Küche.

«Entschuldige», sagte Feller, nachdem er die Küchentür geschlossen hatte. Er setzte sich wieder. «Am besten, du fängst von vorne an.»

«Von vorne?»

«Zum Beispiel mit: Seit wann vermisst du ihn?»

Vermissen. Das Wort klang seltsam. Ihn. Feller nannte Enrico nicht beim Namen.

«Enrico musste heute Morgen in die Ostschweiz und ist früh losgefahren.»

«Heute Morgen?» In Fellers Gesicht zuckte es. Ob es Belustigung war, konnte Andrina nicht sagen.

«Seitdem hatten wir keinen Kontakt.» Andrina kam sich dämlich vor. Sie sollte lieber gehen, bevor sie sich weiter blamierte.

«Ruf ihn an.» Feller reichte ihr sein Handy.

Darauf hätte sie selbst kommen können, bevor sie wie kopflos losgerannt war.

Zögernd nahm sie das Handy. Ihre Finger streiften seine, und sie zog ihre Hand zurück.

Kaum hatte sie Enricos Nummer gewählt, schaltete sich die Combox ein.

«Er hat es ausgeschaltet.»

«Du sagst das so erstaunt. Kommt es nicht vor, dass er sein Handy abschaltet?»

«Nein.»

«In Sitzungen?»

«Er stellt es auf lautlos. Abgeschaltet hat er es meines Wissens bisher nicht.»

«Seit heute Morgen hattet ihr keinen Kontakt.» Das war nicht als Frage, sondern als Aussage formuliert.

«Ich weiss, das ist kein Zeitrahmen, der eine polizeiliche Aktion rechtfertigen würde.»

«Habt ihr regelmässig Kontakt miteinander, wenn er unterwegs ist?»

«‹Regelmässig› ist dehnbar. Es ist vorgekommen, keinen bis kaum Kontakt zu haben. Je nach Reise und Dauer.» Wieder dieses Zucken in seinem Gesicht. «Es tut mir leid, wenn ich überreagiert und dich belästigt habe.» Andrina reichte Feller das Handy zurück und stand auf. «Ausserdem hat Gabi recht. Ich hätte nicht ausgerechnet dich damit behelligen sollen. Es gibt genügend andere, zum Beispiel Herrn Mäder.»

«Setz dich.»

Sie verharrte mitten in der Bewegung.

«Das gefällt mir nicht.»

«Was? Dass ich wie ein aufgescheuchtes Huhn durch die Gegend renne?»

«Nein. Dieses Foto und das ausgeschaltete Handy, was offenbar gegen seine Gewohnheit ist.»

«Normalerweise würde das nicht ausreichen, um …»

«Nenn es Bauchgefühl.»

Wieder das Bauchgefühl. Andrina dachte an Mäder, der es beinahe gleich formuliert hatte.

Feller stand auf und begann, in der Küche auf und ab zu gehen. «Erzähl mir von heute Morgen, als du ihn das letzte Mal gesehen hast.»

Andrina traute ihren Ohren nicht und liess sich langsam auf den Stuhl sinken. Eigentlich müsste es in Fellers Interesse sein, sie so schnell wie möglich loszuwerden. Ihm konnte es egal sein, was mit Enrico war, solange keine Straftat vorlag. Das Foto im Briefkasten stufte Andrina nicht als solche ein, obwohl es für sie angsteinflössend war.

«Heute Morgen musste er zeitig los, weil er zu einem Workshop in die Ostschweiz gefahren ist.»

«Was heisst ‹zeitig›?», unterbrach Feller Andrina.

«Er wollte gegen sechs Uhr abfahren, um dem Stau zuvorzukommen.»

«Das hat er getan, nehme ich an.»

«Ich habe mitbekommen, wie er aufgestanden ist, muss aber kurz eingenickt sein. Ich weiss also nicht, um welche Zeit er wirklich abgefahren ist.»

«Sein Wagen war nicht mehr da, als du aufgestanden bist?»

Andrina nickte. Sie dachte an den gedeckten Tisch und den Zettel mit den drei Herzen. Dieser Abschiedsgruss bekam eine neue Dimension.

«Um wie viel Uhr war das?»

«Ich bin um sieben Uhr aufgestanden.»

«Wie ging es weiter? Ab wann hast du gemerkt, etwas könnte nicht stimmen?»

«Eigentlich habe ich das nicht, bis ich dieses Foto im Briefkasten fand. Es ist, wie gesagt, bereits früher vorgekommen, dass er sich den Tag durch nicht gemeldet hat. Heute ist es durchaus möglich wegen der Umstrukturierung.»

«Umstrukturierung?»

Kurz erzählte Andrina von der Reorganisation des Aussendienstes und von den Schwierigkeiten und Diskussionen, mit denen Enrico rechnete.

«Das heisst, es ist eine firmeninterne Angelegenheit, was bedeutet, andere von JuraMed sind ebenfalls dabei. Damit meine ich nicht nur die Aussendienstmitarbeiter, sondern zum Beispiel auch jemand von der Geschäftsleitung. Oder ist das nicht so?»

«Ueli Siebert – der Chief Operation Officer – und Gregor Hartmann, der Chef für Finanzen.»

«Keiner von ihnen hat nach Enrico gefragt?»

Andrina bekam ein flaues Gefühl in der Magengegend. «Wieso sollten sie?»

«Falls er nicht erschienen ist.»

Ihr Hals wurde trocken. Hätten die beiden sie angerufen, wenn Enrico nicht gekommen wäre? Andrina überlegte, wie sie in einer solchen Situation vorgehen würde. Sie würde zuerst versuchen, Enrico auf dem Handy zu erreichen. Sollte das nicht gelingen, würde sie bei JuraMed nachfragen. Würde sie die Partnerin anrufen, falls in der Firma niemand Bescheid wusste? Sie konnte die Antwort nicht liefern.

«Wie lange geht der Workshop?», fragte Feller in ihre Gedanken.

«Bis morgen.»

Feller schwieg. Er nahm das Foto, das er zwischen sie auf den Tisch gelegt hatte, und legte es nach einigen Sekunden zurück.

Er machte eine Notiz auf einen Post-it-Block. «Kennst du diesen Siebert und Hartmann persönlich?»

«Ja.»

«Weisst du ihre Adresse oder Handynummer?»

«Ich habe sie am Montag das erste Mal gesehen.» Falls Feller darüber erstaunt war, zeigte er es nicht.

«Zu dem Foto. Du hattest bis heute Abend nicht das Gefühl, es könnte etwas nicht stimmen?»

Er wiederholte sich. Warum?

«Es war so wie immer. Ich kam nach Hause, und mir ist nichts aufgefallen.» Kurz überlegte Andrina, ob sie Aurélie erwähnen sollte, entschied sich aber dagegen. Sie hatte nichts damit zu tun und würde sich weniger durchringen, Susanna zu kontaktieren, wenn sie sie erwähnte und die Polizei auf sie zuging. In ihrem Kopf begann es zu pochen. Köbi. Aurélie. Enrico. Gab es einen Zusammenhang? Die Gedanken drehten sich immer schneller, und ihr wurde schwindlig.

Sie zuckte zusammen, als sie einen Druck auf ihrem Arm spürte. «Du bist blass.»

«Es geht», murmelte sie und trank einen Schluck Wasser.

Feller nahm seine Hand weg und lehnte sich nach hinten. «Ich gehe davon aus, du warst tagsüber im Verlag, aber hast du eine Vermutung, wann das Foto im Briefkasten deponiert worden sein könnte?»

«Es lag auf der Zeitung, aber unter den Briefen. Das heisst, irgendwann am Vormittag.»

«Zu Enrico. Wie war er, bevor er abfuhr? Hat er sich anders verhalten?»

«Er war wie immer.»

«An den Tagen davor?»

«So wie immer», wiederholte Andrina und dachte an Köbi. «Er hatte im Moment einiges um die Ohren, aber das war nur eine Kumulation von viel Arbeit und ist bereits früher vorgekommen. Was ihn belastete, waren die Einbrüche bei JuraMed und bei uns zu Hause. Ausserdem war da die Geschichte mit Köbi Steiner. Ich denke, davon weisst du.»

«Silvan hat mir die Geschichte erzählt.»

Andrina senkte den Kopf und zupfte am Nagel des Zeigefingers.

«Kannst du mir das alles aus deiner Sicht erzählen?», fragte Feller.

Andrina bearbeitete weiter den Fingernagel. Zögernd begann sie zu berichten.

«Das muss nichts miteinander zu tun haben», schloss sie ihren Bericht.

«Das kann durchaus so sein. Es kann genauso alles in Verbindung miteinander stehen, was wir nicht ausser Acht lassen dürfen. Diese drei Vorfälle sind innerhalb kurzer Zeit passiert. Das finde ich beunruhigend.»

Feller stand auf und begann erneut in der Küche hin und her zu gehen. Er konnte so am besten nachdenken, wie Andrina von früher wusste. Nach einer Weile ging er ins Wohnzimmer. Durch die offene Wohnzimmertür erkannte Andrina, dass der Tisch neu war. Feller hatte alles umgestellt. Dennoch wirkte es vertraut. Schmerzhaft vertraut. Sie wandte den Blick vom Wohnzimmer ab und liess ihn durch die Küche schweifen. Hier hatte sich nichts verändert.

Feller kehrte mit einem Block zurück und schloss die Wohnzimmertür. Er machte einige Notizen und heftete den Post-it unter das Geschriebene. Nachdem er den Stift aus der Hand gelegt hatte, nahm er das Handy vom Tisch.

«Ich bin es», sagte er. «Kannst du bitte zu mir kommen? Schnell, wenn es geht. Kannst du ausserdem Sämi mitbringen und Max Bescheid geben. Er soll auch kommen. Was? ... Das sage ich, wenn ihr hier seid ... Ja, es ist dringend.» Er unterbrach das Gespräch. «Susanna und Silvan bearbeiten den Fall mit der Leiche in Köbi Steiners Kofferraum. Ich durfte diesen Fall nicht übernehmen, weil Enrico mein Bruder ist und Herr Steiner bei ihm in der Firma arbeitet. Ich denke aber, es ist dir lieber, wenn ich Silvan aussen vor lasse und stattdessen Max kommen lasse, der ebenfalls mit dem Fall vertraut ist.»

***

«Du möchtest wirklich keinen Kaffee?», fragte Susanna. «Oder einen Tee?»

Andrina schüttelte den Kopf. Die Übelkeit hatte wie aus dem Nichts zugeschlagen, wie sie es immer tat. Meistens am Morgen und Vormittag. Nachmittags hielt es sich in Grenzen. Am Abend ging es ihr meistens so elend wie am Morgen. Sie hoffte, sich nicht übergeben zu müssen.

Vor einer halben Stunde waren Max Wagner, Sämi Häusermann und Susanna Marioni eingetroffen. Die drei waren erstaunt gewesen, Andrina in Fellers Küche vorzufinden, hatten aber keinen Kommentar dazu abgegeben. Kurz hatte Feller erläutert, um was es ging.

Erstaunen und Betroffenheit über das Foto hatten sich abgewechselt. Wagner hatte anklingen lassen, es gäbe keinen richtigen Hinweis für eine Straftat.

Feller widersprach und wählte Enricos Handynummer. Erneut schaltete sich die Combox ein.

«Der Akku könnte leer sein», sagte Wagner.

«Ist das schon mal vorgekommen?», fragte Feller Andrina.

«Nein.»

«Einmal ist immer das erste Mal. Warum musst du Arbeit generieren, wo keine ist?», knurrte Wagner. «Wir haben genug zu tun. Zum Beispiel mit dieser mysteriösen Toten.»

«Genau aus diesem Grund seid ihr hier. Der Verbindung ist deutlich. Köbi Steiner und Enrico Bianchi stehen mit JuraMed im Zusammenhang. Durchaus möglich, dass er ihn entführt hat. Ausserdem finde ich dieses Foto beunruhigend. Ich sehe es als Warnung, was geschieht, wenn Andrina sich nicht an die Forderungen hält.»

«Hat es Forderungen gegeben?», fragte Wagner.

«Bis jetzt nicht.»

«Was nicht ist, kann noch passieren», sagte Susanna.

«Richtig», erwiderte Feller.

Wagner seufzte. «Okay, ihr habt recht. Ich schlage vor, Sämi und ich schauen uns in der Firma um.»

«Sofern dort um diese Uhrzeit noch jemand ist», sagte Häusermann.

«Bis sieben Uhr ist bestimmt noch jemand dort», sagte Andrina leise. «Zwischen halb acht und acht Uhr schaltet sich die Alarmanlage ein.»

«Wenn die abgeht, ist immerhin die Polizei direkt vor Ort», kommentierte Häusermann. «Besser wäre es, erst einmal abzuwarten und gegebenenfalls der Firma morgen einen Besuch abzustatten, da die meisten bereits nach Hause gegangen sind.»

«Was ist mit euch los? Es eilt», fiel Feller ihm ins Wort.

Wagner und Häusermann wechselten einen Blick, der alles und nichts bedeuten konnte. Ihnen musste wie Andrina klar sein, dass Feller nur ihretwegen drängte.

Als die beiden Männer den Raum verlassen hatten, herrschte für einen kurzen Moment Schweigen.

«Wir schauen uns in Enricos Haus um, ob es dort einen Anhaltspunkt gibt», sagte Feller.

«Du solltest dich da weiterhin raushalten», sagte Susanna. «Enrico ist dein Bruder, schon vergessen?»

«Ich will …»

«… dich nützlich machen, ich weiss. Zumal es um Andrina geht.» Ein Unterton schwang in ihrer Stimme mit, bei dem deutlich war, was sie zwischen den Zeilen sagen wollte. «Wir sollten uns an die Regeln halten. Ich fahre mit Andrina, und du bleibst hier.» Sie nickte Andrina zu, die sich schwerfällig erhob.

Warum fühlte es sich an, als sei Enrico tatsächlich etwas zugestossen?

***

Susanna hielt vor Enricos Garage. Sie blieben eine Weile schweigend im Wagen sitzen.

«Kannst du mir nochmals von den Einbrüchen berichten? Fehlte etwas?», wollte Susanna wissen.

«Ausser der Unordnung war nichts Auffälliges. Gefehlt hat nichts. Herr Mäder hat uns erklärt, eine Möglichkeit sei, der Einbrecher könne Wertsachen gesucht haben, wurde aber durch unsere Heimkehr gestört. Die andere ist, dass Köbi Steiner der Einbrecher war.»

«Hat Herr Mäder auch den Einbruch bei JuraMed untersucht?»

«Ich glaube, die Verantwortung dafür hat einer seiner Kollegen. Ich persönlich bin dazu nicht befragt worden.»

«Weisst du, ob es neue Erkenntnisse dazu gegeben hat?»

«Nein. Ich denke, du weisst mehr als ich.»

Susanna stieg aus.

«Wonach suchst du?», fragte Andrina, als sie das Haus betraten.

«Das ist schwer zu sagen, da wir nicht wissen, wonach wir suchen sollen. Das Einzige, was wir tun können, ist, uns umzuschauen.»

Susanna zog die Schuhe aus und lief die Treppe nach oben.

Das Ganze hatte eine Eigendynamik entwickelt, seit sie Fellers Haus betreten hatte, und flösste Andrina Angst ein.

Oben hörte sie Susannas Stimme. Sie schien zu telefonieren. Was sie sagte, verstand Andrina nicht. Sie kam sich wie in einem Vakuum vor. Alles um sie herum nahm sie nur verschwommen wahr. Das musste ein Alptraum sein, aus dem es ihr nicht gelang aufzuwachen. Andrina starrte geradeaus und bemerkte ihr Handy, das auf dem Schränkchen neben der Garderobe lag. Sie nahm es in die Hand und drehte es hin und her.

«Andrina?», rief Susanna. «Kannst du bitte hochkommen und mir sagen, ob dir hier etwas auffällt?»

Was soll mir auffallen?, dachte Andrina und steckte das Handy in die Gesässtasche. Wenn Enrico nichts bemerkt hatte, gab es nichts. Sie wohnte erst seit dem Wochenende mit ihm zusammen. Vorher war es für sie ein Tabu gewesen, jeden Schrank zu öffnen. Nicht, weil er etwas dagegen hatte. Es war sein Haus, in dem sie sich als Gast angesehen hatte.

Andrina lief die Treppe hoch und fand Susanna im Arbeitszimmer. Susanna zog sich gerade Latexhandschuhe über.

Andrina lehnte gegen den Türrahmen. Das flaue Gefühl im Magen verstärkte sich, als Susanna systematisch den Raum absuchte. Was sollte das bringen? Das hatten bereits die Beamten von Mäder getan. Zudem empfand sie es als unangenehm, Susanna Enricos private Sachen durchsuchen zu sehen, obwohl ihr bewusst war, dass das dazugehörte. Dazugehörte? Wozu?

Susanna fasste die Schränke und Regale ins Auge und nahm im Anschluss daran den Schreibtisch unter die Lupe.

«Normaler Papierkram», murmelte sie nach einer Weile. Susanna verliess das Arbeitszimmer. Andrina setzte sich auf den Schreibtischstuhl. Sie holte ihr Handy hervor und öffnete WhatsApp. Keine Nachricht. Die Befürchtung, Enrico könne etwas zugestossen sein, verstärkte sich.

«Ist das so gut für dich?», fragte Susanna und machte eine Handbewegung, die das ganze Zimmer einschloss.

Nachdem Susanna ihre Suche in Enricos Haus erfolglos beendet hatte, hatte Feller sie angerufen. Er hatte erklärt, er fände es nicht gut, wenn Andrina alleine im Haus bliebe. Ob sie über Nacht bei ihm bleiben wolle.

Diese Idee hatte weder Andrina noch Susanna gefallen, wenn auch aus unterschiedlichen Gründen. Stattdessen hatte Susanna Andrina angeboten, bei ihr zu übernachten. Eigentlich hatte Andrina das genauso wenig gewollt, doch sie hatte eingewilligt. Vermutlich hatten die beiden recht. Zudem fürchtete sie sich plötzlich, alleine zu sein. Besonders, wenn sich jemand meldete und Forderungen stellte. Nachdem sie Enricos Telefon auf ihr Handy umgeleitet hatten, waren sie losgefahren.

Zehn Minuten später hatte Susanna vor der Doppelhaushälfte in Aarau Rohr angehalten, die sie mit Häusermann bewohnte.

Nun stand Andrina in einem Zimmer, das offenbar gleichzeitig Arbeitszimmer und Gästezimmer war. Auf dem Schreibtisch vor dem Fenster lagen Briefe neben dem Computer. An der Wand gegenüber befand sich ein Sofa, das in ein Bett umgewandelt werden konnte, wie Susanna Andrina eben erklärt hatte. Andrina setzte sich auf das Schlafsofa.

«Ja», erwiderte sie, «danke.»

«Komm, wir gehen runter in die Küche und schauen, was im Kühlschrank ist.»

«Ich habe keinen Hunger», sagte Andrina. Die Übelkeit hatte sich weiter verstärkt. Sie liess sich gegen die Sofarückenlehne fallen und schloss die Augen.

«Was ist mit dir?» Gleich darauf spürte sie Susannas Hand auf ihrer Stirn. «Das alles ist ein wenig viel, nicht wahr?»

Andrina zuckte mit den Schultern.

«Ich hoffe, es löst sich in Wohlgefallen auf, und Enrico meldet sich. Das Foto ist heftig und besorgniserregend.» Sie setzte sich neben Andrina auf das Sofa. «Lass uns essen. Ich habe nämlich einen riesigen Hunger.»

«Ich nicht.» Andrina legte die Hand auf ihren Bauch.

«Du bist schwanger, nicht wahr?»

Andrina richtete sich kerzengerade auf. «Warum meinst du das?»

«Intuition einer Frau?»

Andrina blickte an Susanna vorbei zur Tür. Das Schweigen dehnte sich aus.

«In der sechsten bis siebten Woche», sagte Andrina leise. «Heute war ich beim Arzt.» Die Untersuchung kam Andrina inzwischen unwirklich vor. Sie schloss die Augen und sah ihren Arzt vor sich. «Man beginnt mit dem Zählen der Schwangerschaftswochen bereits an dem ersten Tag der letzten Mens», hatte er auf ihre verwunderte Frage, schon so weit in der Schwangerschaft fortgeschritten zu sein, geantwortet. «Ich weiss, das klingt unlogisch, weil Sie in den ersten beiden Wochen noch gar nicht schwanger sind. Da man nicht weiss, wann die Befruchtung genau stattgefunden hat, ist das ein sicherer Wert zur Berechnung des Geburtstermins.»

«Ich hoffe, es ist alles in Ordnung», sagte Susanna.

«Er war mit uns zufrieden.»

«Immerhin.» Susanna lächelte. «Weiss Enrico es?»

«Ja.»

«Marco?»

«Das geht ihn nichts an!»

Susanna musterte sie einen Augenblick schweigend. Sie griff nach Andrinas Hand und zog sie vom Sofa hoch. «Selbst wenn du keinen Hunger hast, hat es jemand anderer», sagte sie und dirigierte Andrina nach unten zur Küche. Andrina lehnte sich an die Bar, die die Küchenzeile vom Wohnzimmerbereich trennte.

Als Susanna den Kühlschrank inspizierte, öffnete sich die Haustür, und kurz darauf tauchte Häusermann in Andrinas Blickfeld auf. Andrina fiel auf, dass er kaum hinkte. Vor einigen Jahren hatte er sich das Bein bei einem Skiunfall gebrochen und war operiert worden. Ganz in Ordnung war das Bein nie mehr gekommen.

Er begrüsste Susanna mit einem Kuss, und Andrina musste wegsehen.

«Es wird immer seltsamer», sagte Häusermann. «Wir haben Hartmann und Siebert erreicht. Heute Morgen gegen sieben Uhr haben sie von Enrico Bianchi eine SMS erhalten, es gäbe einen Notfall in der Firma und sie müssten ohne ihn anfangen. Er würde nachkommen. Das ist bis jetzt nicht geschehen.» Er schaute Andrina an. «Hat er dir gegenüber so etwas erwähnt?»

Es dauerte, bis Andrina die Bedeutung seiner Worte begriffen hatte. «Das heisst, er ist nicht an den Workshop gefahren?», hakte sie nach.

«Richtig.»

«Heute Morgen, bevor er ging, hat er nichts von einem Notfall gesagt.» Bestimmt hätte er ihr gegenüber mögliche Planänderungen erwähnt. Er hätte den Koffer nicht mitgenommen. Auf der anderen Seite war ein Notfall unvorhergesehen. Was konnte aber zwischen sechs und sieben Uhr so dringend sein, um seine Teilnahme an dem Workshop abzusagen?

«Bei JuraMed war er nicht. Das heisst, niemand hat ihn dort gesehen. Sie haben gedacht, er wäre in Sankt Gallen, und dort haben sie angenommen, er sei in Aarau. Herr Hartmann hat zwar gegen Mittag versucht, ihn auf dem Handy zu erreichen, aber er hat nicht abgenommen. Er hat sich nichts dabei gedacht, da er davon ausging, Enrico Bianchi wäre nach wie vor mit dem Beheben des Problems beschäftigt. Da sich sein eigenes Problem von selber gelöst hat, hat er es kein weiteres Mal versucht.»

Der Boden unter Andrinas Füssen schwankte. Sie verlor das Gleichgewicht und fiel Häusermann direkt in die Arme, bevor es schwarz um sie wurde.

Andrina spürte kühles Nass. Jemand tupfte mit einem Lappen über ihre Stirn. Sie hielt die Augen geschlossen.

«Warum willst du nicht, dass Marco kommt?», fragte Häusermann.

«Er hat hier nichts verloren», war Susannas Antwort. «Andrina braucht Ruhe, und er ist der Letzte, den wir hier gebrauchen können.»

«Na ja, das sehe ich nicht so. Er ist es, der immer die besten Ideen hat, wenn die Situation verfahren ist.»

«Das mag sein. Trotzdem ist er der Letzte, den Andrina um sich haben kann und muss.»

Häusermann brummte etwas Unverständliches. Das Tuch wurde von ihrer Stirn weggenommen. Schritte, die sich entfernten.

«Du meinst, wir können sie alleine lassen?»

«Ich mache nur den Waschlappen frisch.» Die Stimmen wurden leiser. Andrina konnte weiterhin verstehen, was gesprochen wurde.

«Hoffentlich verliert sie es nicht.» Susannas Besorgnis war deutlich herauszuhören.

«Was soll sie nicht verlieren?», fragte Häusermann.

«Das Baby.»

«Sie ist schwanger?», rief Häusermann fassungslos.

«Ich habe gehört, so ein Schock könne Fehlgeburten auslösen.» Susanna war inzwischen kaum zu verstehen. Andrina hörte Wasser rauschen. «Das würde Andrina nicht überstehen. Sie hat schon mal eins verloren.»

«Woher weisst du das?»

«Marco hat es mir erzählt. Das war, als es Enrico noch nicht gab und zwischen ihnen alles in Ordnung war. Ich weiss, wie verzweifelt sie versucht hat, schwanger zu werden. Besonders nach dem Verlust des Babys.»

«Das ist Ironie pur», sagte Häusermann. «Kaum haben die beiden einen anderen Partner, klappt es sowohl bei dem einen als auch bei dem anderen.»

«Na ja, bei Marco, denke ich, war das unfreiwillig.»

«Damit könntest du recht haben.» Andrina meinte, leichten Spott herauszuhören. «Wie ist es bei Andrina? Immerhin ist sie mit Enrico Bianchi erst knapp zwei Jahre zusammen. Hinzu kommt die Rückenverletzung.»

«Keine Ahnung. Ich glaube es allerdings eher weniger.»

«Weniger?»

«Damit will ich sagen, bei ihr war es bestimmt geplant. Hast du den Zeitungsbericht über die Einweihung von dem Anbau bei JuraMed gelesen?»

«Ja, aber was hat der Anbau mit dem Baby zu tun?»

«Das Foto, auf dem die beiden zu sehen sind, sagt meiner Meinung nach alles.»

«Du sprichst in Rätseln. Was meinst du mit ‹alles›?»

Ein Seufzen. «Bilder sagen manchmal mehr als Worte. Mich würde es nicht wundern, wenn die beiden bereits Heiratspläne geschmiedet haben.»

«Umso dringender müssen wir den Bräutigam in spe wiederfinden.»

Die Stimmen wurden lauter. Hört auf, hätte Andrina am liebsten gerufen, aber sie war nicht in der Lage, den Mund zu öffnen.

«Dennoch frage ich mich, ob es ratsam ist, nach diesen schweren Rückenverletzungen schwanger zu werden. Wie lange ist das überhaupt her?»

«Zwei Jahre oder so.»

«Eine Schwangerschaft ist eine grosse Belastung für den Rücken.»

«Ich denke, sie werden es abgeklärt haben.»

«Wo wir gerade bei dem Thema sind –»

«Sämi, nicht jetzt! Wenn sie nicht bald aufwacht, müssen wir einen Arzt rufen.»

Das Tuch wurde Andrina auf die Stirn gelegt. Sie zuckte wegen der Kälte zusammen. Gleichzeitig öffnete sie die Augen und blickte direkt in Susannas besorgtes Gesicht.

«Endlich», rief Susanna. «Du hast uns einen riesigen Schrecken eingejagt.»

Andrina schaute an ihr vorbei und erblickte die offene Küche. Mit der Hand tastete sie neben sich und realisierte, auf dem Wohnzimmersofa zu liegen.

«Zum Glück stand ich an der richtigen Stelle. Geht es?», fragte Häusermann.

Andrina wandte Häusermann ihr Gesicht zu. Er setzte sich auf einen Stuhl, den sie offenbar vor das Sofa gestellt hatten.

In den Händen hielt er ein Glas, das er Andrina hinhielt. Sie schüttelte leicht den Kopf.

«Es wäre gut», sagte er. «Nur einen Schluck.»

Mühsam richtete Andrina sich auf und griff nach dem Glas. Als sie es Häusermann zurückreichte, hielt er ihr einen weissen Drops hin. «Traubenzucker.»

Andrina rümpfte die Nase.

«Komm schon.»

Widerwillig schob sie ihn in den Mund. Die Süsse war unangenehm. Es kostete sie alle Anstrengung, ihn hinunterzuschlucken. Nach einigen Minuten fühlte sie sich kräftiger und richtete sich weiter auf.

«Ich weiss, du hast keinen Hunger, aber du solltest dringend etwas in den Bauch bekommen.»

Andrina sah ein, Widerstand war zwecklos. Langsam stand sie auf. Sie schwankte. Als Häusermann sie stützen wollte, schob sie seinen Arm zur Seite.

Sie setzte sich auf den ersten Stuhl an den bereits gedeckten Esstisch, der neben der Küchenbar stand. Andrina erblickte Käse, Salat und Joghurt. Das Brot duftete, als sei es frisch aus dem Ofen. Trotzdem verspürte Andrina keine Lust zu essen.

Kaum hatte sie den ersten Bissen in den Mund geschoben, merkte sie, trotz der Übelkeit Hunger zu haben.

«Ist dir inzwischen eingefallen, wer einen Grund haben könnte, deinem Freund etwas antun zu wollen?», fragte Häusermann.

Andrina lag ein Nein auf den Lippen, konnte es aber gerade zurückhalten. Himmel, wie hatte sie den vergessen können, als sie bei Feller gewesen war.

«Sergio Moretti», stiess sie hervor.

Sie dachte an seinen Besuch. Lag das wirklich erst eine Woche zurück. Es kam ihr viel länger vor.

«Wer?», fragten Susanna und Häusermann gleichzeitig.

Andrina berichtete von Morettis Auftauchen und schilderte die komplette Geschichte, die ihr Enrico erzählt hatte.

«Ich finde es seltsam, wenn er nach zwanzig Jahren auftaucht und Herrn Bianchi zur Gedenkfeier einlädt», murmelte Häusermann. «Gab es vorher wirklich keinen Kontakt zwischen den beiden?»

«Enrico sagte Nein», antwortete Andrina.

«Wollte er an die Trauerfeier fahren?», fragte Häusermann.

«Endgültig hatte er sich nicht entschlossen, aber die Tendenzen gingen Richtung Ja.»

«Enrico hatte ihn vorher nie erwähnt?», hakte Häusermann nach.

«Nein. Allgemein hat er wenig von seiner Jugendzeit erzählt. Wenn überhaupt, nur wenn ich ihn gefragt habe. Das Thema Sergio Moretti schien ihm unangenehm zu sein.»

«Kein Wunder, wenn er sich all die Jahre die Schuld an dem Tod seines Freundes gegeben hat. Herr Moretti hat sich wirklich nicht vorher angekündigt?», fragte Häusermann.

«Das weiss ich nicht. Enricos Reaktion nach zu urteilen, war es eher ein Überraschungsbesuch. Beim zweiten Mal schrieb er mir seine Handynummer auf und bat mich, sie Enrico zu geben, damit er ihn zurückrufen könne.»

«Hat er seitdem nochmals den Kontakt gesucht?», fragte Susanna.

«Nein. Oder besser, ich weiss es nicht, ob er mit Enrico gesprochen hat.»

«Er hat mit Herrn Bianchi eine Rechnung offen und ein gutes Motiv», sagte Häusermann.

«Hast du den Zettel?» Susanna war wie elektrisiert.

«Nein.»

Enttäuschung tauchte in Susannas Gesicht auf.

«Warte mal. Ich habe die Nummer Enrico in einem WhatsApp geschickt.» Andrina stand auf und holte ihre Handtasche aus dem Gang. Dabei fühlte sie sich nicht mehr so wackelig auf den Beinen. Sogar die Übelkeit war fast weg. Das Nachtessen hatte gutgetan.

Sie rief WhatsApp auf, bevor sie das Handy an Häusermann weitergab. Er notierte die Nummer und scrollte durch die Nachrichten.

Andrina nahm ihm das Gerät ab. «Das ist privat.»
«Ich fahre ins Polizeikommando», sagte Häusermann.

Schweigen breitete sich aus, als Häusermann das Haus verlassen hatte.

«Ich bin froh, dass du mit mir gekommen und nicht über Nacht zu Marco gegangen bist», sagte Susanna nach einer Weile.

«Gabi wäre alles andere als begeistert gewesen», erwiderte Andrina.

«Sie wirkte eifersüchtig. Ihre Reaktion dir gegenüber kann ich aus ihrer Sicht nachvollziehen.»

«Dazu hat sie keinen Grund. Ich bin mit Enrico zusammen.»

«Das ist nicht gleichbedeutend damit, keine Gefahr für sie darzustellen, was Marco betrifft.»

«Ich will nichts von ihm. Ich habe ihn um Hilfe gebeten, weil das sein Job ist.» Andrina atmete einmal tief ein und versuchte, die Aggressivität aus ihrer Stimme zu verbannen, bevor sie weitersprach. «Ich gebe zu, ich hätte die Polizei anrufen können, und weiss nicht, was in mich gefahren ist, als ich das Foto aus dem Briefkasten geholt habe.»

«Darum geht es nicht. Marco war am Boden zerstört, als du dich getrennt hast. Er war einige Wochen ein Schatten seiner selbst.» Sie hob die Hand, als Andrina etwas sagen wollte. «Damit will ich dir keinen Vorwurf machen. Spätestens seit dem Sommer von vor zwei Jahren war es mir klar. Es konnte mit euch nicht gut gehen, und ich kann dich verstehen. Vermutlich hätte ich an deiner Stelle ähnlich gehandelt. Marco hat inzwischen eingesehen, was für Fehler er gemacht hat und dass er eine grosse Portion selbst schuld ist. Die Zeit kann er nicht mehr zurückdrehen, so gerne er es in meinen Augen tun würde. Obwohl es nach aussen anders aussieht, wird es noch eine Weile dauern, bis er es geschafft hat, über eure Trennung hinwegzukommen.»

Andrina schluckte. Warum sagte Susanna ihr das? Wollte

sie ihr Schuldgefühle machen, obwohl sie eben betont hatte, ihr keinen Vorwurf machen zu wollen?

«Ich war ehrlich gesagt erstaunt, als er sich mit Gabi zusammengetan hat. Ich weiss nicht, ob sie nur ein Lückenbüsser ist.»

«Die beiden bekommen ein Kind», sagte Andrina heiser.

«Das war ein Unfall.»

«Wer sagt das? Marco?»

«Indirekt hat er das. Ich nenne das mal böse Zweckgemeinschaft.»

«Sie sind zusammengezogen», hielt Andrina dagegen.

«Ich glaube nach wie vor nicht an die grosse Liebe zwischen den beiden und denke, es ist nur wegen des Kindes.»

Andrina sah vor sich, wie barsch er mit Gabi umgesprungen war und sie aus der Küche verwiesen hatte. Mit Andrina dagegen hatte er über Fälle gesprochen und sie sogar um Rat gefragt. Susannas Einschätzungen machten Sinn, sosehr Andrina sich wünschte, sie täten das nicht. Sie war überzeugt, Gabi war sich bewusst, nur ein Lückenbüsser zu sein – trotz des Kindes.

NEUN

Andrina schreckte aus dem Schlaf. Dunkelheit um sie herum. Sie brauchte eine Weile, bis sie wusste, wo sie sich befand und was geschehen war. Kein Traum, sondern Realität.

«Enrico», murmelte sie. Andrina umarmte das Kopfkissen und presste ihr Gesicht hinein. Wo bist du?, dachte sie.

Andrina richtete sich auf. Sie schaute sich um, aber ausser der Dunkelheit konnte sie nichts erkennen.

Nach dem Nachtessen hatte Susanna das Schlafsofa im Gästezimmer parat gemacht. Andrina hatte sich gleich darauf zurückgezogen. Sie wollte alleine sein, obwohl sie wusste, dass das in ihrer Situation nicht das Beste war. Sie hatte lange keinen Schlaf finden können, bis sie in eine Art Dämmerzustand gefallen war. Dabei hatte sie das Gefühl gehabt, zwischen Schlaf und Wachsein zu schweben. Geträumt hatte sie nichts.

Sie verspürte Durst und wollte aufstehen, um im Bad einige Schlucke zu trinken. Als sie an das Wasser dachte, widerstand ihr die Vorstellung, davon zu trinken. Dabei hatte das Aarauer Leitungswasser die gleiche Qualität – wenn nicht sogar eine bessere – wie das Mineralwasser.

Die Schwangerschaft, dachte sie. Seraina hatte ähnliche Probleme gehabt und nur Tee beziehungsweise mit Kohlensäure versetztes Wasser trinken können. Andrina drehte sich auf die Seite, gab aber nach einer Weile auf, da der Durst stärker wurde. Sie stand auf und tapste durch den Raum. Sie brauchte eine Weile, bis sie die Tür gefunden hatte. Sie tastete sich zur Treppe und dem Geländer entlang nach unten. Im Gang konnte sie ein wenig mehr sehen. Die Tür zum Wohnzimmer stand offen. Das Licht des Mondes beleuchtete alles, und sie konnte im Gang die Umrisse erkennen. In der Küchenzeile war es sogar heller, da der Mond direkt durch das Fenster schien. Sie blieb einen Moment stehen und liess die Stille auf sich wirken. Der Friede, der ihr anhaftete, erreichte Andrinas Innere nicht.

Andrina fand die Mineralwasserflasche auf der Anrichte und schenkte sich ein. Nachdem sie zwei Gläser getrunken hatte, trat sie den Rückzug an. Als sie im Gang war, zerriss das Klingeln des Telefons die Stille. Andrina verharrte stocksteif. Einige Sekunden später hörte sie von oben schnelle Schritte, und gleich darauf huschte Susanna mit einem unterdrückten Fluch an ihr vorbei.

«Ja?» Pause. «Ich habe kein Pikett und daher mein Handy ausgeschaltet. Max ist dran. Was?» Ein Fluch und ein «Ich komme».

Sie kehrte in den Gang zurück und erschrak, als sie offenbar erst jetzt Andrina bemerkte.

«Entschuldige», murmelte Andrina.

«Kein Problem. Es tut mir leid, wenn das Telefon dich geweckt hat.»

«Was ist los?»

Susanna seufzte. «Die Arbeit ruft. Sämi muss mit. Falls wir zum Morgenessen nicht zurück sind, nimm dir, was du brauchst.» Susanna wartete keine Antwort ab, sondern eilte die Treppe nach oben. Andrina hörte die verschlafene Stimme von Häusermann, als Susanna ihm erklärte, er müsse aufstehen. Er klang alles andere als begeistert.

Andrina nahm den Teebeutel aus der Tasse und schnupperte. Ihr Magen schien den Kräutertee zu akzeptieren. Er grummelte nur ein wenig vor sich hin. Sie musterte das Brot. Susanna hatte es gestern auf dem Heimweg gekauft. Es widerstand ihr, davon zu essen.

Bist du heikel geworden, dachte sie. Akzeptierst du nur noch frisches Brot?

Sie schaute sich in den Schränken um und entschied sich schliesslich für ein Müesli mit Joghurt.

Als sie den Tisch abräumte, wurde die Haustür aufgeschlossen.

«Das ist seltsam», hörte sie Häusermann sagen.

«Woher soll ich wissen, wie diese Frau an meine Handynummer kommt», erwiderte Susanna.

«Du kennst sie wirklich nicht?»

«Das habe ich mehrmals gesagt.»

«Damit ist Max' Hoffnung zerschlagen, sie schnell identifizieren zu können. Warum hat der Täter nicht wenigstens ihren Ausweis bei ihr gelassen?»

«Du stellst Fragen», knurrte Susanna. «Die Schrift auf dem Post-it kenne ich, kann sie aber nicht einordnen.» Sie betrat, ein Blatt musternd, die Küche und schaute auf, als sie Andrina bemerkte.

«Du bist wach?»

«Ich muss in den Verlag.»

«Willst du dich nicht krankmelden? Grund dazu hast du.»

«Und weitergrübeln? Schon früher hat mir der Job geholfen, durch den Alltag zu kommen, ohne zu viel nachzudenken. Ihr habt eine Tote?»

«Ja, aber sie hatte leider keine Papiere bei sich, bis auf meine Handynummer.»

Andrina versteifte sich. «Ist das da der Zettel?» Sie deutete auf das Papier in Susannas Hand.

«Eine Kopie. Warum bist du so blass?»

Anstelle einer Antwort streckte Andrina die Hand aus. Susanna wechselte mit Häusermann einen Blick, musterte Andrina und anschliessend das Blatt.

«Das ist deine Schrift!» Sie reichte Andrina das Blatt.

Ihr reichte nur ein kurzer Blick. Kraftlos sank sie auf einen Stuhl vor dem Esstisch und schlug die Hände vors Gesicht.

«Aurélie», flüsterte sie.

Andrina starrte auf ihre Hände, die sie auf den Tisch gelegt hatte. Ihre Finger waren ineinander verkrampft, und die Knöchel traten weiss hervor.

Sie sass im Polizeikommando in einem Raum, in dem sie früher einige Male gewesen war. Ihr gegenüber am Tisch sassen Wagner und Häusermann. Susanna hatte sich einen Stuhl genommen und hinter den Beamten Platz genommen. Als sie im Polizeikommando angekommen war, hatte Wagner ihr ein Foto der Toten gezeigt. Es war definitiv Aurélie.

Soeben hatte Andrina ihren Bericht über den Besuch bei Köbis Halbschwester beendet.

Das Schweigen dehnte sich aus, bis es schliesslich von Wagner gebrochen wurde. «So eine wahnwitzige Idee, dort einen mutmasslichen Mörder auf eigene Faust suchen zu wollen, aber lassen wir das. Deiner Meinung nach schien Steiners Schwester aber zu wissen, wo ihr Bruder ist –»

«So habe ich das nicht gesagt», unterbrach Andrina ihn. «Enrico hatte das Gefühl; ob es wirklich so war, weiss ich nicht.»

«Okay, ihr kehrt nach Aarau zurück. Am nächsten Tag bricht Herr Bianchi zu diesem Workshop auf, kommt aber dort nicht an. Keiner hat ihn am Morgen bei JuraMed gesehen.»

«Es war früh am Morgen. Eventuell hat ihn der Wachmann getroffen.»

Wagner machte sich eine Notiz. «Guter Punkt. Das werden wir überprüfen.» Er warf Häusermann einen Blick zu, in dem die Frage zu erkennen war, warum das nicht bereits geschehen war. Häusermann schien sie zu ignorieren und machte ebenfalls eine Notiz. «Zurück zu Steiners Schwester. Sie ruft Susanna nicht an und wird stattdessen tot im Wald bei der KEBA, der Kunsteisbahn, aufgefunden.» Wagner machte eine kurze Pause, bevor er fortfuhr. «Es ist alles wirr, und ich frage mich, ob die Fälle, also die Einbrüche, Köbi Steiners und Enrico Bianchis Verschwinden und der Tod von Köbi Steiners Schwester, zusammenhängen oder ob es verschiedene Angelegenheiten sind, die sich zufällig gleichzeitig ereignet haben. Ach ja, da ist zusätzlich die unbekannte Tote im Kofferraum, von der wir immer noch nicht wissen, um wen es sich handelt.» Wagner schaute Andrina in die Augen. Sie hatte das Gefühl, als erwarte er von ihr eine Antwort. «Der Rechtsmediziner meinte übrigens, die Frau sei eingefroren gewesen», wandte er sich an Häusermann.

«Wie bitte?», fragte Häusermann, und Andrina wurde schlecht, als sie sich das bildlich vorstellte. Sie versuchte sich abzulenken, indem sie an einem Hautfetzen neben ihrem Daumennagel zupfte.

«Allerdings war sie im Kofferraum inzwischen vollständig aufgetaut.»

«Konnte er sagen, wann nach ihrem Tod und wie lange sie eingefroren war?»

«Nein.»

Stille setzte ein.

«Kannst du uns deinen Eindruck von Köbi Steiner geben?», fragte Häusermann Andrina.

«Er war höflich, zuvorkommend, und das Beisammensein mit ihm war angenehm.»

«Er wirkte nie, als bedrücke ihn was?», fragte Häusermann weiter.

Andrina schüttelte den Kopf.

«Wann hast du ihn das letzte Mal gesehen?»

«Das liegt einige Wochen zurück.»

«Kannst du das bitte präzisieren?»

Andrina grub im Gedächtnis. «Irgendwann im Frühling. Nein, es muss Anfang Juni gewesen sein.»

«Ist dir bei dem letzten Treffen etwas aufgefallen?»

«Nein.»

Frust huschte über die Gesichter der Männer.

«Hat er Familie, mal von seiner Schwester abgesehen?», nahm Häusermann den Faden wieder auf.

«Soviel ich weiss, nicht. Weder er noch Enrico haben jemals darüber gesprochen.»

«Er hat also keine Freundin?»

«Gemäss Enrico bahnte sich eine Liebelei zwischen seiner Nachbarin und ihm an.»

«Du meinst Rosa Fankhauser?», fragte Wagner dazwischen.

Andrina nickte, und er machte sich eine neue Notiz.
«Wir werden ein weiteres Mal mit ihr sprechen müssen. Wie wirkte Aurélie Dubois, als sie vor deiner Tür stand?», fragte Wagner weiter.
«Durcheinander. Fahrig.»
«Hattest du das Gefühl, sie wollte dir anvertrauen, was sie mit ihrem Bruder gesprochen hat?», übernahm Häusermann.
«Das glaube ich nicht. Der Stick war der Grund, und Enrico ist ihr als erste Möglichkeit eingefallen. So wie sie geklungen hat, war Enrico der Einzige, dem sie vertraute. Immerhin ist gemäss ihrer Erzählung die Polizei nicht besonders freundlich mit ihr umgesprungen.» Andrina konnte nicht verhindern, dass sich ein scharfer Unterton in ihre Stimme mischte. Zwar mussten es Beamte aus dem Jura gewesen sein, aber für sie war das irrelevant. Sie atmete mehrmals tief durch und versuchte zu einem neutralen Tonfall zurückzufinden. «Sie weigerte sich, zur Polizei zu gehen», fuhr Andrina fort.
«Hatte sie eine Handtasche bei sich?», fragte Häusermann weiter.
«Ja.»
«Die ist also weg», sagte Wagner.
«Der Post-it befand sich zusammengefaltet in ihrer Hosentasche», sagte Susanna. «Sie hat ihn offenbar nicht in die Handtasche gesteckt, und er ist vom Mörder übersehen worden, als er die Tasche mitnahm.»
«Ein anderer Punkt», sagte Wagner. «Susanna hat von Sergio Moretti berichtet. Kannst du nochmals die Begegnungen mit ihm schildern?»
Andrina wiederholte das, was sie am Vorabend Susanna und Häusermann erzählt hatte.
«Weisst du, ob er mit Köbi Steiner oder seiner Schwester bekannt war?», fragte Wagner.
«Ich glaube nicht.»
«Hältst du es für möglich?» Wagner liess nicht locker.
«Herr Moretti gehört zu Enricos Jugend und nicht zu sei-

nem Leben heute. Woher sollten Köbi oder Aurélie ihn kennen?»

«Was denkst du, Max?», fragte Häusermann. «Ein neuer Fall oder gehört er zu den anderen – dem Verschwinden von Herrn Bianchi und Köbi Steiner und den Einbrüchen?»

«Ich weiss es nicht», sagte Wagner gedehnt. «Das passt nicht.»

Es entstand eine kurze Pause, bis Wagner fortfuhr: «Nach Andrinas Schilderung hat Moretti eine Rechnung mit Enrico Bianchi offen. Durchaus möglich, dass er ein verspätetes Schmerzensgeld für den Tod seines Bruders fordern will. Herr Moretti kann aber kein Deutsch und bräuchte Hilfe dazu. Da könnte Steiner ins Spiel kommen.»

«Wie Andrina eben gesagt hat, scheinen Steiner und Moretti sich nicht gekannt zu haben», sagte Häusermann.

«Es muss nichts heissen, wenn Andrina davon nichts weiss», erwiderte Wagner. «Herr Steiner könnte in meinen Augen durchaus ein Komplize von Moretti sein. Er verschwindet – oder besser, er taucht unter – ungefähr zu dem Zeitpunkt, als Moretti das erste Mal bei Enrico Bianchi auftaucht.»

«Es gibt da weitere Dinge, die nicht passen», mischte Susanna sich in das Gespräch ein. «Wieso bricht Steiner bei Jura-Med und bei Enrico Bianchi ein? Wer ist die Tote im Kofferraum? Warum entführt Moretti Herrn Bianchi und nicht beispielsweise Andrina?»

«Wenn alles miteinander zu tun hat, muss irgendwo ein Zusammenhang sein, den wir nicht sehen.» Wagner fuhr sich mit der Hand durch seine grauen stoppeligen Haare. «Obwohl es auf den ersten Blick keinen Sinn macht. Allerdings ist der Mord an Aurélie Dubois erklärbar. Sie wusste davon, und Steiner hatte Angst, sie könne auspacken.» Er nahm seine Brille ab und putzte sie. «Du sagtest, Sergio Moretti hätte bei seinem ersten Besuch keine Geldforderungen gestellt», wandte er sich an Andrina, als er sie wieder aufsetzte.

«Ich habe nicht alles verstanden. Enrico hat es verneint, als ich mit ihm darüber gesprochen habe.»

«Herr Bianchi könnte es dir verheimlicht haben.» Ein Knoten bildete sich in Andrinas Brust. Erkenntnis huschte über Wagners Gesicht. «Er könnte sich geweigert haben zu zahlen. Also hat Moretti ihn entführt und wird sich in einem nächsten Schritt an dich wenden. Wobei wir nicht ausser Acht lassen dürfen, dass alles nur auf Vermutungen beruht und wir keine Beweise haben. Es könnte durchaus jemand anderer der Entführer deines Freundes sein.» Wagner beugte sich vor. «Das Vorgehen, falls Moretti – oder wer auch immer – sich bei dir melden und Forderungen stellen sollte, haben wir am Anfang unseres Gesprächs diskutiert.»

Der Knoten in Andrinas Brust vergrösserte sich. «Ja, es ist alles klar.»

***

«Mit dir habe ich nicht gerechnet», sagte Lukas, als Andrina das Büro betrat.

Bevor sie zur Vernehmung ins Polizeikommando gefahren war, hatte sie im Verlag angerufen. Lukas hatte das Gespräch entgegengenommen. Andrina hatte ihm kurz geschildert, was passiert war.

«Zu Hause herumsitzen bringt nichts», antwortete sie. Sie setzte sich und startete den Computer.

«Als ich gehört habe, was los ist, habe ich es für einen schlechten Witz gehalten. Erst Enrico und nun diese Frau, die, kurz nachdem sie bei dir war, ermordet wird.»

«Ich mache mir solche Vorwürfe. Ich hätte sie nicht gehen lassen dürfen, sondern darauf bestehen müssen, dass sie sofort zu Susanna geht.»

«Das ist keine Garantie, sie könne noch leben.»

«Doch», sagte Andrina. «Vielleicht hätten sie den Stick wiederherstellen können. Dann wäre klar, wer der Täter ist, nämlich der, der sie getötet hat.»

«Oder eben nicht. Es kann alles Mögliche auf dem Stick gewesen sein.»

«Es könnten Informationen zum Täter darauf sein. Immerhin ist Köbi Steiner ebenfalls nicht auffindbar.»

«Seit dem Einbruch bei euch und später nach dem Fund der Leiche in seinem Kofferraum ist es logisch, dass er abgetaucht ist.»

«Er war es nicht», rief Andrina.

«Was macht dich so sicher?»

Sie schwieg. Die Frage konnte sie nicht beantworten. Lag es daran, dass Enrico ihn für unschuldig gehalten hatte? Zusätzlich fehlte ein Motiv. Bisher galt Köbi als unbescholtener Bürger.

«Er könnte seiner Schwester den Stick mit dieser Botschaft geschickt haben, um zu schauen, wie sie reagiert», fuhr Lukas fort. «Sie ist prompt zu euch gefahren, und das hat ihn veranlasst, Enrico ebenfalls aus dem Verkehr zu ziehen.»

«Da war Enrico bereits verschwunden, auch wenn das zu diesem Zeitpunkt keiner wusste.»

«Weil Steiner befürchten musste, sie könnte sich denken, wo er sich versteckt hält, hat er sie getötet.» Seine Augen weiteten sich. «Wenn er ihr gefolgt ist, weiss er, dass sie mit dir gesprochen hat. Er muss also davon ausgehen, sie könne dir etwas gesagt haben.» Er schluckte, und sein Adamsapfel hüpfte auf und ab.

«Worauf willst du hinaus?»

«Du bist in Gefahr.»

«Blödsinn. Sie hat mir nicht gesagt, wo Köbi sein könnte.»

«Das weiss er nicht.»

Kälte kroch die Wirbelsäule hoch. Andrina drängte sie mehr oder weniger erfolgreich zurück. All das, was Lukas sagte, machte Sinn. «Hör auf. Deine Phantasie geht mit dir durch.» Andrina war froh, dass ihre Angst nicht in der Stimme mitschwang. Sie gab das Passwort ein und schaute auf den Computer. «Lass uns das Thema beenden.»

«Du musst das deiner Freundin von der Polizei sagen.»

«Bedenke, Köbi muss es nicht gewesen sein.»

«Wenn er die Verantwortung für die beiden Einbrüche und

für das Verschwinden deines Freundes, die Tote im Kofferraum und den Tod von Aurélie trägt, ist er –»

«Ein Zusammenhang ist nicht erwiesen», unterbrach Andrina ihn.

«Aurélies Auftauchen bei dir hat jemanden aufgeschreckt. Diese Person sah sich gezwungen zu handeln.»

«Du solltest den Job wechseln, Lukas, und weniger Krimis lesen.»

«Sehr witzig. Ich mache mir Sorgen um dich.»

«Thema beendet», wiederholte Andrina energisch. Sie wollte sich keine Angst machen lassen, obwohl es eigentlich zu spät war. Die Angst hatte bereits begonnen, in ihrem Inneren zu keimen und grösser zu werden.

***

Andrina legte die Post auf den Küchentisch und setzte sich auf einen Stuhl.

Es war still im Haus. Zu still. Andrina stützte ihren Kopf auf die Hände und starrte die Zeitung und die Briefe an.

Sie hatte es nicht geschafft, bis zum Feierabend im Verlag zu bleiben, und war am frühen Nachmittag gegangen. Besonders nach Lukas' kriminalistischen Überlegungen. Sie waren nachvollziehbar.

Enrico! War er ebenfalls tot? Solange es keine Leiche gab, durfte man hoffen, die betreffende Person würde noch leben. Warum meldete sich aber keiner mit Forderungen nach Lösegeld? Eine Träne sammelte sich in Andrinas Augenwinkel und bahnte sich ihren Weg über die Wange nach unten. Am Kinn angekommen sammelte sie sich mit neuen und tropfte schliesslich nach unten. Sie legte die Hand auf ihren Bauch.

«Du wirst deinen Vater nie kennenlernen», flüsterte sie.

Sie liess den Kopf auf den Tisch sinken und schluchzte auf.

Es dauerte einige Minuten, bis sie sich unter Kontrolle hatte. Sie musste sich zusammenreissen.

Andrina hob den Kopf. Ihr Blick fiel erneut auf die Briefe.

Ob sie es wollte oder nicht, sie musste die Post durchgehen. Vielleicht fand sich dort ein Hinweis auf Enricos Verbleib oder eine Lösegeldforderung.

Sie hob die Couverts hoch und schaute sie durch. Keines wirkte, als enthielt es eine Geldforderung. Alle waren an Enrico adressiert. Andrina nahm ein Messer und ritzte eins nach dem anderen auf. Zögernd holte sie den ersten Brief aus dem Couvert und faltete ihn auseinander. Die Stromrechnung. Sie legte sie zur Seite. Im nächsten fand sie die Telefonrechnung. Sie wanderte auf die Stromrechnung. Andrina beschloss, die Rechnungen zu sammeln und am Wochenende die Beträge zu überweisen. Der nächste Brief enthielt die monatliche Lohnabrechnung. Andrina starrte den Betrag an. Langsam senkte sie das Blatt. Das ging sie nichts an. Die Abrechnung wanderte auf den Stapel, den sie als «keine Handlung notwendig» definiert hatte.

Als sie den nächsten Brief in die Hand nahm, klingelte es an der Tür. Halb ärgerlich, halb erleichtert, die Post aufschieben zu müssen, stand Andrina auf. Sie öffnete die Tür und erschrak.

Sie brauchte einige Sekunden, bevor sie reagieren konnte, doch Moretti war schneller. Sein Fuss war zwischen der Tür, bevor Andrina sie zuschlagen konnte. Er verzog zwar kurz das Gesicht, als sie seinen Fuss mit Wucht einklemmte, aber er liess ihn dort, wo er war.

«Verschwinden Sie», stiess Andrina hervor.

«No.»

«Ich rufe die Polizei.» Andrina warf einen raschen Blick nach hinten. Ihr Handy lag unerreichbar in der Küche.

«Ich muss mit dir reden.»

«Ich will aber nicht mit Ihnen reden.»

«Bitte, Andrina.» Als er ihren Vornamen nannte, versteifte sie sich. «Ich habe Enrico nichts getan.»

«Das können Sie der Polizei sagen.»

«Das habe ich bereits. Ich war total überrumpelt, als sie im Hotel auftauchten. Ein Wunder, dass sie mich nicht festgenommen haben.»

«*Bastardo*», stiess Andrina hervor. «Was hast du mit ihm gemacht? Ihn getötet? Als Rache für deinen Bruder? Nach Mafiamethoden? Wie viel Geld willst du?»

«Ich habe ihn nicht getötet.»

«Natürlich hast du das.» Andrina stürzte sich auf Moretti und schlug mit den Fäusten auf ihn ein. Die Wut verlieh ihr Kräfte, von denen sie nie geahnt hatte, sie zu besitzen.

Moretti war im ersten Moment zu überrascht über die Attacke, um zu reagieren.

«Warum?», stiess sie zwischen den Fausthieben hervor.

Erst nach einigen Sekunden gelang es Moretti, Andrinas Hände zu fassen. Er fixierte sie mit einer Hand und legte den anderen Arm um sie. Er schob Andrina ins Haus und gab der Haustür mit dem Fuss einen Tritt. Sie wand sich und biss zu. Allerdings erwischte sie seinen Arm nicht richtig.

«Nicht, Andrina. Ich habe ihm nichts getan.»

«Lass mich los», schrie sie.

Moretti drängte sie gegen die Wand und klemmte ihre Hände zwischen ihrem Körper und der Wand ein. Der raue Putz kratzte über die nackte Haut ihrer Arme.

Sie hob das Knie an und verfehlte Morettis Genitalien um Haaresbreite. Er presste sich gegen sie, und Andrina bekam kaum Luft.

«Ich habe ihm nichts getan», flüsterte er dicht neben ihrem Ohr.

«Wie soll ich das glauben, wenn Sie mich …» Vergewaltigen wollen, hatte sie sagen wollen, aber die Erkenntnis, was sie erwartete, liess das Wort in ihrer Kehle stecken bleiben. Nachdem er Enrico hatte, wäre sie als dessen Freundin dran.

«Ich will dir nichts tun, aber du lässt mir keine andere Wahl», flüsterte er.

Andrina hob den Kopf und zwang sich, Moretti anzusehen. Sein Gesicht war nur wenige Zentimeter vor ihrem, und sie spürte den warmen Atem auf ihrer Haut.

«Bitte hör mich an, Andrina. Ich habe Enrico kein Haar gekrümmt. Obwohl ich das in der Vergangenheit liebend gern getan hätte. Ich kann dir versichern, wie oft ich mir ausgemalt habe, wie er langsam stirbt und ich ihm dabei zusehen kann. Inzwischen habe ich die Rachegelüste hinter mir gelassen und bin gekommen, um mich auszusöhnen.»

Wer es glaubt, dachte Andrina und wandte den Kopf ab. Ihre Schultern schmerzten, und sie versuchte sich zu bewegen, aber Moretti presste sich weiterhin fest gegen sie. Es knackte in ihrem Rücken. Genau in dem Bereich, wo sie die schweren Wirbelsäulenverletzungen davongetragen hatte. Andrina hatte das Gefühl, ihre Beine bestünden auf einmal aus Gummi. Erneut versuchte sie sich herauszuwinden. Sie stöhnte auf, als sich ein stechender Schmerz im Rücken und in den Schultern ausbreitete.

«Ich tue dir weh, obwohl ich es nicht möchte.» Er brach ab, und Andrina realisierte, wie sein Atem stossweise ging. Sie sah kleine Schweisstropfen auf seiner Stirn. «Bitte gib mir eine Chance.»

Wieder zwang Andrina sich, in Morettis Augen zu schauen. So kam sie nicht weiter. Gegen ihn hatte sie keine Chance. Sie musste so tun, als ob sie auf seine Bitte einging. Zögernd nickte sie.

Misstrauen huschte über Morettis Gesicht. Ihm ging diese Einwilligung eindeutig zu schnell. Allerdings schien er zu dem gleichen Schluss gekommen zu sein und lockerte den Griff, war aber offenbar bereit, gleich wieder zuzupacken, sollte Andrina auf ihn einschlagen oder flüchten wollen.

Andrina blieb starr. Er lockerte weiter den Griff und wich ein Stück zurück. Entgegen ihrem Vorhaben sackte Andrina in sich zusammen. Sie hatte keine Kontrolle mehr über ihre Beine.

«Bitte nicht», stiess sie auf Schweizerdeutsch hervor und drückte die Hand ins Hohlkreuz. Ein Zittern durchlief ihren Körper. Erschrocken kniete Moretti sich neben sie und berührte ihren Arm.

«Venì», sagte er.

Als Andrina nichts erwiderte, zog er sie hoch. Schwankend

stand sie vor ihm und realisierte dankbar, dass ihre Beine sie trugen. Die Schmerzen im Rücken ebbten ab. Moretti legte den Arm um ihre Schulter und führte sie zur Küche. Dort setzte er sie auf einen Stuhl und stellte ein Glas mit Wasser vor sie auf den Tisch. Anschliessend zog er sich einen weiteren Stuhl heran und setzte sich ihr gegenüber.

«*Grazie*», sagte er.

«Wofür?» Andrina tastete ihren Rücken ab. Es fühlte sich alles normal an. Erleichterung durchflutete sie. Sie bewegte die Zehen. Alles funktionierte einwandfrei.

«Für die Chance. Es tut mir leid, dir wehgetan zu haben.»

Andrina schwieg. Ihre Gedanken rasten. So konnte sie keinen Plan fassen zu flüchten. Sie schielte zur Küchenanrichte, auf der ihr Handy lag. So nah und doch unerreichbar.

«Ich weiss nicht, wie ich dich überzeugen soll, aber ich habe Enrico nicht entführt, und Geld will ich auch keins. Okay, ich war sauer auf ihn, und ich bin mit dem Ziel in die Schweiz gekommen, ihn zu verletzen, aber nicht körperlich, sondern seelisch. Nachdem ich ihm letzte Woche am Mittwoch gegenübergestanden bin und ihm alles Mögliche an den Kopf geworfen habe, hat sich dieser Wunsch in nichts aufgelöst. Stattdessen fühlte ich eine Leere, bis mir etwas anderes klar wurde: Es ist dringend Zeit, das alles hinter mir zu lassen und neu anzufangen.» In Morettis Italienisch mischten sich mehr neapolitanische Ausdrücke, und Andrina musste sich konzentrieren, ihm zu folgen.

Sie fasste ihn genauer ins Auge. Oberhalb der Augenbraue befand sich ein Kratzer, der blutete. Moretti fuhr darüber und verschmierte das Blut über die Stirn. Er betrachtete die Handfläche und sah aus, als verwirre es ihn, daran Blut zu sehen. Andrina schob ihm das Taschentuchpäckchen zu, das neben dem Briefstapel lag.

«*Grazie.*» Er reinigte sich die Hand und steckte das Taschentuch in den Hosensack.

Andrina wusste nicht, wie sie reagieren sollte. Sie sollte endlich einen Plan fassen wegzukommen und hatte gerade eine Gelegenheit vertan, als er mit seiner Wunde beschäftigt und abgelenkt war. Irgendwie konnte sie sich nicht dazu aufraffen, was sie verwunderte. Meinte Moretti es ehrlich?

«Mit ‹seelisch verletzen› meine ich, ich wollte ihn an den Tod meines Bruders erinnern und diese Wunde aufreissen.»

«Enrico hat Stefano nie vergessen», brachte Andrina hervor. «Er hat sich die Schuld gegeben und all die Jahre darunter gelitten.» Sie senkte ihren Kopf und bemerkte etwas Rotes unter dem Nagel ihres linken Mittelfingers. Morettis Blut. Hätte er sie getötet, wäre das eine gute Spur gewesen. Angst keimte auf. Lass das, dachte sie. Wenn er dich hätte töten wollen, hätte er das bereits erledigt und wäre verschwunden.

«Das ist mir inzwischen klar. Keiner ist daran schuld. Höchstens Stefanos verletzter Stolz, weil Enrico besser war als er. Inzwischen hatte ich genug Zeit, darüber nachzudenken. Stefano war die treibende Kraft bei diesem Unterfangen gewesen. Enrico hatte versucht, ihm die Idee auszutreiben. Seit der Zeit, in der ich in der Schweiz bin, habe ich etwas anderes begriffen, was ich längst hätte verstehen sollen.» Er schluckte, und sein Kehlkopf machte eine Auf- und Abwärtsbewegung. «So viel unnötiger Hass hat meine Familie und mich in den letzten Jahren begleitet. Meine Eltern sind mit diesem Hass gestorben. Auf dem Sterbebett meiner Mutter musste ich ihr das Versprechen abgeben, Stefanos Tod zu rächen. Aber nicht nach Mafiamethoden, wie du mir unterstellst.» Er sprach immer schneller, was es zu einer grösseren Herausforderung machte, ihn zu verstehen.

Sie setzte zu einer Erwiderung an, brachte aber keinen Ton hervor.

«Nichts ist mir ferner als die Mafia, obwohl ich Süditaliener bin. Ich weiss nicht, warum alle denken, dass man dann automatisch der Mafia angehört.»

Andrina wollte den Kopf senken, aber Moretti hielt sie davon ab, indem er mit dem Zeigefinger Druck gegen das Kinn ausübte. Andrinas Herzschlag beschleunigte sich, aber

Moretti war nicht mehr so grob wie vorhin im Gang. Im Gegenteil, die Berührung war beinahe zärtlich.

«Mein Hass ist verraucht. Zurückgeblieben sind Schuldgefühle.»

«Schuldgefühle?»

«Als mich Signor Wagner verhört hat, ist mir die Endgültigkeit von Enricos Verschwinden klar geworden.» Er hielt inne.

Andrina fragte sich, wie es Fellers Team so schnell gelungen war, Moretti zu finden. Dagegen konnte sie sich deutlich vorstellen, wie Wagner ihn in die Mangel genommen hatte. Auf einmal tat ihr Moretti leid. Schnell schob sie diese Gefühle beiseite.

«Plötzlich ist es zu spät», fuhr Moretti leise fort. Andrina konnte ihn kaum verstehen. «Verpasste Chancen. Die letzten sind nicht lang her. Weisst du, wir waren das Trio an unserer Schule, gegen das niemand eine Chance hatte.» Moretti liess Andrinas Kinn los. Langsam erhob er sich und wirkte dabei wie ein alter Mann. Er trat ans Fenster und blickte in den Garten. Andrina fragte sich, ob er ein guter Schauspieler oder ob alles echt war. Er konnte mit dieser Methode durchaus versuchen, sie zu überzeugen, nichts mit Enricos Verschwinden zu tun zu haben. Andrina bekam eine Gänsehaut, als ihr bewusst wurde, wie überzeugt Moretti geklungen hatte, als er sagte, Enrico würde nicht mehr leben. Das war nur möglich, wenn er das genau wusste, weil er ihn selbst getötet hatte. Er wandte ihr weiterhin den Rücken zu.

Raus mit dir, schoss es ihr durch den Kopf. Das ist die Gelegenheit, zu fliehen und die Polizei zu rufen. Ihr Blick wanderte erneut zum Handy.

Doch sie blieb sitzen. Um herauszufinden, ob Enrico tot war und ob Moretti sein Mörder war, musste sie mit ihm reden.

«Ich hätte ihm die Hand reichen sollen. Das Schlimmste ist, er wird nie wissen, dass ich ihm verziehen habe. Oh, wie pathetisch sich das anhört!» Er stiess ein raues Lachen aus.

«Damit werde ich nun leben müssen. Das Einzige, was ich tun kann, ist, dir meine Hilfe anzubieten.» Er drehte sich um, und Andrina sah den gleichen Schmerz in seinen Augen, den sie in ihrem Inneren empfand. Sei auf der Hut, ermahnte sie sich. Lass dich nicht um den Finger wickeln.

«Ich weiss zwar nicht, wie diese Hilfe aussehen kann, aber ich bitte dich, mich wissen zu lassen, wenn du Unterstützung, in welcher Form auch immer, von mir brauchst.»

Andrina nickte, weil sie ihrer Stimme nicht traute. Moretti trat auf sie zu und beugte sich zu ihr herunter.

«Bitte versprich mir das.»

Erneut nickte sie.

«Du hast meine Handynummer.»

Als Bestätigung deutete Andrina auf ihr Handy.

«Wir hören also voneinander?»

Wieder nickte Andrina.

«Gut. Ich melde mich, wenn ich Neuigkeiten habe.»

Wie auch immer er das anstellen wollte, dachte Andrina, schwieg aber. Er beherrschte nicht einmal die deutsche Sprache.

Zu Andrinas Erleichterung drehte er sich um und verliess die Küche. Als sie die Haustür ins Schloss fallen hörte, sackte sie in sich zusammen.

Wie lange sie regungslos in der Küche gesessen hatte, wusste Andrina nicht, als die Türklingel sie aufschrecken liess. Fest nahm sie an, Moretti sei zurückgekehrt, und überlegte, ob sie die Tür öffnen sollte. Das Bedürfnis, ihm nochmals gegenüberzutreten, verspürte sie nicht. Schliesslich gab sie sich einen Ruck. Er wusste, dass sie da war. Zu ihrer Verwunderung fand sie an Morettis Stelle Feller vor der Tür.

«Kann ich kurz mit dir sprechen?» Das klang ernst, und Andrina erschrak.

«Habt ihr ihn – seine Leiche gefunden?»

«Das nicht. Es gibt etwas anderes, worüber ich mit dir reden möchte. Darf ich reinkommen?»

Andrina trat zur Seite und führte ihn ins Wohnzimmer. Feller blieb mitten im Raum stehen und liess seinen Blick umherwandern, was Andrina verunsicherte.

«Warum bist du hier und nicht bei Susanna?», fragte er.

«Ich muss hier hin und wieder nach dem Rechten sehen», antwortete Andrina. Bevor sie den Verlag verlassen hatte, hatte sie Susanna angerufen und sie wissen lassen, dass sie zu sich nach Hause gehe.

Sie wollte in Enricos Nähe sein, auch wenn er nicht da war und vermutlich nie mehr zurückkehren würde. Noch hing sein Geruch in der Luft, und Andrina wollte ihn mit jedem Atemzug auskosten, weil ihr bewusst war, er werde sich bald verflüchtigen. Sie schloss die Augen und wandte sich ab. Feller sollte die Tränen nicht sehen, die in ihre Augen traten. Es gelang ihr, sie fortzublinzeln. Sie hörte, wie Feller hinter ihr einen Stuhl nach hinten schob.

«Setz dich!» Das klang barsch, was Andrina einen Schrecken einjagte.

«Max war heute bei Herrn Steegmann», sagte Feller und nahm ihr gegenüber Platz. Er schaute Andrina an, als erwarte er eine Erwiderung.

«Wer ist das?», fühlte Andrina sich genötigt zu sagen.

«Enricos Notar.»

Andrina erwiderte nichts.

«Kennst du ihn?»

«Nein. Falls er mit JuraMed zu tun hat, bist du bei mir an der falschen Adresse. Dazu weiss ich nichts.»

Feller holte eine Mappe aus seiner Tasche und entnahm ihr ein Dokument, das in einer Klarsichthülle steckte. Wortlos schob er es ihr hin. Dabei behielt er sie genau im Auge, was Andrina weiter verunsicherte. Es war klar, dass er ihre Reaktion beobachtete.

«Wusstest du davon?», fragte er.

«Wovon?»

«Von dem hier.»

Andrina senkte den Kopf und erstarrte. «Enrico hat ein

Testament gemacht?», flüsterte sie fassungslos. Mit einer heftigen Bewegung schob sie es von sich weg. «Was soll ich damit? Lass mich in Ruhe. Willst du damit sagen, er ist tot?»

«Es gibt nach wie vor keine Lösegeldforderung.» Fragend schaute er Andrina an.

«Nein.»

«Die Wahrscheinlichkeit steigt, je länger er verschwunden bleibt», sagte Feller. Das war wie ein Faustschlag in die Magengrube. War das nur Fellers Meinung, oder fasste Wagner diese Möglichkeit ebenfalls ins Auge? «Ich nehme an, das ist dir genauso klar. Hör also auf, dich an Hoffnungen zu klammern, die es nicht gibt.»

«Du bist gemein!», stiess Andrina hervor. Er hatte sich nicht verändert.

Feller starrte für einige Sekunden an die Decke. «Entschuldige. Das war mehr als daneben. Aber es ist leider nun mal so, und das weisst du.»

«Solange man keine Leiche gefunden hat …» Andrina brach ab und setzte neu an. «So was hast *du* immer gesagt.»

Feller beugte sich vor. «Besonders nach diesem Foto mit dem Kreuz müssen wir vom Schlimmsten ausgehen.»

«Auf dem Kreuz steht kein Todestag», rief Andrina. Die Verzweiflung drohte überhandzunehmen. «Du warst es, der gesagt hat, es bestünde Hoffnung, solange das so ist.»

«Diese Idee hatte Susanna. Möchtest du nicht wissen, was darin steht?»

Andrina brauchte einen Moment, bis sie verstand, wovon er sprach. Heftig schüttelte sie den Kopf.

«Lies!» Das klang wie ein Peitschenknall. «Es ist eine Kopie, und du kannst sie ruhig in die Hand nehmen.»

Mit zitternden Händen nahm Andrina das Dokument, das aus nur einem Blatt bestand. Sie liess es in der Klarsichtmappe. Als Erstes fiel ihr Blick auf das Datum. Das Testament war Mitte August abgefasst worden. Sie zwang sich, ihre Augen über die Zeilen gleiten zu lassen. Mit jedem Wort, das sie las, nahm ihre Fassungslosigkeit zu.

«Nein!», schrie sie auf. Sie gab dem Testament einen Stoss. Es rutschte quer über den Tisch und fiel auf der anderen Seite auf den Boden.

Andrina liess den Kopf auf ihre Arme sinken. Sie schluchzte auf. Fest presste sie die Augen zusammen. Sogleich sah sie den Text vor sich.

«Nein», stiess sie nochmals hervor. Sie wollte die Firma und das Geld nicht, sie wollte Enrico zurück.

«Hast du davon gewusst?» Obwohl es kaum möglich war, hatte seine Stimme an Schärfe gewonnen.

Andrina wollte Nein sagen, hielt es aber gerade noch zurück, als ihr klar wurde, als was das Auftauchen des Testaments gedeutet werden konnte. Sie rutschte als Tatverdächtige in den Fokus.

«Schau mich an, wenn ich mit dir rede.» Fellers Stimme war schneidend.

Als Andrina den Kopf hob, drängte sich ihr ein anderer Gedanke auf.

«Warum bist du hier?» Es gelang ihr, den gleichen scharfen Ton anzuschneiden wie Feller. «Du darfst nicht ermitteln, denn du bist befangen.»

Fellers rechte Augenbraue schnellte in die Höhe.

«Enrico ist dein Bruder.»

«Ich bin nicht als Polizist hier.»

«Du bist genauso verdächtig.»

«Ach ja?»

«Du bist ebenfalls bedacht worden.» Sie tippte auf das Blatt, das Feller aufgehoben und in die Mitte des Tisches gelegt hatte.

Feller beugte sich vor. «Ich weiss nicht, warum Enrico das getan hat. Was ich jedoch wie du weiss: Ich brauche sein verdammtes Geld nicht.» Er kniff die Augen zusammen. «Im Gegensatz zu dir, die nicht gerade viel auf der hohen Kante hat.»

«Du hast andere Gründe, ihn aus dem Weg räumen zu wollen», stiess Andrina hervor. «Rache.» Ihr Herz klopfte bis zum Hals. Wohin driftete ihr Gespräch gerade?

Fellers linke Augenbraue gesellte sich zur rechten. «Das hätte ich durchaus. Enrico hat mir etwas weggenommen, das viel mehr wert ist als all sein verdammtes Geld zusammen. Oder anders formuliert, es ist unbezahlbar.» Eine Ader trat an seiner Schläfe hervor. «Wenn ich derartige Absichten gehegt hätte, hätte ich das früher erledigt. Glaub mir, es gab genügend Gelegenheiten, ihn verschwinden zu lassen, und ich habe sogar davon geträumt.»

Das Pochen des Herzens tat inzwischen weh. Andrina meinte, keine Luft mehr zu bekommen.

«Ich kann dich beruhigen.» Das klang sarkastisch. «Den Job hat offenbar ein anderer für mich erledigt.» Das hörte sich an, als würde er über etwas berichten, das ihm Freude bereitete.

Tränen schossen in Andrinas Augen. Fellers Gesicht verschwamm. Dennoch hielt sie ihren Blick weiterhin auf ihn gerichtet. Übelkeit drängte die Speiseröhre hoch. Andrina schluckte sie hinunter. Ihre Hand wanderte unvermittelt zu ihrem Bauch. Sie atmete durch den Mund ein und liess die Luft durch die Nase entweichen. Sekunden verstrichen. Keiner sprach. Als sie Feller anschaute, bemerkte sie, wie er sie beobachtete.

«Das hätte unseres sein können.» Trauer hatte die Aggressivität in seiner Stimme abgelöst.

«Was?»

«Unser Kind und nicht seins.»

Andrina richtete sich kerzengerade auf. Susanna, dachte sie. Oder Häusermann. Sie verwünschte sie, weil sie offenbar den Mund nicht gehalten hatten.

«Ist es aber nicht», fauchte sie.

«Leider.»

Mit diesem Wort kam Andrina nicht zurecht.

«Warum hat es bei uns nicht geklappt, aber ausgerechnet bei ihm?», fuhr Feller fort. Er wirkte, als sei alle Kraft aus ihm gewichen.

«Weil es nicht anders sein sollte», stiess Andrina hervor.

Feller sackte in sich zusammen. Die Trauer, die sie in seinem Gesicht las, traf sie mitten ins Herz. Susanna hatte recht. Er empfand nicht das Gleiche für Gabi, das er für sie empfunden hatte beziehungsweise offenbar weiterhin empfand. Sie forschte in sich hinein, was diese Erkenntnis bei ihr auslöste, kam aber zu keiner Antwort.

«Es gibt kein Zurück, Marco», sagte sie leise.

Zu ihrer Erleichterung antwortete er nicht. Er löste den Blick von ihrem und starrte auf einen Punkt irgendwo hinter ihr. In seinem Gesicht arbeitete es, als würde er einen Satz im Kopf formulieren, ihn verwerfen und es wieder neu versuchen.

«Auch jetzt nicht», nahm sie Feller die Antwort vorweg.

Er legte den Kopf in den Nacken und starrte an die Decke. Erneut verstrichen Sekunden.

«Das ändert nichts an der Tatsache, dass du zu mir gehörst, als Familie.» Er redete so leise, dass Andrina überlegte, ob er überhaupt gesprochen hatte.

«Wie meinst du das?», fragte sie.

«Du bist meine Schwägerin, auch wenn ihr nicht verheiratet seid, und das da», er wies mit dem Kopf auf Andrinas Bauch, «ist meine Nichte oder mein Neffe. Ich werde alles tun, was in meiner Macht steht, um für euch da zu sein.»

Feller stand auf und stiess den Stuhl mit so viel Schwung zurück, dass er beinahe umkippte. «Ich bringe dich ins Polizeikommando, damit du von den Beamten vernommen werden kannst.»

Andrina blieb sitzen. «Woher hast du das Testament?»

«Max hat es mir gegeben.»

«Darf er das?»

Anstelle einer Antwort neigte Feller den Kopf von rechts nach links und zurück. Nein, sollte das wohl heissen.

«Warum hat er dich damit zu mir gelassen? Normalerweise ist die Polizei darauf aus, die erste Reaktion zu analysieren.»

«Das habe ich gerade getan.»

«Ich dachte, du bist nicht als Polizist hier.»

«Ich wollte deine Reaktion sehen und sie nicht von anderen gesagt und analysiert bekommen. Das war mir wichtig. Komm!»

«Und was sagt dir meine Reaktion, oder besser: Als was analysierst *du* sie?»

«Das ist nicht relevant.»

«Für mich schon, denn du wirst deine Erkenntnisse brühwarm weitergeben.»

«Hör auf, Andrina», rief er ärgerlich. «Komm bitte.»

Bitte. Das war neu. Früher waren diese Aufforderungen keine Bitten, sondern Befehle gewesen. Lass das, dachte sie. Feller trat um den Tisch. Als Andrina sich erhob, legte er den Arm um ihre Schultern. Sie verkrampfte sich, liess es dennoch zu. Seite an Seite verliessen sie das Haus.

***

«Sie wollen also behaupten, nichts davon gewusst zu haben?», fragte Brogli.

Er sass Andrina gegenüber in demselben Raum, in dem sie heute Morgen gewesen war. Neben ihm hatte Wagner Platz genommen.

«So ist es.» Andrina hatte sich aufgerichtet und ihre ineinandergefalteten Hände vor sich auf den Tisch gelegt.

«Warum kann ich das nicht glauben?»

«Das ist Ihr Problem und nicht meins.» Aus den Augenwinkeln sah sie, wie Wagner zusammenzuckte, behielt aber weiterhin ihren Blick fest auf Brogli gerichtet.

«Da bin ich anderer Meinung. Sie wirken, als wussten Sie von dem da.» Mit dem Kopf wies er auf das Dokument in einer Klarsichtmappe. Dieses Mal musste es sich um das Original handeln. Enricos Unterschrift und die des Notars waren blau. Sie waren vermutlich mit Füllfederhalter geschrieben worden.

Andrinas Blick huschte zu Wagner.

«Verdammt», murmelte er.

«Das ist das richtige Wort», sagte Brogli, bevor Wagner

weitersprechen konnte. «Falls Frau Kaufmann tatsächlich davon gewusst hat, erscheint nun alles in einem anderen Licht.»

«Das, was du denkst, habe ich damit nicht gemeint», sagte Wagner.

«Was denn?» Er drehte sich zu Wagner.

«Marco! Ich hätte es wissen müssen.»

«Was hättest du wissen müssen?» Brogli wirkte irritiert.

«Besonders als die beiden zusammen hierherkamen, hätte es mir klar sein müssen.»

«Wovon sprichst du? Willst du damit andeuten, Marco hat Frau Kaufmann abgeholt?»

«Mehr noch. Er hat es ihr gesagt, obwohl wir vereinbart hatten, das nicht zu tun.»

«Was? Das mit dem Testament?»

Wagner stand auf und trat ans Fenster.

«Willst du damit andeuten, Marco wusste davon und hat sie informiert?», fragte Brogli.

Wagner antwortete nicht.

«Wieso hast du ihn überhaupt davon in Kenntnis gesetzt? Er ist ebenfalls Erbe und dadurch befangener als zuvor und hat definitiv nichts in diesen Ermittlungen zu suchen.»

Als Wagner weiterhin schwieg, schlug Brogli mit der flachen Hand auf den Tisch. «Das darf nicht wahr sein! Ihr seid solche Idioten! Die ganze Übung hier ist für die Katz!» Sein Blick wanderte zu Andrina. «Sie haben nichts von dem Testament gewusst, bevor Marco Feller Sie davon in Kenntnis setzte?», fragte er schneidend.

«So ist es.»

«Herr Bianchi hat mit Ihnen nie darüber gesprochen?»

«Nein.»

Brogli stand auf. Er beugte sich vor und starrte Andrina in die Augen. Fellers Schule, dachte sie. Lass dich nicht einschüchtern.

«Ich will nochmals mit Herrn Steegmann sprechen. Dieses Mal, bevor Marco alles vermasselt.» Er drehte sich um und stürmte aus dem Zimmer.

«Und ich mit Marco», knurrte Wagner. «So was geht überhaupt nicht.» In der nächsten Sekunde war er zur Tür hinaus. Andrina wagte nicht, sich zu rühren.

***

«Danke, dass du mich nach Hause gebracht hast», sagte Andrina und löste den Sicherheitsgurt.

«Nichts zu danken. Ich habe seit Neustem genug Freizeit.» Feller starrte auf das Haus.

«Haben sie dich suspendiert?»

«Jein.»

Andrina wusste nicht, wie lange sie in dem Vernehmungszimmer gewartet hatte, bis jemand gekommen war, um sie zu holen beziehungsweise nach unten zu begleiten. Im Gang waren sie Feller begegnet. «Ich übernehme das», hatte er gesagt. Anstatt sie einfach zur Tür zu begleiten, war er mit ihr zu seinem BMW gegangen und hatte erklärt, er bringe sie nach Hause, was Andrina verwundert hatte.

Schweigend waren sie zu Enricos Haus gefahren.

«Tut mir leid.»

«Ich bin selber schuld», knurrte er. «Besonders professionell war das alles nicht, aber ich würde es wieder so machen.»

«Wenn sie dich suspendiert haben, hätten sie das mit Max auch tun müssen. Schliesslich hat er dir das gesagt.»

«Ich habe ihn dazu genötigt.»

«Du hast was? Was hast du mit Max gemacht?»

«Das ist nicht wichtig.» Er schnitt eine Grimasse, die offenbar ein missglücktes Lächeln darstellen sollte.

«Was geschieht jetzt?»

Feller zuckte mit den Schultern.

«Möchtest du … möchtest du mit reinkommen? Zum Beispiel einen Espresso trinken.»

Ein zaghaftes Lächeln huschte über sein Gesicht. «Das ist der erste vernünftige Vorschlag, den ich heute höre.»

Andrina führte ihn auf die Terrasse und setzte sich neben

ihn, nachdem sie einen Espresso für Feller und einen Kräutertee für sich zubereitet hatte.

«Wann wird die Tür repariert?», fragte Feller und deutete auf die heruntergelassene Store.

«Nächste Woche. Sie haben sie provisorisch mit einem Brett zugenagelt. Rein kommt da keiner.»

«Das ist gut. Schöner Garten», sagte Feller und trank einen Schluck. «Du hast definitiv einen grünen Daumen.»

«Das meiste habe nicht ich gemacht. Gartenarbeit ist mit meinem Rücken nicht uneingeschränkt möglich.»

«Wie geht es dir überhaupt? Jemand, der nichts von dem Sturz weiss, sieht dir beim Laufen nichts an. Spürst du noch was?»

«Ganz gut ist es noch lange nicht, aber ich will mich nicht beklagen.» Andrina berichtete von den Fortschritten, die sie in den letzten beiden Jahren gemacht hatte.

«Du bist zu bewundern», sagte Feller, als sie geendet hatte. «Nicht jeder wäre da, wo du heute bist.»

«Na ja, alles, was ich mir vorgenommen habe, habe ich nicht erreicht. Ob ich je wieder werde joggen können, steht in den Sternen.»

«Wie ich dich kenne, wirst du das eines Tages.» Feller stellte die ausgetrunkene Tasse zurück.

«Möchtest du einen zweiten?»

«Einer reicht, danke.»

«Was ist mit dir? Ich meine, bist du nun suspendiert oder nicht?», wagte Andrina zu fragen, als sich das Schweigen zwischen ihnen ausdehnte.

«Arbeiten darf ich.» Das klang sarkastisch. «Allerdings habe ich meine Finger von allem zu lassen, was Enrico betrifft. Hinzu kommen die Fälle Köbi Steiner, Aurélie Dubois und die Kofferraumleiche. Ich musste sogar mein Büro wechseln, um nicht zufällig in die Nähe zu geraten.» Er stiess einen Seufzer aus.

«Du wärst aber nicht du, wenn du dich daran halten würdest.»

Feller lachte auf. «Bin ich so gut zu durchschauen?»

Andrina musste ebenfalls grinsen, wurde aber bald wieder ernst. «Du solltest dich lieber daran halten. Sonst wird es weitere Konsequenzen geben. Ein Jobverlust könnte nicht in deinem Sinne sein.»

«Das kann ich nicht. Okay, mir könnte egal sein, was mit Enrico ist, aber du bist es mir nicht.»

Andrina versteifte sich. Die Richtung, in die ihr Gespräch driftete, wollte sie lieber nicht einschlagen.

«Ausserdem hänge ich wegen des Testaments ebenfalls mit drin und möchte deshalb klarstellen, nichts damit zu tun zu haben.»

«Indem du den Täter und Enrico findest?»

«Genau.» Feller wandte sich ihr zu. «Hilfst du mir?»

Andrina starrte ihn an. So was schlug ausgerechnet er vor?

Feller legte seine Hand auf ihre. Andrina zog sie weg. «Bitte», sagte er.

ZEHN

Andrina trank den Tee aus und stellte die Tasse in den Geschirrspüler. Sie warf einen Blick auf ihre Armbanduhr. Feller verspätete sich. Andrina hoffte, er werde nicht kommen. Nach wie vor fragte sie sich, warum sie sich hatte überreden lassen und ob es schlau war, mit ihm zu JuraMed zu fahren. Inoffiziell ermitteln, hatte er gesagt. An den Ermittlungen seiner Kollegen vorbei. Es war seine Sache, wenn er sich damit zu weit aus dem Fenster lehnte, aber Andrina sollte sich nicht mit hineinziehen lassen. Sie würde sich nur die Finger verbrennen. Ausserdem drängte sich die Frage auf, was er damit bezwecken wollte. Er hatte Enrico gehasst. Gehasst dafür, dass Andrina sich gegen ihn und für seinen Bruder entschieden hatte. Warum interessierte ihn die Suche nach Enrico? Es konnte ihm egal sein, ob er tot war oder noch lebte. Eigeninteressen, beantwortete sie die Frage selbst. Die andere Möglichkeit war, er hatte mit Enricos Verschwinden zu tun und versuchte so, Spuren zu verwischen.

Das Testament stellte Andrina als mögliche Verdächtige dar. Das Gleiche galt für Feller, obwohl er bei Weitem nicht so viel erbte, wie sie es tat.

Andrina überlegte, ob es Feller zuzutrauen war, Enrico wegen Geld zu töten. Nein, dachte sie. Auch er hatte vom Testament nichts gewusst. Wie auch? Es sei denn, die Brüder hatten noch einmal Kontakt gehabt und Enrico hätte Feller gegenüber Andeutungen in dieser Richtung gemacht. Das war unwahrscheinlich. Enrico hätte ihr bestimmt von dieser Begegnung erzählt.

Wirklich? Er wusste, wie nahe Andrina die Trennung gegangen war, und könnte es ihr genauso gut verschwiegen haben, um keine neuen Wunden aufzureissen.

Andrinas Überlegungen kehrten zu Fellers Motivation zurück, Ermittlungen auf eigene Faust anzustellen. Ein neuer, erschreckender Gedanke. Falls Enrico tatsächlich tot war, würde Andrina eine Menge Geld erben. Feller war als sein Halbbruder der nächste Verwandte. Wenn Andrina etwas zustossen sollte, würde automatisch er alles erben. Stimmte das überhaupt? Andrina kannte sich mit dem Erbrecht nicht aus. Gab es einen entsprechenden Passus im Testament? Sie konnte sich nicht erinnern, etwas darüber gelesen zu haben. Auf der anderen Seite hatte sie nicht weitergelesen, als sie erkannt hatte, was es bedeutete.

Das Klingeln ihres Handys riss sie aus den Gedanken. Sie eilte in den Gang und holte es aus ihrer Handtasche.

«Es tut mir leid, aus unserem Ausflug wird nichts», sagte Feller ohne Einleitung. «Ein Marder hat sich an meinem Auto gütlich getan und ganze Arbeit geleistet.»

«Ich kann fahren», hörte Andrina sich sagen und verfluchte sich gleich dafür. Warum sollte sie ausgerechnet Feller in Enricos Cabrio durch die Gegend kutschieren? Der Gedanke zu fahren schreckte zudem ab. Du hast das bereits einmal geschafft, dachte sie. Das war allerdings etwas anderes gewesen, da sie zusammen mit Enrico unterwegs gewesen war.

«Das wäre natürlich super», antwortete er. «Danke.»

Andrina überlegte, wie sie einen Rückzieher machen konnte, hatte aber auf die Schnelle keine brauchbare Idee. Sie räusperte sich. «Ich bin in fünf Minuten bei dir.»

Als sie das Garagentor öffnete, bildete sich ein Knoten in ihrem Magen. Enrico hatte den Wagen gegen seine Gewohnheit mit offenem Dach abgestellt.

Es erschien ihr unmöglich, in das Auto zu steigen. Sie dachte an ihre Fahrt nach Basel. Der Wagen war mit Enrico verbunden. Wenn nun Feller einstieg, würde Enricos Bild verblassen und von Feller verdrängt werden.

Du bist dämlich, schalt sie sich. Hör auf, Ausreden zu suchen. Sofort formierte sich eine neue Idee in ihrem Kopf, nicht fahren zu müssen. Wie würde es wirken, wenn sie mit diesem Wagen, einem schwarzen Audi TTS Roadster, vorfuhr? Die

Neureiche, die angeben musste. Erleichterung machte sich breit. Das war ein plausibler Grund. Sie würde Feller anrufen und ihm sagen, nicht fahren zu können. Was sollte sie ihm als Grund sagen? Einen neuen Marder erfinden?

Andrina musste gegen ihren Willen lächeln. Dir kann es egal sein, was er denkt, dachte sie, hör auf, Gründe zu suchen.

Sie stieg in den Wagen. Zwei Minuten später bog sie in die Einfahrt von Fellers Haus. Er klappte gerade die Motorhaube seines BMW zu, als sie neben seinem Wagen anhielt. Ein Ruck ging durch seinen Körper. Er starrte den Wagen an. Andrina wartete auf eine ätzende Bemerkung. Stattdessen breitete sich ein Grinsen auf seinem Gesicht aus. Er stieg ein und begrüsste Andrina mit drei Küssen auf die Wangen.

«Das ist natürlich eine coole Alternative.» Er schnallte sich an. «Nicht schlecht.»

Andrina war nervös. Sie war dankbar, dass er während der Fahrt zu JuraMed kein Gespräch anfing.

Sie fuhr auf das Gelände der JuraMed und stellte den Wagen auf den Parkplatz, der mit dem Schild «Geschäftsleitung» und dem Kennzeichen des Audis versehen war.

«Man kommt sich privilegiert vor», sagte Feller. «An so was könnte ich mich gewöhnen.»

«Ich nicht», erwiderte Andrina. «Es kommt mir komisch und falsch vor.»

Sein Gesicht wurde ernst. «Das kann ich sogar nachvollziehen. Darf ich fragen, wie Enrico damit umgegangen ist, als er JuraMed vererbt bekommen hat?»

Andrina fragte sich, was sie antworten sollte. Am Ende entschied sie sich für die Wahrheit, da sie in Fellers Gesicht weder Sensationslust noch Neid erblickte.

«Es war ihm nicht recht, von heute auf morgen so viel Geld zu haben. Regelmässig spendet er an verschiedene Organisationen. Ihm war es ausserdem wichtig, an seinem Lebensstil nichts zu ändern und es nach Möglichkeit nicht zu zeigen. Er hat sich also keine Villa gekauft, sondern so weitergelebt wie bisher.»

Feller erweckte den Anschein, als habe er das erwartet und bereue es, nicht mit Enrico in Kontakt geblieben zu sein.

«Und jetzt?», fragte sie.

«Wir gehen da rein und schauen uns um. Im Anschluss daran machen wir eine kleine Ausfahrt.»

«Ausfahrt?»

«Wie gesagt, ein bisschen Spass muss sein.» Obwohl Andrina nicht danach war, zwang sie sich zu einem Lächeln. «Besonders wenn man so ein Auto zur Verfügung hat», fuhr Feller fort. «Lass uns gemeinsam zu Mittag essen und ... keine Ahnung.»

«Weiss Gabi, dass wir zusammen unterwegs sind?»

«Nein.» Feller blickte starr geradeaus. «Sie weiss aber, dass ich mich weiter in die Sache reinknie, und ist nicht glücklich darüber.» Er schnallte sich ab und machte Anstalten auszusteigen.

«Ich habe mich nur für den Vormittag abgemeldet. Am Nachmittag muss ich im Verlag sein.»

«Das bekommen wir hin.» Feller stieg aus. «Komm.»

«Du meinst, wir können einfach so reingehen?», fragte Andrina und blieb sitzen.

«Warum nicht? Der Laden gehört gemäss Testament dir.»

Wieder erschrak Andrina, mit welcher Gewissheit Feller davon ausging, Enrico sei tot. Es schob ihre Vermutungen, Feller könnte seine Finger im Spiel haben, in den Vordergrund. Erneut fragte sie sich, was er davon hätte, wenn er Enrico umgebracht haben sollte. Mal von dem Erbe abgesehen. Auf einmal wurde Andrina heiss. Hatte er ihn getötet, damit er sie zurückbekommen konnte? Rasch drängte sie den Gedanken zur Seite. So was sollte und wollte sie nicht denken.

Feller stieg wieder ein und legte seine Hand auf ihre, mit der sie den Schaltknüppel umklammerte. «Entschuldige, der Spruch war völlig daneben.» Er machte eine kurze Pause. «Du bist denen da drin bekannt, nehme ich an.»

«Ich war zusammen mit Enrico hier, das stimmt. Einige von den Leuten kenne ich. Wie erkläre ich deine Anwesenheit?»

«Antworte spontan, würde ich sagen. Ich kann durchaus in meiner Funktion als Polizeibeamter hier sein.»

«Sie könnten wissen, dass du nicht zum ermittelnden Team gehörst.»

«Woher sollten sie das?»

Andrina schwieg.

«Wenn du lieber nicht reingehen möchtest, können wir es lassen.»

Andrina schloss das Verdeck des Cabrios. «Wir ziehen es durch. Vielleicht haben deine Leute wirklich Hinweise übersehen.» Sie stieg aus und marschierte auf den Eingang zu.

Als Feller auf den Empfang zusteuerte, fasste Andrina seinen Arm und zog ihn zur Glastür. Sie nickte der Frau zu, die ihr Lächeln erwiderte, und holte Enricos Ersatz-Badge aus ihrer Handtasche, den sie zu Hause bei den Schlüsseln gefunden hatte. Sie hielt ihn auf das Lesegerät neben der Tür. Mit einem Klicken öffnete sie sich.

Feller quittierte den ungehinderten Zutritt mit einem Neigen seines Kopfes. Deutlich merkte sie ihm die Frage an, wo sie den Badge aufgetrieben hatte. Andrina verspürte keine Lust, es ihm zu erklären.

«Wohin möchtest du zuerst?», fragte sie stattdessen.

«In Enricos Büro.»

Andrina ging Richtung Lift, überlegte es sich aber anders und steuerte auf die Treppe zu.

«Es liegen wirklich Welten zwischen deinem Zustand vor eineinhalb Jahren und heute. Ich hätte nicht gedacht, dass du dich jemals so vom Fleck bewegen würdest, als hätte es die Rückenverletzung nie gegeben.»

«Ich sehe den Alltag als Trainingslauf an. Zum Beispiel Treppe statt Lift.»

Im ersten Stock angekommen, bog Andrina links ab. Der Teppich verschluckte das Geräusch ihrer Schritte. Andrina warf vorsichtige Blicke durch die Glaswände. Nicht alle Büros waren besetzt. Die Mitarbeiter nahmen zum Glück keine Notiz von ihnen.

«Enrico!»

Erschrocken drehten Andrina und Feller sich um.

Gregor Hartmann, der mit weit ausgreifenden Schritten auf sie zusteuerte, blieb stehen. «Oh, Entschuldigung. Ich dachte, es sei Enrico, und habe mich gefreut, dass er zurück ist.» Er musterte Feller und danach Andrina.

«Das ist Marco Feller, Enricos Bruder, ich meine Halbbruder», fühlte Andrina sich genötigt zu sagen.

«Daher die Ähnlichkeit, die mich überrumpelt hat. Ich wusste nicht, dass Enrico einen Bruder hat.» Er reichte Feller die Hand. «Warum seid ihr hier?»

«Ich würde mir gerne Enricos Büro anschauen.»

«Marco arbeitet bei der Kriminalpolizei», warf Andrina hastig ein, bevor Hartmann etwas sagen konnte. Die Situation musste ihm seltsam erscheinen.

Andrina hatte das Gefühl, Hartmann richte sich ein Stück auf. «Ihre Leute haben das Zimmer bereits auf den Kopf gestellt und nichts Brauchbares gefunden, soviel ich weiss», sagte er.

«Ich möchte trotzdem gerne noch mal einen Blick hineinwerfen. Manchmal fällt einem erst auf den zweiten oder gar dritten Blick ein Hinweis auf.»

«Natürlich.» Hartmann machte eine Handbewegung den Gang entlang.

«Danke. Darf ich fragen, wer Sie sind?», fragte Feller.

«Entschuldigung. Gregor Hartmann. Ich bin für alles, was die Finanzen des Unternehmens betrifft, zuständig.» Er führte Andrina und Feller zu Enricos Büro und öffnete die Tür. «Nachdem Ihre Leute alles durcheinandergebracht haben, haben wir aufgeräumt. Ich hoffe, das ist kein Problem.»

«Schon gut», sagte Feller und schlüpfte vor Andrina in den Raum. Als Andrina ihm folgen wollte, hielt Hartmann sie zurück. «Wie geht es dir?»

«Wenn ich beschäftigt bin, geht es so. Schlimm ist es am Abend und in der Nacht.»

«Wenn ich etwas für dich tun kann, sage es mir bitte.»

«Danke.»

Als Hartmann sie alleine gelassen hatte, ging Andrina zu dem Bürostuhl und liess sich darauffallen. Feller stand mitten im Raum und schaute sich langsam um. Sein Blick blieb an Andrina hängen.

«Das ist wieder ein dummer Spruch, aber ich meine es so: Es steht dir, dort zu sitzen.»

Andrina gelang es, den Mund zu einem leichten Grinsen zu verziehen. «Wie willst du vorgehen?»

«Keine Ahnung.» Feller trat an das Regal und zog einige Ordner heraus. Er blätterte sie durch.

«Du meinst, die Lösung ist hier zu finden?»

«Ich weiss es nicht. Bevor ich das Feld räumen musste, war der Stand, keinen Schritt weiter zu sein. So wie ich die Situation einschätze, ist das immer noch so. Es gibt keinen Anhaltspunkt. Fällt dir etwas auf?» Er stellte den Ordner zurück und strich mit der Hand durch die Blätter des Ficus, der vor der Glaswand stand und ein wenig den Blick auf den Gang versperrte.

«So oft war ich nicht hier.» Andrina blickte sich um. Es verhielt sich gleich wie in Enricos Haus. Es sah aus, wie es eben in einem Büro aussah. Ob Unterlagen fehlten, konnte sie nicht sagen, da sie nicht wusste, wonach sie suchen musste.

Feller setzte sich an den Vierertisch, der vor dem Ficus stand.

«Enrico hat sein Büro hier und nicht in der Chefetage? Ehrlich gesagt erstaunt mich das.»

«Eine sogenannte Chefetage gibt es in dieser Firma nicht. Er wollte gerne direkt bei den Leuten sein. Das Gleiche verlangte er von den anderen, die eine leitende Position innehaben.»

Andrina senkte den Kopf, als ihr bewusst wurde, in der Vergangenheit von Enrico gesprochen zu haben. Um sich von der Trauer, die dadurch ausgelöst wurde, abzulenken, betrachtete sie den dunklen Schreibtisch. Mit dem Finger fuhr sie der Maserung des Holzes nach.

«Das heisst, alle von der Geschäftsleitung sind quer durch das Gebäude verteilt? Also jeder in dem Bereich, für den er zuständig ist?»

«Ja.»

«Ein spezieller Ansatz, aber sympathisch. Weisst du zufällig über die Sicherung des Gebäudes Bescheid. Gibt es Kameras, einen Alarm oder Ähnliches.»

«Haben das deine Leute nicht in Erfahrung gebracht?», fragte Andrina. Sie wunderte sich über den Themenwechsel. «Das wär das Erste, das ich abklären würde.»

«Noch einmal, ich darf wegen Befangenheit nicht ermitteln.» Wieder beschlich Andrina ein mulmiges Gefühl, und sie stellte sich erneut die Frage, ob es richtig war, was sie hier taten.

Sie lehnte sich im Stuhl zurück und realisierte, wie bequem er war.

«Hundertprozentig weiss ich es nicht. Soweit mir bekannt ist, hat es einen Alarm und Bewegungssensoren in den Büroräumen. Der Bereich der Produktion des Lagers ist anders gesichert – strenger. Bitte frage mich nicht, wie. Ausserdem geht jeden Tag zu verschiedenen Zeiten jemand von einer eigens beauftragten Sicherungsfirma durch das Gebäude. Auf verschiedenen Routen. Der Alarm und die Bewegungsmelder werden nach Zeitschaltuhr am Abend aktiviert. Wenn alles aktiviert ist, brauchst du einen Schlüssel zu den Türen. Wenn du die geöffnet hast, hast du einige Sekunden Zeit, den Alarm abzustellen.»

«Sonst geht der ab», warf Feller ein.

«Richtig.»

«Gibt es eine Meldung bei der Securitasfirma, wenn der Alarm losgeht?»

«Nein, der Alarm geht sofort an die Polizei.»

«Gilt der Code, mit dem das System aktiviert wird, für alle Gebäude?»

«Ich glaube nicht, jedes Gebäude hat einen anderen.»

«Wer hat alles einen Schlüssel?»

«Enrico und die Geschäftsleitungsmitglieder. Der firmeninterne Feuerwehrkommandant und die Securitasfirma.»

«Das bedeutet, diese Personen kennen den Code zu jedem einzelnen Gebäude?»

«Keine Ahnung. Warum interessiert dich das?»

«Ich will mir ein Bild machen. Der Typ, der versucht hat einzubrechen, hatte demnach keine grosse Chance, in die Festung vorzudringen. Ich gehe davon aus, dass die Mitarbeiter von dem Alarmsystem wissen und wie es in etwa funktioniert. Das bedeutet, der Typ, der einbrechen wollte, wird ein Firmenfremder gewesen sein.» Feller stand auf und durchquerte den Raum. Am Fenster blieb er stehen. Andrina musterte seinen Rücken. Zu gerne hätte sie gewusst, was ihm durch den Kopf ging und welche Schlüsse er gerade zog. Ihr Blick kehrte zum Schreibtisch zurück.

Etwas war anders. Sie betrachtete die Tischfläche genauer und brauchte einige Sekunden, bis sie begriff, dass der Laptop nicht da war. Nur Dockingstation, Bildschirm und Tastatur standen auf dem Tisch. Neben der Tastatur lag der Autoschlüssel vom Tesla. Der Schlüssel vermittelte den Eindruck, als käme Enrico jeden Moment zurück. Wenn da nicht der fehlende Laptop gewesen wäre … Eigentlich war sein Fehlen logisch. Enrico hatte ihn am Abend zu Hause gehabt und bestimmt zu dem Workshop mitnehmen wollen. Er war also zusammen mit ihm verschwunden.

Sie liess den Schlüssel von der einen Hand in die andere gleiten und blickte durch den Raum. Ein Gefühl drängte an die Oberfläche. Es gab hier etwas, das weiterhelfen konnte. Es war quasi vor ihren Augen, aber sie wusste nicht, was es war. Andrina legte den Schlüssel zurück und griff nach den Akten, die säuberlich am Rand gestapelt lagen. Sofort legte sie sie zurück. Das konnte sie nicht. Andrina scannte Zentimeter für Zentimeter den Raum. Sosehr sie sich bemühte: Das, was ihr Unterbewusstsein wahrgenommen hatte, erschloss sich ihr nicht.

«Pilzrisotto. Das klingt zum Beispiel nicht schlecht», sagte Feller und studierte weiter die Karte. Es hatte Andrina erstaunt, als er zielstrebig mit ihr in den Gasthof Kreuz nach Egerkingen gefahren war, nachdem sie JuraMed verlassen hatten. Unauffällig liess Andrina den Blick schweifen. Ausser ihnen sassen noch ein älterer Mann und eine jüngere Frau, die aufgrund der Ähnlichkeit die Tochter sein musste, unter den weissen Sonnenschirmen auf der Terrasse hinter dem Gebäude. Gerade kamen sechs Männer auf die Terrasse. Sie stellten zwei Tische zusammen und setzten sich. Andrina fragte sich, woher Feller dieses Restaurant kannte und warum er hierhingefahren war. Immerhin war es von Aarau eine knappe halbe Stunde über die Autobahn. Auch wenn es jetzt erst halb zwölf Uhr war, bezweifelte Andrina, rechtzeitig um zwei Uhr am Nachmittag im Verlag zu sein.

Sie legte die Karte auf den Tisch. «Pilze sind okay. Risotto nicht.» Wenn sie wüsste, was sie essen sollte. Die Menüs auf der Karte sahen verlockend aus, aber Hunger verspürte sie keinen. Trotzdem musste sie eine Kleinigkeit essen.

«Stimmt, du hast Risotto nicht gerne.» Feller legte die Karte ebenfalls auf den Tisch. Andrina fühlte seinen Blick auf sich ruhen, betrachtete aber weiterhin die Auswahl. «Und ich weiss, dass du keinen Hunger hast, dennoch solltest du essen.»

Andrina seufzte, sagte aber nichts.

«Darf ich ein Gericht für dich aussuchen? Ich habe nämlich das Gefühl, dass du in den letzten Tagen nicht besonders viel gegessen hast.»

Er kannte sie einfach zu gut. Diese Erkenntnis versetzte Andrina einen Stich, worüber sie sich wunderte.

«Was hältst du von Rindsfilet mit Saisongemüse und Kartoffeln?»

«Recht edel für einen kurzen Lunch.»

«Das ist egal. Und davor nehmen wir den Farmersalat. Den musst du unbedingt probieren.»

«Das ist viel zu viel.»

«Ich helfe dir, wenn du kapitulierst.» Fellers Hand tauchte in ihrem Blickfeld auf. Er drückte ihre und liess seine Hand auf ihrer liegen.

Bevor Andrina sie wegziehen konnte, erschien eine schlanke Frau mit einem dunklen Kurzhaarschnitt, und Feller nahm seine weg. Er bestellte zweimal den Salat und das Rindsfilet.

«Hier ist übrigens der Autoschlüssel.» Er schob Andrina den Wagenschlüssel des Audis zu. «Danke, dass ich fahren durfte. Die Gelegenheit hat man nicht alle Tage.»

Andrina zwang sich zu einem Lächeln. «Gern geschehen. Fahr doch auch zurück.»

Jetzt, da sie in dem Restaurant sassen, realisierte sie, eigentlich lieber alleine sein zu wollen. Zusammen mit Feller unterwegs zu sein überforderte sie. Sie wusste nicht, wie sie mit ihm umgehen sollte, und fühlte sich befangen. Zudem konnte sie sein Engagement, auf eigene Faust zu ermitteln, nicht einordnen. Genauso wusste sie nicht, welche Rolle sie in dem Ganzen spielen sollte.

«Danke, dass du mit mir gekommen bist», sagte er, als wisse er, was in ihrem Kopf vor sich ging.

«Auch wenn es umsonst war.»

Feller hatte einige Mitarbeiter befragt. Keiner hatte ihm einen Hinweis geben können. Zwei von ihnen waren am Tag, als Enrico verschwunden war, bereits kurz nach sieben Uhr in der Firma gewesen, aber sie hatten weder ihn noch jemand anderen gesehen, der mit ihm dort gewesen sein konnte.

Die dunkelhaarige Frau brachte den Salat. Die Zusammenstellung aus Blattsalaten, geraffeltem Käse, gerösteten Haselnüssen, Rosinen und Croûtons hatte Andrina bis jetzt nicht gehabt, aber sie war fein.

«Ehrlich gesagt, ich weiss nicht mehr weiter», sagte Feller, als sie fertig waren und die Frau die Salatschüsseln abgeräumt hatte.

«Du solltest die Ermittlungen deinem Team überlassen.»

«Meiner Meinung nach werden sie nichts herausfinden. Ich

weiss, das klingt arrogant, aber ich habe das Gefühl, sie sind auf dem Holzweg.»

«Wie meinst du das?»

«Sie diskutieren immer wieder andere Möglichkeiten und drehen sich dabei im Kreis. Zurzeit bevorzugt Max die Variante, es handle sich um drei verschiedene Fälle.»

Wie kam er an diese Informationen, wenn er von den Ermittlungen ausgeschlossen war? «Du nicht?»

«Der Zufall wäre in meinen Augen gross. Ich werde das Gefühl nicht los, dass alles zusammenhängt. Also der Fall von Köbi Steiner, der von seiner Schwester und Enrico. JuraMed ist die Verbindung.»

«Aurélie hat nicht dort gearbeitet.»

«Aber ihr Bruder.»

«Das ist das Einzige, was sie mit JuraMed verbindet, wenn überhaupt.»

«Aurélie Dubois ist mit dem Stick zu dir gekommen, den Köbi ihr geschickt hatte. Es kann alles Mögliche darauf gewesen sein. Private Dinge, nichtssagende Sachen oder Dateien, die er von JuraMed herausgeschmuggelt hat.»

Andrina wurde heiss. «Warum sollte er das tun?»

«Die Konkurrenz könnte ihn darum gebeten haben, zum Beispiel Informationen von einem speziellen Medikament, auf das JuraMed ein Patent hat, zu besorgen.»

«Warum sollte Köbi sich darauf einlassen?», rief Andrina.

«Für Geld tut man viel. War er in Geldnot? Schulden?»

«Davon weiss ich nichts. Frage Max. Wenn du jedoch meine Meinung dazu haben möchtest: Ich glaube das nicht.»

«Eine andere Möglichkeit: Weisst du, ob es Unregelmässigkeiten bei JuraMed gab?», fuhr Feller fort.

Andrina versteifte sich, was Feller offenbar nicht verborgen blieb. «Treffer ins Schwarze, würde ich sagen.»

«Falsch.»

«Bitte sei ehrlich, Andrina. Es ist niemandem geholfen, wenn du etwas verschweigst.»

Die dunkelhaarige Frau brachte das Rindsfilet. Es war schön

angerichtet und duftete verführerisch. Andrinas Eindruck, in einem Gourmetrestaurant gelandet zu sein, verstärkte sich. Ihr Magen gab ein Knurren von sich. Keine Sekunde später meldete sich die Übelkeit. Knapp konnte sie den Salat davon überzeugen, im Magen zu bleiben. Fellers Mutmassungen hatten den letzten Funken Appetit vertrieben. Sie schob ein kleines Stück Fleisch in den Mund. Es schmeckte ihr sogar. So etwas wie Appetit kehrte zurück und löste die Übelkeit ab.

«Ich will nicht behaupten, Enrico habe mit möglichen Unregelmässigkeiten zu tun», nahm Feller das Gespräch wieder auf und schob sich ebenfalls einen Bissen in den Mund, bevor er kauend weiterfuhr: «Er könnte einen Verdacht gehabt haben und dem nachgegangen sein, was ihm zum Verhängnis wurde. Bitte denk nach, ob Enrico mal was erwähnt hat. Egal, ob es dir damals banal erschienen ist oder nicht.»

Andrina kaute. Obwohl das Fleisch zart war, kam es ihr auf einmal zäh vor, und sie hatte das Gefühl, mit jeder Sekunde würde es gummiger. Sie schluckte und spülte mit einem Schluck Wasser nach. Eine Erinnerung drängte sich in den Vordergrund. «Es gab da einen Vorfall.»

Feller beugte sich vor.

«Bei der Einweihung des Neubaus habe ich ihn mit einem Mann reden gesehen. Das Gespräch wirkte alles andere als freundlich.»

«Du weisst aber nicht, wer der Mann war.»

«Ich habe seinen Namen vergessen. Enrico hat mir später erzählt, es handle sich um den Elektriker, der zuerst die Leitungen falsch verlegt habe. Die Wände mussten aufgespitzt werden, damit es korrigiert werden konnte. Wenn ich es richtig verstanden habe, gibt es nun einen Streit, wer für die Mehrkosten und den Schaden aufkommt.»

«Weisst du den Namen der Firma?»

«Enrico hat ihn gesagt, aber ich habe ihn wieder vergessen. Frage Herrn Hartmann. Als Finanzchef zahlt er die Rechnungen für den Umbau.»

«Und sonst?»

«Was?»

«Fällt dir irgendeine Unregelmässigkeit ein?»

«Ich hatte das Gefühl, es lief alles normal, bis auf die üblichen Alltagsprobleme.»

Sie assen schweigend weiter. Als Andrina schliesslich Gabel und Messer neben den Teller legte, war sie erstaunt, wie viel sie gegessen hatte. Nur ein kleines Stück Fleisch und eine Kartoffel waren übrig geblieben. «Ich mag wirklich nicht mehr.»

«Das lasse ich gelten.» Feller lächelte.

«Möchtest du?» Sie schob ihm ihren Teller hin.

Fellers Lächeln wurde breiter. «Gerne.» Die Vertrautheit, als er das Fleisch und die Kartoffel von Andrinas Teller pickte, erschreckte sie.

«Wer mir die ganze Zeit nicht aus dem Kopf will, ist dieser Süditaliener», sagte er nachdenklich und legte sein Besteck auf den Teller.

«Sergio Moretti?» Das wäre die Gelegenheit, Feller von seinem neuen Besuch zu erzählen. Aus einem für sie nicht erkennbaren Grund unterliess sie es. Sie wollte nicht, dass er davon wusste. Ihre Unsicherheit, wem sie trauen konnte und wem nicht, nahm zu.

«Genau der. Kaum ist er aufgetaucht, ist Enrico weg. Wie ich gehört habe, fehlen zwar nach wie vor Beweise, um ihn festzunehmen, aber ich werde das Gefühl nicht los, er steckt hinter dem Ganzen.»

«Köbi und Aurélie kannten ihn nicht», hielt Andrina dagegen.

«Bist du sicher?»

Wenn Andrina richtig darüber nachdachte, konnte sie dies nicht ohne Bedenken bejahen. Sie ertappte sich bei dem Gedanken, sich zu wünschen, das, was Moretti ihr beim letzten Mal gesagt hatte, wäre wahr. Sie wollte, dass er unschuldig war. Worin sich dieser Wunsch begründete, wusste sie nicht. Es könnte daran liegen, was die Familie durchgemacht hatte.

«Es muss eine Verbindung geben.» Feller trank einen Schluck Wasser.

«Wurde Herr Moretti nach seiner Beziehung zu Köbi und Aurélie befragt?», fragte Andrina und nahm sich vor, das selbst zu machen.

«Keine Ahnung. Ich war nicht dabei.»

«Finde es heraus. Immerhin ist er immer noch in der Schweiz.»

«Woher weisst du das?»

Mist, dachte Andrina und druckste herum.

«Woher weisst du das?», wiederholte Feller. Seine Stimme gewann an Schärfe.

«Ich …»

«Ja?»

«Er war gestern zu Besuch, kurz bevor du gekommen bist.»

«Er war was?», rief Feller und senkte gleich darauf seine Stimme. «Was wollte er?»

Andrina berichtete kurz von Morettis Besuch, liess dabei aber die Handgreiflichkeiten aus.

«Das gefällt mir nicht. Bitte halte den Typen auf Distanz.»

«Wenn er wiederkommt?»

«Lass ihn nicht rein und gib mir bitte Bescheid. Das hättest du bereits gestern machen sollen oder mir zumindest davon erzählen.»

Hätte ich nicht, dachte Andrina. Trotz regte sich. Wenn überhaupt, hätte sie Wagner oder einen anderen vom ermittelnden Team kontaktieren müssen, wie sie abgemacht hatten. Immerhin galt Moretti als Enricos mutmasslicher Entführer.

Zum Glück wurde das Gespräch unterbrochen, als die Kellnerin kam. Sie räumte den Tisch ab und fragte, ob sie ein Dessert wollten. Andrina schüttelte den Kopf.

«Den Schokoladenkuchen musst du unbedingt probieren», sagte Feller. «Teilen wir uns doch eine Portion.»

Er bestellte zusammen mit dem Kuchen einen Espresso. Beides wurde gleich darauf gebracht. Feller teilte den Kuchen. Er war wirklich gut. Feller rührte Zucker in den Espresso. Nachdem er ihn ausgetrunken hatte, zahlte er, und sie standen auf.

«Was wirst du nun tun?», fragte Andrina, als sie beim Wagen angekommen waren.

«Ich habe keine Ahnung», antwortete er. «Ich denke, ich fahre in Köbi Steiners Wohnung.»

«Kannst du da so einfach rein?»

«Ich habe einen Schlüssel.»

Andrina unterliess es, ihn zu fragen, woher er den Schlüssel hatte. Das wollte sie lieber nicht wissen.

«Kommst du mit?» Feller stieg auf der Fahrerseite ein.

Andrina schaute auf die Armbanduhr. «Ich sollte in den Verlag zurück.»

«Der Umweg zu Köbi Steiners Wohnung sollte drinliegen. Du könntest mich absetzen und von dort zum Verlag fahren.»

Feller hielt vor dem Block an, in dem Köbi Steiner seine Wohnung hatte. Er stieg aus.

Andrina tat es ihm gleich und umrundete den Wagen.

«Danke», sagte er und reichte ihr den Wagenschlüssel.

«Wofür?»

«Für deine Unterstützung.»

«Du musst selber wissen, was du machst. Ich persönlich hätte Angst, mich zu weit aus dem Fenster zu lehnen.»

«Ich rutsche nicht gerne in den Augenschein der Ermittlungen. Daher möchte ich die Kontrolle über das, was geschieht, behalten», sagte er. «Was wegen und mit mir geschieht.»

«Wer möchte das nicht. Immer ist das leider nicht möglich. Manchmal ist es besser, wenn man sich zurückhält.»

Erstaunen mischte sich in Fellers Züge. «Früher hast du deine Nase nicht aus den Dingen heraushalten können und dich eingemischt.»

Andrina wusste, worauf er anspielte. Das war einer der Gründe, weshalb ihre Beziehung gescheitert war. «Ich habe mich eben verändert», sagte sie möglichst lapidar.

«Na ja. So wirklich hältst du dich jetzt auch nicht zurück. Du warst im Jura, um Aurélie Dubois zu befragen.»

«Das war Enricos Idee. In diesem Punkt scheint eine gewisse Ähnlichkeit zu dir herausgebrochen zu sein.»

Feller wirkte skeptisch, liess es aber unkommentiert.

«Ich sollte weitermachen», sagte er nach einer Weile. «Ausserdem sollte ich danach so schnell wie möglich ins Polizeikommando zurück. Sonst wundern sie sich, wo ich bleibe.»

«Hast du nicht gesagt, du wärest unterwegs?»

«Das habe ich, aber ich möchte nicht, dass man sich anfängt zu wundern, wenn ich zu lange fortbleibe.»

Er trat auf Andrina zu. Sie dachte, er wollte sie auf die Wangen küssen, stattdessen berührten seine Lippen ihren Mund. Zuerst blieb sie starr stehen. Als die Schrecksekunde vorüber war, drehte Andrina ihren Kopf weg, und seine Lippen streiften die Wange.

«Bitte nicht», sagte sie.

«Ich liebe dich», sagte Feller. Er stand dicht vor ihr, und Andrina widerstand dem Drang zurückzuweichen.

«Was ist mit Gabi?»

Kurz senkte er den Kopf. «Das ist keine richtige Liebe.»

«Warum zieht ihr zusammen?»

«Ich wollte sie wegen des Babys nicht hängen lassen. Das kann ich nicht.»

Andrina hatte Mühe, die widersprüchlichen Aussagen zu verstehen.

«Wegen mir würdest du das aber?» Sie fragte sich, wie sie das einordnen sollte, was gerade geschah.

Ein gequälter Ausdruck erschien in seinem Gesicht. «Das, was zwischen uns geschah, hat nichts mit Liebe zu tun. Wir, wie soll ich sagen, haben uns gegenseitig unterstützt. Halt gegeben, als es keinen anderen gab, der ihn uns geben konnte. Wir sind durch die Geschichte von damals miteinander verbunden und konnten uns gegenseitig Wärme geben.»

«Dummerweise ist ein Kind dabei entstanden», sagte Andrina flapsig. «Sag bloss nicht: *Shit can happen.*»

Feller atmete tief ein und aus, erwiderte aber nichts. Andrina wich ein wenig zurück und stiess gegen den Wagen hinter sich.

«Eben hast du gesagt, du willst sie nicht hängen lassen. Es sei vernünftig, zusammenzuziehen und für das Kind da zu sein, oder habe ich deine Aussage falsch verstanden?»

«Vernunft ist das eine, Gefühle etwas anderes», sagte Feller. «Es gibt Dinge, die ändern alles.» Er umfasste Andrinas Taille und zog sie an sich. Sein Mund legte sich auf ihren. Dieses Mal schaffte Andrina es nicht, ihren Kopf wegzudrehen, da er ihn mit der anderen Hand blockierte. Feller schloss die Augen. Er gab ihr einen Kuss und fuhr mit der Zunge ihre Lippen entlang, als erbete er Einlass. Andrina legte ihre Hände auf seinen Brustkorb und schob ihn zurück.

«Nein!»

Der gequälte Ausdruck in seinem Gesicht vertiefte sich. «Ich liebe dich.»

«Ich liebe Enrico», schmetterte Andrina ihm entgegen.

Fellers Gesicht wurde eine Maske. «Einen Toten», stiess er hervor. «Lass dich lieber mit den Lebendigen ein.»

«Bitte geh!»

Zu Andrinas Erleichterung wandte er sich ab. In ihrem Kopf dröhnte der Puls. Wieder war da die undefinierbare Angst. Was machte Feller so sicher, dass Enrico tot war? War es sein Erfahrungswert als Polizist, oder wusste er es, weil er den Tod verursacht hatte? Sie beobachtete, wie er das Haus betrat. Bevor die Tür hinter ihm ins Schloss fiel, wandte er sich um. Den Ausdruck auf seinem Gesicht konnte sie aus der Entfernung nicht mehr erkennen.

Weg von hier, dachte sie und sprang in den Wagen.

ELF

Andrina stellte den Papiersack mit den Einkäufen auf den Küchentisch. Sie drückte die Hand gegen ihr Hohlkreuz und streckte sich. Der Sack war schwer gewesen, aber sie hatte ihn ohne Weiteres vom Wagen ins Haus tragen können. Bisher hatte Enrico ihr alles, was schwer war, abgenommen. Sie öffnete den Kühlschrank und musterte die gähnende Leere. Es war wirklich Zeit gewesen, das zu ändern. Gestern Abend war sie zu müde gewesen und hatte den Einkauf auf heute Samstag verschoben. Da die Übelkeit am Vormittag lange gebraucht hatte, bis sie erträglich gewesen war, hatte der Einkauf bis zum Nachmittag warten müssen. Momentan hielt sie sich in Grenzen, und Andrina beschloss, sich ein frühes Nachtessen zu machen.

Sie räumte Gemüse, Joghurt, Salat und Käse ein. Müesli und Reis verschwanden im Schrank. Anschliessend briet sie das Pouletgeschnetzelte und bereitete sich einen gemischten Salat zu. Sie stellte alles zusammen mit einem Glas Wasser auf das Tablett und trug es zur Terrasse.

Als sie sich an den Tisch setzte, schlug erneut die Trauer und Angst um Enrico zu. Gemeinsam sollten sie am Tisch sitzen und den Sommertag geniessen. Andrina legte den Kopf in den Nacken, schloss die Augen und liess die Sonne auf ihr Gesicht scheinen. Obwohl heute meteorologischer Herbstanfang war, herrschte weiterhin sommerliches Wetter.

Andrina überlegte sich, ob sie wirklich hier wohnen bleiben wollte. Das Testament tauchte vor ihrem inneren Auge auf. Sie konnte nicht weg. Enrico hatte sich gewünscht, dass sie hierblieb, wenn er nicht mehr da war.

«Andrina?»

Sie schrak hoch und musste blinzeln, als sie Marquart vor sich erkannte. Er zog einen Stuhl heran und setzte sich ihr gegenüber.

«Ist alles in Ordnung mit dir?» Er ergriff ihre Hand und drückte sie kurz.

«Ja. Nein.» Sie atmete einmal tief durch. «Es ist nicht einfach, alleine zu essen, wenn man eigentlich zu zweit sein sollte. An einem Wochenende …»

«Wenn du möchtest, leiste ich dir Gesellschaft.»

Andrina rang sich ein Lächeln ab.

«Ich weiss, es ist nicht das Gleiche, aber du wärst immerhin nicht alleine. Alleine sein in einer solchen Situation ist nicht gut.»

«Du bist lieb, Kurt.»

«Ich werde das Gefühl nicht los, dass du im Moment keinen Menschen hast, an den du dich wenden kannst, der bei dir ist und dir Halt gibt.»

Andrina dachte an Susanna.

«Was ist mit deiner Schwester?», fragte er.

«Sie ist in Kanada und kommt in zwei Wochen zurück. Sie wollte die Ferien abbrechen, aber ich möchte das nicht.» Den Grund behielt sie lieber für sich. Andrina deutete auf ihren Teller. «Möchtest du etwas?»

Er schüttelte den Kopf.

Andrina ignorierte seine Antwort und stand auf. Sie holte einen weiteren Teller mit Salat und teilte das Pouletgeschnetzelte.

«Das ist nicht nötig», sagte Marquart.

«Eigennutz», erwiderte Andrina. «So muss ich nicht alleine essen.»

«Ich leiste dir gerne Gesellschaft, denn ich habe nichts mehr vor. Gibt es neue Erkenntnisse über Enricos Verschwinden?»

Es war keine gute Idee gewesen, Marquart zum Essen einzuladen. Zwar musste sie nicht alleine essen, aber dafür gab es ein Gespräch, das unweigerlich zu diesem Thema führen würde. Zu dem Thema, von dem sie nach Möglichkeit abgelenkt werden wollte.

«Nein.» Andrina spiesste ein Pouletstück auf und schob es am Salat vorbei über den Teller.

Marquart kaute und musterte Andrina dabei. Er schluckte und schob den nächsten Bissen in den Mund. Andrina zwang sich, ebenfalls zu essen.

«Was passiert mit JuraMed, wenn er … wie soll ich sagen? Wenn er nicht mehr auftaucht?»

Andrina schwieg.

«Ein Unternehmen wie JuraMed braucht Führung.»

«Das kann locker Herr Hartmann oder jemand anderer von der Geschäftsleitung übernehmen. Ad interim.»

«Was passiert, wenn Enrico nie mehr auftaucht oder tot ist?»

«Ich weiss es nicht.»

«Gibt es ein Testament oder so was?»

Andrinas Hals wurde trocken. Warum stellte er derartige Fragen? Wieso interessierte es ihn überhaupt? Marquart bemühte sich, die Neugierde nicht zu deutlich im Gesicht erscheinen zu lassen, was ihm nicht gut gelang.

In Andrinas Innerem begann es zu brodeln. Es ging ihn nichts an, auch wenn sie ihn schätzte und er wie ein Freund für sie war.

«Ich weiss es nicht», wich Andrina aus.

«Falls keins vorhanden ist, gibt es eine gesetzliche Erbfolge. Nummer eins wäre der Ehepartner, aber ihr seid nicht verheiratet. Eltern hat Enrico keine mehr. Kinder ebenfalls nicht. Das hiesse, die Geschwister wären dran.»

Andrina trank einen Schluck, aber es nützte nichts gegen den trockenen Hals. Sie räusperte sich. «Woher weisst du das?»

«Meine Frau und ich haben uns zum Glück frühzeitig mit dieser Thematik auseinandergesetzt. Wenn sich die verstorbene Person nicht darum gekümmert hat, ist das staatlich festgelegt. In Enricos Fall würde das heissen, Marco erbt.»

Tut er nicht, dachte Andrina, schwieg aber. Ihre Gedanken begannen zu rasen. Wieder diese unbestimmte Angst. Feller kannte sich bestimmt mit dieser Thematik aus. Daher wusste er, dass im Falle von Enricos Tod er erben würde, falls Enrico kein Testament gemacht hatte. Als Polizist wusste er, wie man eine derartige Tat vertuschen beziehungsweise eine Leiche verschwinden lassen konnte. Das würde erklären, warum nach wie vor keine Lösegeldforderung gestellt worden war.

Nun war aber das Testament aufgetaucht. Ausserdem hasste er Enrico und hatte mit ihm eine Rechnung offen, weil er ihm Andrina weggenommen hatte. Sie dachte an den Kussversuch von gestern. Der Kuss erschien so betrachtet in einem anderen Licht. War sie also nur Mittel zum Zweck, damit er an das Vermögen herankam, auch wenn er Geld nicht unbedingt brauchte? Als Entschädigung dafür, was Enrico ihm angetan hatte, indem er ihm Andrina weggenommen hatte? Seine Rechnung ging aber nicht auf. Er hatte nicht das erreicht, was er wollte. Andrina kehrte nicht zu ihm zurück. Ihr wurde kalt, als ihr bewusst wurde, was das bedeuten konnte.

Andrina fuhr sich mit der Hand über das Gesicht. Lukas hatte recht. Würde Feller so weit gehen, sie zu töten? Erbfragen waren ein gutes Motiv. Ausserdem hätte er damit zwei Fliegen mit einer Klappe geschlagen, da Enricos ungeborenes Kind, das in der Erbfolge zuvorderst stand, ebenfalls sterben würde. Andrinas Kopf begann zu schwirren. War Feller ein solches Handeln überhaupt zuzutrauen? Dem Feller von früher nicht.

Wie sah es heute aus? Susanna hatte erwähnt, wie stark er sich verändert hatte.

«Was ist mit dir?», fragte Marquart. «Du bist blass geworden.»

«Nichts», erwiderte Andrina. «Ich habe in der letzten Zeit nicht besonders gut geschlafen.»

«Du solltest dich früh hinlegen, aber vorher solltest du das da aufessen.» Mit dem Kopf wies er auf den Teller.

***

Andrina zog ihre Bahnen in der Badi in Suhr. Zuerst hatte sie Marquarts Rat befolgen wollen, sich früh hinzulegen. Aber ihr war klar geworden, dass sie keine Ruhe finden würde. Stattdessen war sie losgezogen, um bei Vollmond schwimmen zu gehen. Der Herbst hatte schon einige Male vorsichtig angeklopft, und es war nur eine Frage der Zeit, bis das Wetter umschlagen würde. Enrico hatte vor etwas mehr als einem Monat gesagt, sie sollten unbedingt mal zum Vollmondschwimmen gehen. Es sei eine spezielle Atmosphäre.

Er selbst ging regelmässig schwimmen. Dabei könne er am besten abschalten, hatte er Andrina einmal erklärt. Seit Morettis Auftauchen war Andrina klar, warum Enrico ein solch leidenschaftlicher Schwimmer war. Wiederholt hatte er Andrina bekniet, ebenfalls zu schwimmen. Es sei rückenschonend, und man könne dadurch fit werden. Joggen sei nicht alles, zumal nicht sicher war, ob Andrina je wieder ihre Runden würde drehen können. Das Walken mit den Stöcken stellte eine grosse Herausforderung dar, und der Schritt zum zügigen freien Laufen war in weiter Ferne. Daher hatte sie eingewilligt, es einmal zu versuchen, da sie sportliche Betätigung brauchte wie die Luft zum Atmen.

Sie erinnerte sich, wie sie das erste Mal in diesem Frühling seit dem Unfall schwimmen gegangen waren. Es war ein heisser Tag Ende Mai gewesen, der bereits einen Vorgeschmack auf den Sommer lieferte. Sie hatte am Beckenrand gesessen und Enrico dabei zugesehen, wie er zügig im gleichmässigen Tempo Bahn um Bahn absolvierte. Deutlich sah sie das Spiel seiner Schultermuskeln vor sich, als er an ihr vorbeikraulte. Sie hatte sich gedacht, wie profihaft sein Schwimmstil wirkte. Inzwischen wusste sie, warum das so war.

Nachdem er einige Bahnen geschwommen war, hatte er bei ihr angehalten und sie überzeugt, ins Wasser zu gehen. Während ihrer ersten Schwimmzüge war er nicht von ihrer Seite gewichen, bis er überzeugt war, dass sie keine Probleme hatte.

Damals hätte sie es nie für möglich gehalten, nun alleine hier zu sein. Auf der einen Seite des Beckens waren die Lampen und die Beleuchtung im Becken selbst ausgefallen, aber das störte Andrina nicht. Der Vollmond kam dadurch besser zur Geltung. Langsam fand sie den Rhythmus und verstand, was Enrico gemeint hatte, als er sagte, beim Schwimmen könne er gut seinen Kopf leeren.

Während sie ihre Bahnen absolvierte, fühlte sie sich Enrico verbunden. Andrina beschloss, von nun an regelmässig schwimmen zu gehen.

Sie stiess sich am Beckenrand auf der Seite ab, auf der das Licht ausgefallen war. Sie überlegte, wie viele Bahnen sie bereits geschwommen war, als sie an den Füssen gepackt und nach unten gezogen wurde. Bevor Andrina reagieren konnte, tauchte sie unter. Sie wand sich. Die Hände rutschten von ihren Fussknöcheln ab. Andrina gelang es, an die Oberfläche zu schwimmen und Luft zu holen. Als sie den Mund öffnete, um um Hilfe zu schreien, wurde sie wieder gepackt. Dieses Mal erwischte der Angreifer nur ein Bein. Mit dem anderen trat sie um sich und traf ihn mehrere Male. Der Griff lockerte sich erneut. Bevor sie auftauchte, erblickte sie den Schatten einer Person. Andrina kraulte so schnell wie möglich zum Beckenrand und zog sich hoch. Sie keuchte und zitterte am ganzen Körper. Das Herz schlug schmerzhaft in ihrer Brust, und sie brauchte einige Minuten, bis sich der Atem beruhigt hatte. Dabei starrte sie auf die Stelle, an der sie angegriffen worden war, sah allerdings niemanden. Das Wasser wirkte dunkel und unheimlich.

Andrina wollte sich aufrappeln, um in den beleuchteten Teil zu gehen, schaffte es aber nicht, aufzustehen. Ihre Beine fühlten sich gummiartig an, und sobald sie sich erhob, sackte ihr Kreislauf ab. Andrinas Blick kehrte in die Mitte des Beckens zurück. Sie starrte die Wasseroberfläche an, als erwarte sie, es könne jemand auftauchen und sie hereinziehen. Sie rutschte weiter vom Beckenrand weg und blickte sich dabei um. In dem milchigen Licht erkannte sie niemanden in ihrer unmittelbaren Nähe. Die Gruppe von fünf oder sechs Personen, die auf der Liegewiese sass, plauderte und hatte offenbar nichts bemerkt. Andrina zog die Beine an und behielt das Becken im Auge.

Es musste ein Mann gewesen sein, dachte sie. Die Person war in ihren Augen zu kräftig für eine Frau gewesen. Ein Kreischen am anderen Ende des Beckens zog ihre Aufmerksamkeit auf sich. In dem von Flutlampen beleuchteten Teil sah sie Jugendliche, die sich bespritzten und gegenseitig unter Wasser drückten.

Erneut suchten ihre Augen das Wasser ab. Sie sah ein älteres Ehepaar, das in einem genügend grossen Abstand zu den Jugendlichen schwamm. Die beiden gelangten in den Teil, der nicht beleuchtet war. Schemenhaft konnte Andrina ihre Köpfe erkennen. Erneut suchte sie die Oberfläche nach anderen Personen ab. Niemand sonst war im Wasser zu erkennen.

Ihr Blick kehrte zu der Gruppe zurück. Es mussten ungefähr zehn Jugendliche sein. Hatte einer von ihnen sie verwechselt und es erst realisiert, als sie sich gewehrt hatte? War der Übeltäter schnell zu seinen Freunden geschwommen, damit kein Verdacht auf ihn fiel?

Andrina merkte, wie sie sich aufgrund dieses Erklärungsansatzes beruhigte, und beobachtete das ausgelassene Treiben. Sie überlegte, ob sie das ältere Ehepaar fragen sollte, ob sie etwas gesehen hatten, entschied sich aber dagegen. Ihre Frage würde seltsam anmuten.

Trotz des lauen Abends begann sie zu frieren. Sie stand auf und blieb einen Moment stehen, bis sie sicher war, dass ihr Kreislauf sie nicht erneut im Stich liess. Nach einem letzten Blick zu der Gruppe wandte sie sich Richtung Kabine. Ins Wasser würde sie nicht mehr gehen.

Andrina trat vor die Badi und blickte in den Himmel. Der Mond verbreitete weiter sein milchiges Licht, aber die friedliche Stimmung erreichte Andrina nicht mehr. Als sie unter der Brücke der Wynental- und Suhrentalbahn Richtung Parkplatz zum Audi ging, kam ihr ein Mann entgegen, dessen Gesicht sie nicht erkennen konnte. Etwas an ihm kam ihr bekannt vor. Erst als er beinahe vor ihr stand und sie seine Gesichtszüge sah, blieb sie erschrocken stehen.

«*Bonasera*, Andrina. Gehst du schwimmen?»

Warum tauchte dieser Mann zu allen unmöglichen Zeiten auf? Andrina beschlich das Gefühl, er folge ihr und hielt sie dabei genau im Auge.

«Ich war schon», stammelte sie.

«Du gehst so früh? Dabei ist die Badi bis Mitternacht offen, wie mir die Frau an der Rezeption vom Hotel gesagt hat. Sie meinte, dieses Vollmondschwimmen sei ein spezieller Anlass, den ich unbedingt ausprobieren müsse. Wegen des sommerlichen Wetters habe man sich entschlossen, an diesem Samstag nochmals eines stattfinden zu lassen.»

Sie musterte Morettis volle Haare. Sie wirkten trocken. In dem fahlen Mondlicht konnte sie es aber nicht definitiv erkennen. Ausserdem kam er vom Parkplatz her und nicht aus der Richtung der Badi.

Das Gedankenkarussell drehte sich weiter. War es zeitlich zu schaffen, nach dem missglückten Versuch, sie unter Wasser zu ziehen, sich schnell umzuziehen und vor ihr die Badi zu verlassen? Andrina hatte sich nicht lange mit Duschen aufgehalten, sondern war rasch in ihre Kleider geschlüpft, da sie die Badi so schnell wie möglich verlassen wollte.

«Ich bin müde.»

«Eine kleine Runde. Zu zweit macht es bestimmt mehr Spass.»

«Nein, danke.» Moretti war definitiv der Letzte, mit dem sie zusammen sein wollte. Zu präsent war das Gefühl, unter Wasser gezogen zu werden, und die damit verbundene Todesangst.

«Mir ist nicht danach.»

«Okay, das verstehe ich. Gibt es Neuigkeiten?»

«Nein.» Andrina wandte sich zum Gehen, wurde aber von Moretti zurückgehalten.

«Das Angebot gilt weiterhin. Wenn du etwas brauchst, lass es mich bitte wissen.»

«Grazie. Buon divertimento.»

Bei Enricos Wagen angekommen, drehte sie sich um. Moretti schaute ihr nach. Die Angst verstärkte sich. Es konnte kein Zufall sein, ihn hier anzutreffen. Die Geschichte mit der Information vom Hotel das Vollmondschwimmen betreffend nahm sie ihm nicht ab. Er musste ihr gefolgt sein und konnte durchaus der Angreifer vorhin gewesen sein. Wie hatte er es in dieser kurzen Zeit geschafft, trocken auszusehen? Zumindest seinen vollen Haaren müsste ein Besuch im Schwimmbecken anzusehen sein. Das Gleiche galt für das Bündel, das er sich unter den Arm geklemmt hatte. Er konnte eine zweite Garnitur Badesachen im Auto haben, die er schnell geholt hatte.

Zu Andrinas Erleichterung wandte Moretti sich ab und dem Eingang der Badi zu. Wenige Sekunden später war er aus Andrinas Blickfeld verschwunden.

Andrina setzte sich in den Wagen, liess aber das Dach geschlossen. Die Frage, warum Moretti weiterhin in der Schweiz war, drängte sich auf. Andrina wäre an seiner Stelle längst nach Italien zurückgekehrt. Soviel sie wusste, hatte die Polizei ausser dem vagen Verdacht nichts gegen ihn in der Hand. So stand es ihm frei, jederzeit die Schweiz zu verlassen. Die Tatsache, dass er weiterhin in der Schweiz war, machte ihn für Andrina verdächtig. Allerdings musste das nicht gleichbedeutend damit sein, dass er Enrico etwas angetan hatte, musste sie einräumen. Moretti konnte alle möglichen Beweggründe haben. Andrina war versucht, ihm in die Badi zu folgen und ihn damit zu konfrontieren.

Lass das lieber, dachte sie. Spiele nicht Detektivin. Dazu ist die Situation zu gefährlich.

Sie beschloss, ihn beim nächsten Zusammentreffen darauf anzusprechen, und beobachtete weiter den Weg unter der Brücke hindurch. Der Eingang der Badi war von ihrem Standpunkt aus nicht einzusehen. Falls Moretti nur zur Tarnung Richtung Badi gegangen war, würde er nach einigen Minuten wieder auftauchen. Das tat er jedoch nicht.

ZWÖLF

«Du solltest mit der Polizei über diesen Vorfall sprechen», sagte Lukas. Er setzte sich auf die Kante von Andrinas Schreibtisch. «Ich finde das nämlich beunruhigend.»

«Es könnten genauso die Jugendlichen gewesen sein, die eine Wasserschlacht gemacht haben.»

«Es gibt immer eine Erklärung. Normalerweise würde ich das gelten lassen. Aber nicht in deiner Situation. Ich finde nach wie vor, du schwebst in Gefahr.» Er trank einen Schluck Kaffee.

«Das klingt theatralisch.» Andrina pustete auf ihren Tee. Lukas hatte sich gewundert, dass sie keinen Cappuccino genommen hatte. Zum Glück war er nicht näher darauf eingegangen.

«Enrico hinterlässt eine Menge Geld. Du bist sozusagen die reiche Witwe des Inhabers von JuraMed.»

«Wer behauptet das?» Warum hatte eigentlich jeder diese Idee? «Enrico und ich sind nicht verheiratet und …»

«… und es gibt kein Testament. Was geschieht, wenn eins auftaucht und dich als Erbin ausweist?»

Das existiert bereits, dachte Andrina, hielt aber den Mund. Nach Möglichkeit wollte sie diese Info zurückhalten. Zum einen war es ihr unangenehm, zum anderen befürchtete sie, stärker in den Fokus des Mörders zu geraten. Unsicherheit machte sich breit. Es konnte jeder sein. Auch Lukas. Sie fasste ihn genauer ins Auge. Lass das, schalt sie sich. Er hatte nichts davon.

«Wenn es keins gibt, greift die gesetzliche Erbfolge. Das sind in dem Fall die Familienmitglieder. Enrico hat nicht mehr viele davon. Nur einen, nämlich seinen Bruder.»

Marco Feller. Die Verunsicherung wuchs. Lukas war der Dritte, der diese Gedankengänge hatte.

«Genau aus diesem Grund will ich nicht zur Polizei.»

«Ach verdammt», rief Lukas und schlug mit der flachen Hand auf den Tisch. Offenbar wurde ihm gerade klar, was das zu bedeuten hatte. Er stand auf und trat ans Fenster. «Und genau diesem Bruder könntest du im Weg stehen. Ich denke, die Polizei weiss bereits, ob ein Testament existiert. Obwohl Marco befangen ist, wird er wissen, was darin steht.» Lukas hob die Hand, als Andrina etwas sagen wollte. «Ich weiss, er sollte darüber keine Kenntnis haben, wenn er nicht zum Ermittlerteam gehört, aber die von der Abteilung Leib und Leben sind nur Menschen und werden untereinander inoffiziell darüber reden.»

«Gelegenheit, mir was anzutun, hat er bereits mehr als einmal gehabt», sagte Andrina und bemühte sich, flapsig zu klingen.

«Das stimmt. Bisher gab es keinen Grund, was sich inzwischen geändert hat.»

Andrina nippte am Tee und verbrannte sich beinahe die Lippe. «Jemand sollte auf dich aufpassen, und zwar dringend», fuhr Lukas fort. «Mir behagt es nicht, wenn du alleine in dem Haus bist.»

Andrina dachte an Susanna, die ihr wiederholt angeboten hatte, bei ihr zu wohnen. Falls Feller damit zu tun hatte, wäre sie die Falsche. Er wäre über jeden ihrer Schritte informiert und musste sie nur abpassen.

«Falls er Enrico auf dem Gewissen –»

«Warum gehen überhaupt alle davon aus, Enrico sei tot!», fiel Andrina ihm ins Wort. «Es gibt keine definitiven Beweise dafür.»

«Wenn ich das alles richtig verfolgt habe, gibt es immer noch keine Lösegeldforderung. Es ist daher naheliegend. Das Foto mit dem Kreuz spricht für mich zudem eine deutliche Sprache. Hinzu kommen Herr Steiner, der noch immer nicht auffindbar ist, und seine Schwester.»

«Was hat das alles beziehungsweise was habe ich als potenzielle Erbin mit Köbi Steiner und Aurélie zu tun?»

«Was hältst du von einem Ablenkmanöver, das alle auf eine

falsche Spur bringen soll? Wenn es um so viel Geld geht, ist Kreativität gefragt, damit man am Ende darankommt. Die Tote im Kofferraum könnte eine Warnung sein.»

«An wen? Mich? Hör auf, Lukas!» Andrina wandte sich dem Computer zu. «Ich möchte darüber nicht reden.»

***

Sie brauchte Gewissheit, ob Feller hinter allem steckte. Das Problem war, sie wusste nicht, wie sie es anstellen sollte, das herauszufinden. Seit dem Gespräch mit Lukas hatte sie unaufhörlich über Möglichkeiten nachgedacht, diese aber sofort verworfen. Eine Option war, mit Wagner oder Susanna zu sprechen. Allerdings war ihr Zusammenhalt im Team und als Freunde zu gross. Andrina war überzeugt, sie würden sich vor Feller stellen.

Andrina steuerte auf das Igelweidcenter zu, um frisches Brot zu kaufen.

«Andrina!»

Sie fuhr herum.

«Signor Moretti», brachte sie hervor. Neben Feller die andere Möglichkeit, die sie nicht ausser Acht lassen durfte.

Sie hatte damit gerechnet, ihm früher oder später wieder zu begegnen. Dennoch war sie nicht davon ausgegangen, es würde bereits am übernächsten Tag sein. Wieder tauchte das Gefühl auf, er folge ihr.

«Ich wollte dich nicht erschrecken. Darf ich dich zu einem Kaffee einladen?»

Das Nein lag Andrina zuvorderst auf der Zunge. Sie schaffte es knapp, es runterzuschlucken und in ein «Ja, gerne» umzuwandeln. So konnte sie ihr Vorhaben gleich in die Tat umsetzen und ihn fragen, warum er in der Schweiz blieb. Ausserdem konnte sie in Erfahrung bringen, ob es eine Verbindung zu Köbi Steiner und Aurélie gab. Andrina dirigierte ihn auf die Terrasse des Cafés der Stadtbibliothek, wo sie unter einem der Schirme einen Zweiertisch im Schatten fanden. Es herrschte wie in den letzten Tagen sommerliches Wetter, das ihr auch heute zu schaffen machte.

Sie schwiegen. Andrina beobachtete das Treiben um sie herum. Auf dem Spielplatz tobten Kinder, und der «Starbucks» war ebenfalls bis auf den letzten Platz besetzt. Allen schien bewusst zu sein, dass jeder neue Sommertag ein Geschenk war, das es auszunutzen galt, bevor es Richtung ungemütlicher Winter ging.

Nachdem Moretti einen Espresso und Andrina einen Früchtetee bestellt hatte, beugte er sich vor. «Gibt es Neuigkeiten zu Enricos Verbleib?»

Das weisst du am besten, dachte Andrina.

«Ich weiss nicht, was ich tun soll, damit du mir glaubst», sagte er, als Andrina nicht antwortete. Es störte sie, dass er sie weiterhin duzte. Merkte er nicht, dass sie keine freundschaftliche Nähe zu ihm wollte? Statt ihn darauf hinzuweisen, beliess sie es dabei. Sie brauchte ihre Energie für wichtigere Dinge. Andrina beschloss, ihn wie bisher zu siezen und ihn damit zumindest von ihrer Seite auf Distanz zu halten. Vielleicht würde er es irgendwann begreifen.

Andrina schwenkte den Teebeutel durch das Teewasser, drückte ihn leicht aus und platzierte ihn auf der Untertasse.

«Nun, vielleicht habe ich … Wie soll ich es formulieren?» Offenbar war ihm Andrinas Schweigen unangenehm.

Andrina erinnerte sich, wie Feller ihr einmal gesagt hatte, dass Leute Gesprächslücken als unbehaglich empfinden und automatisch das Bedürfnis haben, sie mit Wörtern zu füllen. Diese Taktik schien bei Moretti aufzugehen. Sie entschied, die Frage, die ihr auf der Zunge brannte, erst einmal zurückzuhalten und zu sehen, was Moretti von sich aus preisgab.

«Also, ich könnte mit seinem Verschwinden zu tun haben.»

Andrina erstarrte. Hatte sie Morettis Neapolitanisch-Italienisch-Mix richtig verstanden?

«Das meine ich nicht so, wie du denkst. Ich fürchte inzwischen, mein Auftauchen hat mit Enricos Verschwinden zu tun.»

«Wie meinen Sie das?»

«Ich weiss nicht, wie ich es erklären soll. Wie es für mich den Anschein hatte, führte Enrico ein normales, entspanntes Leben, bis ich kam. Kaum habe ich an seine Tür geklopft, ist er untergetaucht.

«Wollen Sie damit sagen, Enrico ist freiwillig verschwunden? Warum sollte er das? Haben Sie ihn bedroht?»

Abwehrend hob Moretti die Hand. *«No, no.»*

«Erpressen Sie ihn?»

«Dio mio, no!»

«Ganz ehrlich, als Sie das erste Mal in Enricos Haus spazierten, klang das für mich anders.»

«Zugegeben, ich habe mich im Ton vergriffen, aber erpresst habe ich ihn nicht. Ich wollte nach zwanzig Jahren eine Aussprache und ihm gleichzeitig seelisch wehtun. Als ich erfuhr, was aus Enrico geworden ist – immerhin gehört ihm ein Pharmaunternehmen …» Er fuhr mit der Hand durch seinen Bart, den er frisch gestutzt haben musste. «Nenn es Neid und Missgunst. Auch keine edlen Eigenschaften, aber immerhin besser als Erpressung, finde ich.»

«Na ja, Neid und Missgunst können Erpressung nach sich ziehen.»

Moretti trank einen Schluck. «Ich muss dich enttäuschen. In meinem Fall ist das nicht so. Mit diesem Wissen kam ich nicht zurecht. Der arme Verstossene aus einem Dorf in der italienischen Pampa hat es zu was gebracht.» Er rang um Fassung. «Ich habe mit allem gerechnet, aber nicht damit. Ich meine, wir sind nicht in grossem Reichtum aufgewachsen. Das Leben war hart und forderte einen hohen Tribut. Lass mich ein wenig ausholen. Du kennst die Geschichte von Stefanos Tod?»

Andrina neigte den Kopf.

«Du weisst, dass Enrico unehelich ist?»

Wieder nickte Andrina und fragte sich gleichzeitig, ob Moretti wusste, wer der Vater war und dass Feller sein Bruder war.

«Damals ein uneheliches Kind in einem süditalienischen Dorf zu bekommen war nicht gerade das, was man von einer tugendhaften Frau erwartete. Auch wenn Emilia später geheiratet hat, war sie … wie soll ich das sagen? Wurde sie wie eine Aussätzige behandelt. Ebenso ihr Sohn. Enrico hatte es nicht leicht. Er war stets der Aussenseiter. Beinahe stoisch hat er sein Schicksal in die Hand genommen. Er liess die Gemeinheiten, die wir in der Schule mit ihm machten, über sich ergehen. Oder besser gesagt: an sich abprallen. Frage mich nicht, warum er sich nicht gewehrt hat. In seinen Augen loderte zwar der Hass, aber er besass genug Grösse, sich nicht aus der Reserve locken zu lassen. Das machte ihn für Stefano und mich interessant – ob wir es wollten oder nicht. Zum Leidwesen unserer Eltern freundeten wir uns mit Enrico an und wurden das unzertrennliche Trio.» Moretti holte eine Zigarettenpackung hervor. Er entnahm ihr eine Zigarette und steckte sie zwischen die Lippen. Suchend klopfte er die Taschen ab.

«Eigentlich habe ich nach der Geburt unseres Sohnes vor drei Monaten aufgehört», murmelte er.

«Sie sollten damit nicht wieder anfangen.»

Moretti hielt in der Bewegung inne.

«Das ist im Moment nicht möglich, da ich kein Feuerzeug habe.»

«Ich kann Ihnen damit nicht dienen.»

Er nahm die Zigarette aus dem Mund. «Du hast recht, aber Stress birgt die Gefahr, rückfällig zu werden.» Er steckte die Zigarette zurück in die Packung und schob sie Andrina zu. «Schmeiss die bitte für mich fort. Ich bin mir nicht sicher, ob ich es mache, wenn ich vorher ein Feuerzeug auftreibe.»

Andrina steckte die Packung ein. «Ich kann nicht glauben, dass Sie nur wegen der Aussprache in die Schweiz gekommen sind. Das ist ein langer Weg. Warum haben Sie keine E-Mail geschrieben oder angerufen? Und warum bleiben Sie? Sie könnten ohne Weiteres nach Italien zu Ihrer Familie, die Sie bestimmt nötiger braucht, zurückkehren.»

«Viele Fragen auf einmal.» Moretti lächelte. «Zum ersten Punkt: Ja, auch wenn es für dich nicht nachvollziehbar ist. Zum zweiten: Ich gebe dir recht. Das wäre einfacher gewesen. Aber ich wollte persönlich mit Enrico reden.»

«Haben Sie sich dazu extra Ferien genommen?»

«Ja.»

«Und Ihre Frau?»

«Das ist meine persönliche Angelegenheit. Sie kennt Enrico nicht. Meine Frau drängt mich seit Längerem dazu. Ich solle endlich den Ballast abwerfen. Da nach Anfangsschwierigkeiten unser Sohn aus dem Gröbsten heraus ist, hat sie mich sozusagen genötigt zu fahren.»

Auf alle ihre Fragen hatte er eine schlüssig erscheinende Antwort. Andrina war hin- und hergerissen, ob sie ihm glauben sollte oder nicht.

«Wie lautet Ihre Antwort auf meine dritte Frage?»

«Warum ich nicht nach Hause zurückkehre, nachdem ich Enrico gefragt habe, ob er an der Gedenkfeier teilnehmen möchte? Ganz ehrlich?»

«Ja.»

«Ich weiss es nicht. Vielleicht wäre ich zurückgekehrt, wenn Enrico nicht verschwunden wäre. Ich gebe zu, nach aussen hin mag es sonderbar erscheinen, und ich würde mich das an deiner Stelle ebenfalls fragen. Vermutlich liegt es daran, dass ich mir indirekt die Schuld an Enricos Verschwinden gebe und wissen möchte, was mit ihm ist. Sicher ist es möglich, alles von zu Hause aus zu verfolgen. Falls ich gebraucht werde, möchte ich aber lieber hierbleiben. – Bevor du fragst, ich habe mit meiner Frau darüber gesprochen. Sie steht hinter meinem Vorhaben.»

Das klang alles logisch. Dennoch war Moretti ihr nach wie vor unheimlich, obwohl er etwas von der Düsternis verloren hatte, die sie anfangs in seiner Gegenwart empfunden hatte. Sie begann ihm zu glauben, auch wenn sie sich dagegen sträubte.

«*Buona sera.*» Bevor Andrina wusste, wer das gesagt hatte,

setzte sich Feller zu ihnen an den Tisch. Er warf Moretti einen finsteren Blick zu, bevor er sich an Andrina wandte.

«Mir gefällt es nicht, dich in seiner Begleitung vorzufinden», sagte er in Schweizerdeutsch.

«Es ist meine Sache, mit wem ich in einem Café sitze und mit wem nicht.» Andrina hatte ebenfalls in Mundart gewechselt. Sie konnte nicht anders und ihn herausfordernd anzusehen. Seit dem Kussversuch vor Köbi Steiners Wohnung hatte sie keinen Kontakt mehr mit ihm gehabt.

«Bitte verstehe mich nicht falsch. Wie du weisst, könnte er durchaus mit Enricos Verschwinden zu tun haben. Auch wenn es keine konkreten Beweise dafür gibt.»

«Hier kann er mir nichts tun.» Das Gleiche gilt für dich, dachte Andrina. «Wir sind unter Leuten.»

Feller schnitt eine Grimasse.

«Könnt ihr bitte in einer Sprache reden, die ich verstehe», schaltete sich Moretti ein.

«Sie halten sich ab sofort von Signora Kaufmann fern», sagte Feller auf Italienisch. «Das ist eine polizeiliche Anordnung, der Sie Folge zu leisten haben.»

In Morettis Gesicht las Andrina die Frage, ob sie Feller darum gebeten hatte.

«Das Gleiche gilt für dich, Andrina.» Er hatte wieder in Dialekt gewechselt. Sie versteifte sich. Fellers Auftauchen hätte nicht unpassender sein können. Andrina hatte nämlich das Gefühl gehabt, einen Schritt – in welche Richtung auch immer – weitergekommen zu sein.

«Ich habe Enrico nichts angetan», mischte sich Moretti ein. «Im Gegenteil. Ich möchte dir helfen, ihn zu finden.»

Als sie den Kopf schüttelte, blitzte Enttäuschung in seinem Blick auf. Andrina fasste einen Entschluss und schaute ihm in die Augen. Nicht jetzt und nicht hier, dachte sie und hoffte, Moretti werde es verstehen. Unterstützend wies sie mit den Augen auf Feller. Später, fügte sie in Gedanken an.

Er legte eine Zwanzigernote auf den Tisch und stand auf. «Du kannst den Rest behalten.» Das klang barsch. Andrina forschte in seinem Gesicht, aber es war für sie nicht ersichtlich, ob er ihre Botschaft verstanden hatte und schauspielerte oder ob sein Ärger echt war.

«Ihr seid also per Du», knurrte Feller, nachdem Moretti sich entfernt hatte.

«Was soll das?», fragte Andrina.

«Seit wann lässt du dich auf zwielichtige Gestalten ein?»

«Das Gleiche hast du dich damals gefragt, als du Enrico für einen Mörder gehalten hast», schoss Andrina zurück.

Feller sog die Luft ein und liess sie langsam durch die Nase entweichen. «Ich wiederhole mich gerne: Es besteht die Möglichkeit, dass er mit Enricos Verschwinden zu tun hat.»

«Wie du sicher bemerkt hast, war ich gerade dabei, das herauszufinden.»

«Verdammt, Andrina!» Feller beugte sich vor. Andrina zuckte zurück, als sein Gesicht nur wenige Zentimeter vor ihrem war. «Hör auf, so naiv zu sein, und vor allem, hör auf, Polizistin zu spielen. Du solltest inzwischen –»

«Und du hör auf, mir Vorschriften zu machen.»

«Andrina!»

«Ich bin durchaus in der Lage, mir mein eigenes Urteil zu bilden.»

«Das bezweifle ich.»

«Du bist selber nicht besser. Denk an Enrico und deine ach so gute Menschenkenntnis.»

Feller wich zurück, was Andrina Genugtuung bereitete.

«Ich kann reden, mit wem ich will und wann ich will», setzte sie nach und stand auf.

***

Andrina stellte die Giesskanne neben dem Oleander ab. Sie blieb neben dem Busch stehen und atmete den Duft ein, den die rosa Blüten an sommerlichen Tagen wie heute verströmten. Inzwischen war es ein wenig angenehmer. Man merkte trotz der Temperaturen von fast dreissig Grad tagsüber, dass nicht mehr Hochsommer war. Es war nicht mehr so feuchtheiss wie in den letzten Tagen. Die Nächte waren bedeutend kühler und erträglicher. Andrina überlegte, ob sie eine Runde walken sollte. Das Training hatte sie in den letzten Tagen vernachlässigt. Das sich selbst verordnete Schwimmtraining war ihr nach dem Zwischenfall in der Badi am Samstag vergangen. Wenn sie je wieder durch den Wald joggen wollte, musste sie dranblieben. Trotzdem verspürte sie keine grosse Lust.

Andrina verliess die Terrasse und wanderte über den Rasen zu dem Hängekorb. Sie setzte sich und liess sich leicht hin- und herschwingen. Die Stimmung war friedlich, doch der Friede erreichte sie nicht. Im Gegenteil.

Ihre Gedanken kehrten zu Moretti und dem Zwischenfall im Café zurück. Auf dem Heimweg hatte sie überlegt, was sie von allem halten sollte. Hatte er sie gekonnt manipuliert, oder war es so, wie er gesagt hatte? Sie brauchte Gewissheit, und sie musste etwas unternehmen. Sonst würde es ihr keine Ruhe lassen.

Um herauszufinden, ob es wirklich nur ein unglücklicher Zufall war, dass Moretti gerade jetzt aufgetaucht und in die Sache hineingerutscht war, musste sie handeln. Sie dachte an Fellers Worte, sie solle aufhören, Polizistin zu spielen. Trotz regte sich. Jetzt erst recht, dachte sie und holte ihr Handy hervor.

Es klingelte mehrmals, bevor sich die Combox einschaltete. Andrina legte auf, wartete einen Augenblick und probierte es ein zweites Mal. Dieses Mal schaltete sich die Combox direkt nach dem ersten Klingelton ein. Der Verdacht drängte sich auf, Moretti habe den Anruf weggedrückt. So leicht wollte Andrina sich nicht abschütteln lassen. Sie öffnete WhatsApp und stellte fest, dass Moretti ebenfalls einen Account hatte. Sie zögerte. Noch konnte sie zurück. Immerhin bestand noch die Möglichkeit, er könne hinter Enricos Verschwinden stecken, wie Feller vorhin vehement behauptet hatte.

Mach endlich, forderte sie sich in Gedanken auf und begann zu tippen.

«Ich möchte mich für heute Nachmittag entschuldigen. Das war nicht so geplant, und ich möchte mit …»

Andrina zögerte. Du oder Sie? Er hatte sie hartnäckig geduzt, obwohl Andrina beim Sie geblieben war – bis auf ein Mal, aber das zählte nicht –, weil sie ihn auf Distanz halten wollte. Das wollte sie nach wie vor. Allerdings schätzte sie das Du für ihr Vorhaben hilfreicher ein.

«… dir reden.»

Gebannt schaute sie auf ihre Nachricht, nachdem sie auf Senden gedrückt hatte. Es vergingen einige Sekunden, bis neben der Nachricht ein blaues Häkchen erschien. Gleichzeitig sah sie den Status «online». Ihr Herz begann zu klopfen. Hoffentlich machte sie keinen Fehler.

Der Status wechselte zu «schreibt».

«Woher der Sinneswandel?»

«Das ist auf Marcos Mist gewachsen», antwortete Andrina. «Ich kann nichts dafür, wenn er im falschen Moment auftaucht.»

«Der Wunsch nach dieser polizeilichen Anordnung stammt also nicht von dir?»

«Ich habe ihn nie darum gebeten.»

Eine Zeit lang passierte nichts, und Andrina dachte, er werde nicht mehr antworten.

«Ich denke, wir haben nichts mehr zu besprechen. Es ist alles gesagt worden. Ich habe deine abweisende Botschaft verstanden – mit oder ohne Herrn Feller. Woher nun diese Kehrtwende? Hat er dich darum gebeten, mich auszuhorchen, weil er und seine Kollegen sich an mir die Zähne ausbeissen?»

«Das hat er nicht», tippte Andrina. «Ich nehme den Kontakt zu dir auf, weil ich es will.»

«Wieso sollte ich dir glauben?»

Andrinas Finger schwebten über dem Display. Damit hatte sie nicht gerechnet.

«Ich habe darüber nachgedacht und möchte dein Angebot, mir zu helfen, annehmen.»

Bevor sie richtig nachgedacht hatte, hatte sie auf Senden gedrückt. Hoffentlich lehnte sie sich nicht zu weit aus dem Fenster. Wieder vergingen Sekunden. Moretti war weiterhin online.

«Ich? Wie das? Und warum so plötzlich? Lass mich raten – es ist der Versuch, mir eine Falle zu stellen. Ich muss euch enttäuschen. Ich habe nichts damit zu tun und werde mich nicht auf euer Spiel einlassen.»

«Es ist kein Spiel», schrieb Andrina.

Zeit verstrich. Moretti war noch online, aber er schrieb nicht zurück. Nach einigen Sekunden konnte Andrina der Statusangabe entnehmen, dass er sich ausgeloggt hatte.

Wut keimte auf. Auf Moretti und auf sich selbst. Sie hatte sich lächerlich gemacht.

«Idiot», murmelte sie und starrte weiter auf das Display. «Du bist selber eine Idiotin», brummte sie. Warum fühlte sie sich verletzt, weil er sie abgewiesen hatte? Wenn sie logisch darüber nachdachte, würde er ihr nicht helfen können.

«Zwar ist mir schleierhaft, wieso ich auf einmal vertrauenswürdig bin», erschien in dem Moment auf dem Display, als Andrina den Chat verlassen wollte. «Warum möchtest du plötzlich meine Hilfe?»

«Können wir das persönlich besprechen?» Sie hielt inne. «Bitte», fügte sie an und verfluchte sich, weil sie das Gefühl hatte, Moretti anzubetteln.

Eine neue Pause. Gebannt starrte Andrina auf das Display.

«Okay, aber unter einer Bedingung.»

«Die wäre?»

«Du hetzt mir nicht Marco Feller oder sonst jemanden aus seinem Team auf den Hals.»

«Das habe ich bisher nicht getan und werde es in Zukunft nicht tun.»

«Sollte ich herausfinden, dass ihr versucht, mich reinzulegen, wirst du es bereuen.»

Andrina wurde kalt. Diese Drohung war unmissverständlich. Sie sollte das Ganze abbrechen, solange sie konnte.

«Es gibt kein Zurück», flüsterte sie und liess ihre Finger über die Buchstaben huschen.

«Können wir uns treffen?» Sie drückte auf Senden, bevor sie es sich anders überlegen konnte.

«Wo? Wann?»

«Bei mir zu Hause. Jetzt.»

Nun konnte sie definitiv nicht mehr zurück.

Das Daumen-hoch-Emoji erschien. «Bin in einer Viertelstunde da.»

Andrina sah auf die Uhr. Inzwischen setzte die Dämmerung ein. Es war beinahe eine Dreiviertelstunde vergangen, seit sie mit Moretti gechattet hatte. Bisher war er nicht aufgetaucht. Andrina trat an das Fenster im unteren Badezimmer. Von dort hatte sie einen Blick auf die Einfahrt. Niemand kam. Inzwischen bezweifelte sie, dass Moretti kommen würde. Sie lehnte den Kopf gegen die Scheibe und starrte weiter auf die Einfahrt. Das Aufheulen eines Motors liess sie zusammenfahren. Der Fahrer gab Gas, danach war es wieder ruhig.

Moretti würde nicht kommen. Jedenfalls nicht, solange er annahm, Andrina handle im Auftrag Fellers. Enttäuschung machte sich in ihr breit. Gleichzeitig fragte sie sich, was sie sich von einem Treffen mit Moretti erhofft hatte. Gerade als sie sich abwenden wollte, bog ein Wagen mit einem italienischen Kennzeichen in die Einfahrt und hielt vor der Garage an. Andrinas Herzschlag beschleunigte sich, als sie Moretti aussteigen sah. Er umrundete den Wagen und öffnete die Beifahrertür. Andrina trat vom Fenster zurück. Es war eine Schnapsidee gewesen, ihn zu bitten zu kommen. Sie kehrte in den Gang zurück und wartete. Schritte, die lauter wurden und vor der Haustür stoppten. Es klingelte. Am liebsten hätte Andrina die Tür nicht geöffnet, aber das hatte sie sich selbst eingebrockt. Sie hoffte, ihr Bauchgefühl behielt recht und sie liess keinen Mörder ins Haus. Andrina zählte bis drei und öffnete die Tür.

Moretti hatte eine Weinflasche unter dem Arm und zwei Schachteln einer Pizzeria in der Hand. Er lächelte ihr entgegen.

«*Scusa*, wenn ich mich verspätet habe, aber ich dachte, etwas zu essen wäre nicht schlecht.» Er reichte Andrina die beiden Schachteln. «In der Pizzeria hat es länger gedauert, als ich gedacht habe.» Andrina starrte auf die Schachteln in ihrer Hand. Die Unterseite war heiss, unangenehm heiss.

«*Grazie*», sagte sie und trug die Schachteln zur Terrasse. «Was hältst du davon, wenn wir draussen sitzen?»

«Bei dem Wetter immer.»

«Allerdings ist es ein wenig kühl.»

«Das macht nichts.» Moretti stellte die Weinflasche auf den Tisch. «Wo hast du Gläser?»

«Ich trinke keinen Wein.»

Verwunderung huschte über sein Gesicht.

«Weil ...» Du musst ihm keine Begründung geben. «... ich das im Moment nicht darf.»

«Du bist hoffentlich nicht ernsthaft krank.»

«Nur schwanger», hörte Andrina sich sagen.

«Oh. Da darf ich gratulieren.» Er biss sich auf die Lippen. «Umso dringender wird es, Enrico zu finden ... Entschuldige, das war taktlos.»

Andrina zwang sich zu einem Lächeln. «Du kannst gerne einen Schluck trinken.» Sie kehrte ins Wohnzimmer zurück, um ein Weinglas zu holen.

«Ich bleibe lieber beim Wasser, denn ich sollte besser nicht auffallen. Wenn ich angehalten werde und Alkohol getrunken habe, ist das der Fehler, auf den Signor Feller und seine Kollegen hoffen.»

Andrina drehte sich mit dem Glas in der Hand herum.

«Zur Not hätten wir ein Gästezimmer.» Sogleich verfluchte sie sich. Welcher Teufel ritt sie? Wie konnte sie einfach drauflosplappern, ohne nachzudenken? Sie marschierte in die Küche.

Einige Minuten später sassen sie sich auf der Terrasse gegenüber. Moretti hatte die Schachteln aufgeklappt.

«Welche? Salami oder Prosciutto? Oder halbe-halbe?»

«Halbe-halbe. Vielen Dank für das Essen.»

Nachdem sie schweigend gegessen hatten, ergriff Moretti das Wort.

«Wenn wir uns zusammentun wollen, musst du mir erzählen, was genau passiert ist, denn ich denke, ich weiss nicht alles.»

Andrina trank einen Schluck Wasser und begann mit dem Bericht. Zuerst erzählte sie von Köbis Verschwinden, den beiden Einbrüchen, Enricos Verschwinden und Aurélies Tod. Dabei behielt sie ihn genau im Auge, konnte aber keine Reaktion ausmachen.

«Sehr viel auf einmal», sagte Moretti nachdenklich. «Ausgerechnet in diesem ganzen Chaos tauche ich auf. Ich verstehe, warum du vorhin nichts unternommen hast, als Marco Feller mich wegschickte.» Andrina nickte. «Gerne würde ich auf dein Angebot zurückkommen und das Gästezimmer beziehen.»

«Was?»

«Du solltest nicht alleine sein.»

«Warum denken alle, sie müssten auf mich aufpassen?», rief Andrina heftig. «Ich brauche keinen Babysitter!»

Moretti wirkte belustigt, wurde aber gleich darauf wieder ernst. «Ich finde das sehr wichtig. Mit meiner Anwesenheit kann ich dir einen gewissen Schutz bieten. Bitte verstehe mich nicht falsch. Ich möchte mich nicht aufdrängen, ich mache mir Sorgen um dich.»

DREIZEHN

Leise schloss Andrina die Tür des Arbeitszimmers und setzte sich an den Schreibtisch. Der Mond erhellte das Zimmer, und sie konnte genug erkennen.

Sie hatte hin und her überlegt, ob sie Morettis Angebot annehmen sollte. Immerhin hatte sie ihm bis vor wenigen Stunden alles Mögliche zugetraut. Am Ende hatte sie abgelehnt. Das war ihr zu viel des Guten.

Moretti war nicht einverstanden gewesen, hatte aber dennoch Verständnis gezeigt. Er bestand darauf, regelmässig mit ihr in Kontakt zu bleiben.

Das Schlafdefizit hatte seinen Tribut gefordert, und sie war schnell in einen unruhigen Schlaf gefallen. Mitten in der Nacht war sie aus einem Traum, an den sie sich nicht erinnern konnte, hochgeschreckt und hatte nicht mehr einschlafen können. Andrina hatte sich einen Tee gemacht, den sie neben die Tastatur stellte. Sie liess ihren Blick durch den Raum wandern. Ihre Gedanken kehrten zu Enricos Büro bei JuraMed zurück. Wieder tauchte das unbestimmte Gefühl auf, dort einen wichtigen Hinweis übersehen zu haben. Erneut fragte sie sich, was nicht gestimmt hatte.

Draussen ging die Alarmanlage eines Autos los. Andrina sprang auf und eilte ans Fenster. Es war nicht Enricos Wagen. Der Krach hörte auf, und Andrina setzte sich zurück auf den Schreibtischstuhl.

Auto … Autoschlüssel. Sie richtete sich auf. Das war es. Warum lag der Schlüssel des Tesla auf Enricos Schreibtisch bei JuraMed? Er wollte mit dem Wagen in die Ostschweiz fahren. Vorher hatte er Unterlagen aus dem Büro holen wollen. Das musste bedeuten, er war nicht mehr von JuraMed weggefahren.

«Stopp», ermahnte sie sich. Es konnte genauso gut der Ersatzschlüssel sein. Als sie beim letzten Mal bei JuraMed gewesen war, hatte sie den Tesla nicht gesehen. Allerdings hatte sie nicht darauf geachtet.

Am liebsten wäre Andrina aufgesprungen und zu JuraMed gefahren, aber es war mitten in der Nacht. Das war jedoch kein Problem. Sie wusste, wo Enrico den Schlüssel aufbewahrte, um ausserhalb der Bürozeiten Zutritt zum Gebäude zu haben. Um ins Gebäude zu kommen, musste sie zusätzlich den Code für die Alarmanlage finden, um diese auszuschalten. Andrina stand auf und begann den Raum zu durchsuchen. Irgendwo hier bewahrte Enrico die Codes auf.

«Immer diese Passwörter», hatte er sich einmal beschwert. «Für jede Kleinigkeit wird eins verlangt. Logischerweise sollte man nicht das gleiche für alles haben und gleichzeitig möglichst kreativ sein. Man hat keine Chance, sich alle zu merken.»

Er hatte ihr gestanden, Codes und Passwörter aufzuschreiben und im Arbeitszimmer zu deponieren.

Als sie dachte, sie würde nichts finden, fiel ihr ein Ordner in die Hände, auf dem «Diverses» stand. Sie blätterte ihn durch und fand die Auflistung. Andrina notierte sich den Code für die Garage und für das Gebäude, in dem Enrico sein Büro hatte. Inzwischen setzte draussen die Dämmerung ein. Bestimmt wäre es schlauer, zu warten, aber das konnte Andrina nicht. Sie brauchte Gewissheit.

Nachdem sie sich angekleidet hatte, eilte sie die Treppe nach unten und nahm den Schlüssel und den Reserve-Badge. Sie ging die anderen Schlüssel durch, entdeckte aber keinen Reserveschlüssel für den Tesla. Der Schlüssel im Büro von JuraMed konnte also der Ersatzschlüssel sein, und der Wirbel, den sie gerade veranstaltete, war umsonst. Dennoch musste sie nachschauen.

Eine Viertelstunde später parkte sie den Audi auf dem Parkfeld, das für Enrico reserviert war.

Andrina blickte auf ihre Uhr. Viertel nach sechs. Sie hoffte, keine Mitarbeiter beziehungsweise den Wachmann anzutreffen, da sie nicht erklären wollte, warum sie um diese Uhrzeit hier war.

Sie liess den Blick über den Parkplatz schweifen. Keine Spur vom Tesla. Blieb nur die Garage. Sie überlegte, ob sie zuerst in der Garage oder im Büro nachschauen sollte. Sie entschied sich für das Büro. Sollte der Tesla in der Garage sein, brauchte sie den Schlüssel, um den Wagen öffnen zu können.

Ihr gelang es, die Alarmanlage abzuschalten. Auf dem Weg ins Büro lief Andrina niemand über den Weg. Sie fand den Autoschlüssel dort vor, wo sie ihn hingelegt hatte, und fragte sich, warum die Polizei ihn nicht mitgenommen hatte. Sie hatten ihn bestimmt bemerkt. Oder hatten sie bereits in der Garage nachgeschaut und dort kein Auto vorgefunden? Das sprach für die Variante Ersatzschlüssel.

Andrina kehrte zum Lift zurück. Sie verliess das Gebäude und überquerte den Parkplatz, auf dessen anderer Seite eine Einzelgarage stand. Verwundert hatte Andrina Enrico gefragt, warum es keine Garage unter dem Gebäude gab und er stattdessen diese benutzte, die abseitsstand und nicht wirkte, als gehöre sie zu JuraMed.

«Es hat eine Tiefgarage, aber die ist für die Auslieferungs-Vans gedacht. Diese Garage ist ein Überbleibsel von früher, und ich finde es passend, wenn ich sie für meinen Geschäftswagen benutze», hatte er erklärt.

Andrina öffnete die Tür auf der Seite des Gebäudes und erblickte Enricos Geschäftsauto sofort. Zögernd näherte sie sich dem Wagen und schaute hinein. Vor dem Beifahrersitz stand die dunkle Tasche, in der Enrico seinen Laptop verstaute. Auf dem Sitz lag der dunkle Kittel, der zu dem Anzug passte, den Enrico am Vorabend parat gelegt hatte.

Sie umrundete den Wagen und stutzte. Der Tesla war nicht an die Steckdose angeschlossen. Wenn Enrico den Wagen für längere Zeit abstellte, tat er das aber normalerweise. Das sprach dafür, dass er nur kurz hatte bleiben wollen. So wie er es ihr gesagt hatte.

Sie fragte sich, warum die Polizei nicht in der Garage nachgeschaut hatte. War keiner auf die Idee gekommen, Enricos Wagen könnte hier sein? Entweder mussten sie davon ausgegangen sein, diese Garage gehöre nicht zu JuraMed, oder sie hatten gedacht, er habe JuraMed verlassen, nachdem er die Unterlagen geholt hatte.

Ein grobes Versäumnis. Wut begann sich in ihr zu regen. Sie hatte wie so oft in den letzten Tagen das Gefühl, dass die Ermittlungen nicht seriös genug durchgeführt wurden.

Eine andere Frage drängte sich auf. Warum stellte Enrico den Wagen in die Garage, wenn er nur kurz zu bleiben gedachte? Er hätte ihn genauso auf den Platz stellen können, auf dem Andrina den Audi abgestellt hatte.

Andrina war auf die Fahrerseite zurückgekehrt, öffnete den Wagen und erschrak, als Musik aus dem Radio erklang. Dieser fahrende Computer war ihr nach wie vor unheimlich. Sie stieg ein und schaltete das Radio aus. Zu spät kam ihr in den Sinn, wie ungeschickt das gewesen war. Sie hinterliess Fingerabdrücke und verwischte mögliche Spuren. Auf der anderen Seite war sie bereits öfter im Tesla mitgefahren. Ihre Fingerabdrücke und andere Spuren von ihr befanden sich also im Wagen. Andrina nahm die Tasche und öffnete den Reissverschluss ein Stück, bis sie den Inhalt erkennen konnte. Der Laptop war drin. Sie schloss die Tasche, nahm den Kittel und stieg aus. Beides würde sie dem Ermittlerteam geben.

Bevor Andrina die Garage verliess, schaute sie im Kofferraum nach. Dort befand sich Enricos kleiner Koffer, den er am Vorabend gepackt hatte. Andrina liess den Koffer, wo er war, und verliess die Garage. Gleich darauf begann es auf der Haut im Nacken zu kribbeln. Andrina schaute sich um. Niemand war zu sehen. Mit weit ausgreifenden Schritten überquerte sie den Parkplatz, auf den zwei Wagen fuhren. Sie parkte, und die beiden Fahrer stiegen aus. Ein Mann und eine Frau steuerten auf das Gebäude zu, ohne von Andrina Notiz zu nehmen.

Sie legte die Tasche und den Kittel in den Kofferraum des Audis und schloss den Deckel.

«He!»

Andrina fuhr herum.

«Was machen Sie da?» Ein Mann Ende fünfzig, dessen Kleidung ihn als Mitarbeiter der Sicherheitsfirma, die von JuraMed engagiert worden war, auswies, kam mit grossen Schritten auf sie zu. Er baute sich vor Andrina auf. Sogleich erhellte sich seine Miene. «Sie sind die Frau von Herrn Bianchi.» Mit dem Kopf wies er auf den Wagen.

«Ja.»

«Eine schlimme Sache. Kann ich Ihnen behilflich sein?»

«Vielen Dank. Ich hatte meine Tasche vergessen.»

«Kommen Sie. Lassen Sie mich aber vorher den Alarm abschalten.»

«Ich habe sie schon geholt.» Andrina deutete auf den Kofferraum.

«In dem Fall hatten Sie Glück, dass der Alarm nicht losgegangen ist.»

«Ich kenne den Code.»

«Selbstverständlich.» Der Mann verabschiedete sich.

Andrina blickte ihm nach, als er um die Ecke des Gebäudes bog. Es war durchaus möglich, dass Enrico an dem Morgen, als er zu JuraMed gefahren war, einem Mitarbeiter der Sicherheitsfirma begegnet war. Hatten die Beamten wenigstens inzwischen die Leute der Firma befragt, oder war das ein weiteres Versäumnis?

Grübelnd ging Andrina zur Fahrerseite. Es musste nicht unbedingt sein, dass Enrico einem der Wachleute begegnet war.

***

«Ich weiss, ich hätte die Tasche im Auto lassen und euch verständigen sollen», sagte Andrina.

Sie hielt Wagners Blick stand. Häusermann erhob sich und begann auf und ab zu gehen. Heute humpelte er stärker als beim letzten Mal.

«Als mir das in den Sinn kam, sass ich bereits im Auto. Ich

habe den Reissverschluss der Tasche nur so weit aufgemacht, bis ich den Laptop gesehen habe.»

«Ich denke, du warst bereits häufiger im Wagen, und wir hätten so oder so Spuren von dir gefunden», sagte Wagner. «Trotzdem hast du mögliche Spuren vernichtet. Das können wir nun aber nicht ändern. Wir werden den Wagen dennoch unter die Lupe nehmen. Vielleicht haben wir Glück. Mich interessiert zudem, wie du den Schlüssel gefunden hast und auf die Idee gekommen bist, dort nach dem Auto zu schauen.»

«Als ich das letzte Mal mit Marco in dem Büro war, lag der Schlüssel auf dem Tisch.»

«Mit Marco?», fragte Wagner scharf. «Wann?»

Andrina biss sich auf die Lippen. Das hätte sie nicht sagen sollen.

«Du meinst das Büro bei JuraMed?», bohrte Wagner weiter.

«Ja.»

«Was hatte Marco dort zu suchen?»

Als Antwort zuckte sie nur mit den Schultern.

«Lassen wir das. Ich werde ihn später fragen.» Er machte eine kurze Pause. «Dort lag kein Autoschlüssel. Weder ich noch die Leute von der Spurensicherung haben einen gefunden.»

«Er lag neben der Tastatur.» Andrina holte den Schlüssel des Tesla aus ihrer Handtasche und reichte ihn Wagner.

«Das soll ein Autoschlüssel sein?», rief Wagner. Er nahm ihn in die Hand und drehte ihn hin und her. «Ich habe das Ding gesehen und mich gefragt, warum in aller Welt Herr Bianchi ein futuristisches Spielzeugauto auf seinem Schreibtisch hat.»

«Heutzutage sehen Autoschlüssel nicht mehr unbedingt wie Schlüssel aus», sagte Häusermann. Er grinste. «Du gehst nicht mehr mit der Zeit. Oder anders, du wirst alt.»

«Mal ehrlich, Sämi. Hättest du das da als Autoschlüssel angesehen?» Wagner reichte Häusermann den Wagenschlüssel.

«Natürlich», sagte Häusermann betont überzeugt. Sein Grinsen wurde breiter.

«Du kannst mir viel erzählen», schnaubte Wagner. Er drehte eine Runde um den Tisch, an dem Andrina sass. «Wie gut, dass du das Ding schon im Einsatz gesehen hast», wandte er sich an Andrina. «Ein anderer Punkt. Wir waren in der Garage, aber dort waren nur die Vans zur Auslieferung der Medikamente.»

«Es gibt eine Garage auf der anderen Seite des Parkplatzes.» Andrina berichtete von der Einzelgarage. Wagners Haut färbte sich rötlich. Offenbar war es so, wie sie angenommen hatte.

Als Wagner darauf nichts sagte, fuhr sie fort und berichtete von ihren Überlegungen und wie sie den Tesla vorgefunden hatte.

«Er muss von zu Hause zu JuraMed gefahren und dort angekommen sein. Ebenfalls war er im Büro», sagte Häusermann, nachdem sie geendet hatte. «Sonst läge der Schlüssel nicht dort.»

«Er hätte ihn genauso gut in eine Tasche des Kittels stecken können», hielt Wagner dagegen.

«Das hat er sicher nicht getan, weil er den Kittel im Auto gelassen hat. Enrico hat mir erzählt, man soll nie gleichzeitig Handy und Schlüssel im Auto lassen», sagte Andrina.

«Wieso das Handy?», fragte Wagner.

«Wenn er den Schlüssel im Wagen hat, kann er mit dem Handy rein.»

«Wie bitte?»

«Es gibt eine App oder so was Ähnliches. Bitte frage mich nicht nach diesem Computerkram.»

«Apropos Handy», sagte Häusermann. «Ist das in einer Tasche vom Kittel oder in der Aktentasche?» Er bedachte Andrina mit einem ähnlich bohrenden Blick, wie es Wagner bereits getan hatte.

«Ich habe nicht nachgeschaut», erwiderte sie. Lass dich nicht einschüchtern.

Wagner verliess den Raum und kehrte einige Sekunden später mit Latexhandschuhen zurück. Er griff nach dem Kittel. Systematisch durchsuchte er ihn und förderte aus der Innentasche ein Portemonnaie zutage. Als Nächstes legte er die Laptoptasche auf den Tisch und öffnete sie. Hervor kamen neben dem Laptop Block, Stifte und eine durchsichtige Mappe. Was auf den Blättern stand, konnte Andrina nicht erkennen.

«Das scheint das Programm des Workshops zu sein. Und hier ist die Bestätigung der Hotelreservation. Aber kein Handy.» Wagner nahm das Portemonnaie und leerte den Inhalt auf den Tisch: Münzen, eine Hunderter- und zwei Zwanzigernoten. Daneben legte Wagner den Führerausweis, Postcheckkarte, zwei Kreditkarten und die ID.

Wie hypnotisiert starrte Andrina auf das Foto der ID. Enrico hatte sich einbürgern lassen. Vor einem Jahr war sein Gesuch angenommen worden.

«Das scheint die Firmenkreditkarte und das hier die private zu sein», sagte Wagner. «Mehr ist nicht drin.»

Andrina schloss für einen kurzen Moment die Augen. Es war ihr unangenehm und tat weh, wie Wagner Enricos Sachen durchforstete.

Häusermann setzte sich neben Andrina und legte den Kopf in den Nacken. «Lass uns das alles gedanklich sortieren. Geld und Ausweise sind da. Der Schlüssel von dem Wagen ebenfalls. Ein Raubüberfall, oder wie man das in Herrn Bianchis Fall nennen soll, scheint es nicht zu sein. Der Wagen steht in der Garage. Aber warum? Wieso stellt er ihn nicht direkt vor das Gebäude, da er gemäss Andrina nicht geplant hat, den Wagen dort für länger abzustellen. Das macht alles keinen Sinn.» Er zog die Stirn in Falten. «Offenbar hat er JuraMed nicht mehr verlassen, wie wir das bisher angenommen haben. Zumindest nicht mit dem Wagen. Weisst du, was er holen wollte?»

«Er hat nur gesagt, er hätte Unterlagen im Geschäft liegen gelassen, die er für den Workshop brauche.»

«Ich vermute, wir finden diese Unterlagen nicht im Auto. Er muss im Büro gewesen sein, als er verschwand. Sonst läge der Schlüssel nicht dort.»

«Willst du damit sagen, Herr Bianchi hat sich in Luft aufgelöst?», fragte Wagner.

«Nein», erwiderte Häusermann. «Er ist ins Büro gegangen, um die Sachen zu holen. Dabei hat er den Schlüssel auf den Tisch gelegt. Es ist nicht sicher, ob er die Dokumente an sich genommen hat, als was auch immer geschehen ist. Andrina, meinst du, du könntest die Unterlagen eventuell identifizieren, falls sie dort sind?»

«Noch mal, ich weiss nicht, was er holen wollte. Dazu müsst ihr jemanden von JuraMed fragen.»

«Schade. Der nächste Punkt: Er muss eine Veranlassung gehabt haben, sein Büro zu verlassen, aber nicht zum Auto zurückzukehren. Das heisst, die Person muss ihn innerhalb des Gebäudes angetroffen haben. Was wiederum bedeutet, es muss jemand von JuraMed sein. Wie verträgt sich das mit der Alarmanlage? Wer hat Zugriff auf den Code? Soviel ich weiss, Herr Bianchi und die Mitglieder der Geschäftsleitung. Wer war das sonst?» Hilfesuchend schaute er Häusermann an.

«Die Angestellten der Sicherheitsfirma und der firmeninterne Feuerwehrkommandant», kam Andrina ihm zu Hilfe.

«Sonst niemand?»

«Nein.»

«Vergiss nicht», fiel Häusermann ihm ins Wort, «Herr Bianchi muss die Anlage ausgeschaltet haben, bevor er das Gebäude betreten hat. Unser Täter könnte gewusst haben, dass Herr Bianchi am besagten Morgen kommt.»

«Mist», murmelte Wagner. «So ohne Weiteres kommt man da aber nicht rein. Ich meine, man braucht auf jeden Fall einen Badge.» Fragend schaute er Andrina an.

«So ist es.»

«Er könnte genauso gut vor dem Gebäude gewartet und mit Herrn Bianchi das Gebäude betreten haben», sagte Häusermann.

«Wie auch immer es war, ich bleibe dabei», sagte Wagner. «Es muss ein Mitarbeiter von JuraMed gewesen sein. Sonst hätte Herr Bianchi ihn nicht einfach um diese Uhrzeit mit reingenommen. Er war zudem in Eile, und das spricht gegen einen Firmenfremden, weil er keine Zeit für ihn hatte. Hinzu kommt die frühe Zeit am Morgen. Oder hat er dir gesagt, er wäre mit jemandem verabredet, bevor er losfuhr?»

«Nein», antwortete Andrina.

«Auch ohne Fremdperson weitet das die Möglichkeit unserer Verdächtigen aus. Wie viele Mitarbeiter hat das Unternehmen?»

«Circa zweihundert», erwiderte Andrina.

Wagner stöhnte auf.

***

Andrina stellte eine Karaffe mit Wasser und zwei Gläsern auf den Terrassentisch. Sie setzte sich Susanna gegenüber und goss Wasser in die Gläser.

«Warum möchtest du nicht mehr bei uns sein?», fragte Susanna und trank einen Schluck.

Nach der Vernehmung durch Wagner und Häusermann war Andrina zum Verlag gefahren, hatte aber am Nachmittag früh Schluss gemacht, da sie sich nicht konzentrieren konnte. Als Andrina nach Hause gekommen war, hatte sie Susanna in ihrem Wagen wartend vor dem Haus angetroffen.

«Ihr habt genug um die Ohren. Ich würde euch nur im Weg stehen», antwortete Andrina.

«Das tust du nicht, wenn du bei uns wohnst.»

«Früher oder später werde ich alleine wohnen müssen, sofern ihr Enrico nicht findet.»

«In einer solchen Situation ist Alleinsein nicht unbedingt gut.»

Andrina schwieg einen Augenblick, bevor sie sagte: «Irgendwann werde ich so oder so alleine leben müssen und kann nicht immer einen Babysitter in Anspruch nehmen.»

Susanna beugte sich vor und griff nach Andrinas Hand. «Ich weiss, dass du weisst, wie minim die Chancen inzwischen sind, dass wir Herrn Bianchi lebend finden. Trotzdem sollten wir die Hoffnung nicht aufgeben.»

Andrina senkte den Kopf und schwieg.

«Aus diesem Grund solltest du nicht alleine sein.»

«Aus welchem Grund bist du wirklich hier? Haben die Untersuchungen neue Erkenntnisse ergeben?», fragte Andrina.

Susanna liess mit der Antwort auf sich warten. Als Andrina den Kopf hob, bemerkte sie, wie Susanna sie musterte. Sie fragte sich, was der Blick bedeuten sollte. Ob Susanna einfach mit dem Versuch, das Thema zu wechseln, nicht froh war, oder ob es eine Neuigkeit gab, die sie Andrina lieber nicht mitteilen wollte.

«Fangen wir beim Auto an», sagte sie endlich. «In dem Koffer waren nur Kleider und sein Necessaire. Schau dir bitte die Sachen an, ob etwas fehlt.»

«Ich weiss nicht, was er alles gepackt hat.»

«Ausserdem sind wir dabei, die Mitarbeiter von JuraMed zu befragen. Da wir jedem einzeln Fragen stellen, dauert das. Die Personen, mit denen wir bisher gesprochen haben, konnten uns nichts sagen. Der Einzige, der Auskunft geben konnte, war der Wachmann, der in dieser Nacht Dienst hatte. Herr Bianchi habe ihn angerufen und ihn wissen lassen, er käme gleich.»

«Hat der Mann Enrico gesehen?»

«Ja. Sie sind sich kurz vor sechs Uhr auf dem Parkplatz begegnet und haben einige Worte gewechselt.» Susanna machte eine Pause und wirkte, als würde sie nachdenken.

«Das heisst, er ist nicht bei Enrico geblieben?»

«Dazu gab es keine Veranlassung. Er hat seine Runde fertig gedreht und ist gegangen.»

«Und danach?»

«Das wissen wir nicht.»

«Könnte der Wachmann …» Andrina sprach ihren Gedanken nicht zu Ende.

«Sämi hat ihm ordentlich auf den Zahn gefühlt. Er ist bis jetzt der Letzte, der Herrn Bianchi gesehen hat. Das muss nicht automatisch heissen, dass er derjenige ist, der deinen Freund entführt hat. Um ehrlich zu sein, glaube ich es nicht. Er war aufgelöst und macht sich Vorwürfe. Zudem hat er Angst um seinen Job. Er ist Mitte fünfzig und hat die Arbeit bei der Sicherheitsfirma vor einem halben Jahr angenommen, als er nach seiner Entlassung vor zwei Jahren nichts mehr fand.»

«Was hat er früher gemacht?»

«Er war bei einer Bank tätig, die im Zuge von Personaleinsparungen Leute auf die Strasse gestellt hat. Ab fünfzig ist es extrem schwer, eine neue Stelle zu finden, wie du weisst.»

Schweigen stellte sich ein, das Andrina als unangenehm empfand.

«Wisst ihr Neues zu Köbi und Aurélie?», fragte sie daher.

«Hier sind wir keinen Schritt weiter. Es ist zum Verzweifeln. Das entscheidende Puzzleteil fehlt. Ich bin überzeugt, wenn wir den Grund für Herrn Steiners Abtauchen haben, kennen wir den Mörder von Aurélie Dubois und den Verantwortlichen für Herrn Bianchis Verschwinden. Es tut mir leid, dass wir nicht vom Fleck kommen. Es ist bei anderen Fällen vorgekommen, keinen Schritt weiterzukommen, und unerwartet kam das Glück zur Hilfe, das entscheidende Puzzleteil. Darauf hoffe ich, obwohl ich es für immer unwahrscheinlicher halte, je länger es dauert.»

«Ich weiss, ihr tut euer Bestes», sagte Andrina. Oder nicht, dachte sie und schämte sich gleich dafür.

«Ich muss los», sagte Susanna. «Möchtest du wirklich alleine bleiben?»

«Ja», sagte Andrina, obwohl sie sich inzwischen nicht mehr sicher war.

Sie begleitete Susanna aus dem Garten. In der Einfahrt blieb sie vor dem Briefkasten stehen.

«Ich melde mich morgen oder sobald ich Neues weiss.»

«Danke», sagte Andrina und schloss den Briefkasten auf. Zuoberst auf den Briefen lag ein unbeschriftetes Couvert. Andrina starrte es an.

«Was ist?», fragte Susanna.

In Zeitlupentempo hob Andrina die Hand und holte es heraus. «Nicht», rief Susanna. Bevor sie es Andrina aus der Hand nehmen konnte, hatte diese es geöffnet und ein Foto herausgeholt. Ein Kreuz war darauf abgebildet. Es war das gleiche, das Andrina bereits einmal erhalten hatte. Die Aufnahme ähnelte der ersten. Das Kreuz lehnte an einer grauen Wand. Nur war dieses Mal beim Todesdatum vor der Jahreszahl der Monat hinzugefügt worden: September.

***

«Das bedeutet, dass Herr Bianchi lebt», sagte Susanna.

«Tut es nicht», erwiderte Wagner.

Zum zweiten Mal sass Andrina an diesem Tag in diesem Raum im Polizeikommando. Allerdings war es nun früher Abend.

«Wenn er tot wäre, hätte der Typ es mit dem entsprechenden Datum angeschrieben», sagte Susanna.

«Das ist durchaus möglich, aber genauso gut kann Herr Bianchi bereits tot sein und der Täter mit uns spielen», erwiderte Wagner. «Ich weiss nicht, was für ein makabres Spiel er treibt. Warum schickt der Entführer ausserdem ein weiteres Foto, anstatt Lösegeldforderungen zu stellen?»

«Uns rennt die Zeit davon.» Susanna stand auf und lief im Zimmer auf und ab.

Wagner stützte seine Ellbogen auf den Tisch und presste den Kopf in die Hände. Er rieb sich über das Gesicht. «Wir haben keinen Anhaltspunkt, wo die Aufnahme gemacht wurde. Die Techniker denken, es könnte sich um einen Keller handeln. Ihre Vermutungen basieren auf den Flecken hier, die Feuchtigkeit sein könnten. Sicher ist es nicht. Es kann genauso irgendein Lagerraum sein. In JuraMed gibt es keinen Raum, der passen könnte. Ich muss zugeben, es hätte mich gewundert, wenn es so einfach gewesen wäre. Schimmelflecken an den Wänden passen nicht zu dem Pharmaunternehmen.»

«Die beiden Fotos müssen aus der gleichen Perspektive aufgenommen worden sein», mischte sich Häusermann ein. Er war kurz nach Wagner eingetroffen, den Susanna zuerst angerufen hatte.

Andrina sass kerzengerade neben Häusermann. Ihr war eiskalt, und sie hatte das Gefühl, alles um sich herum wie durch eine Watteschicht wahrzunehmen. Susanna hatte sie zu einem Arzt bringen wollen, da sie unter Schock stand. Davon hatte sie nichts wissen wollen.

«Was machen die Befragungen der Mitarbeiter?», wollte Susanna wissen.

«Wir kommen nicht weiter. Keiner ausser dem Wachmann hat Herrn Bianchi an dem fraglichen Morgen gesehen. Oder besser, keiner gibt es zu. Motive kann ich ebenfalls keine ausmachen. Herr Bianchi war so beliebt wie sein Vorgänger. Die Mitarbeiter schätzen ihn. Das Arbeitsklima bei JuraMed ist angenehm. Die Mitarbeiter würden als Menschen behandelt, was in der heutigen Zeit nicht selbstverständlich sei.»

«Wir müssen weiter gehen», sagte Wagner. «Das heisst, wir müssen den Täter im Umfeld von JuraMed suchen. Kunden, Lieferanten und so weiter.»

«Weisst du, wie viele Leute das sind?», rief Häusermann.

«Vielleicht hat Max recht und es ist keiner, der mit JuraMed zu tun hat», sagte Andrina leise. Es war das erste Mal, dass sie seit dem Eintreffen der beiden Männer etwas sagte. «JuraMed könnte als Ablenkung dienen.»

«Wie meinst du das?»

«Habt ihr Sergio Moretti vergessen?» Sie hasste sich dafür, das sagen zu müssen. Obwohl sie ihn nach gestern Abend gerne von dem Verdacht freigesprochen hätte, konnte sie das jetzt nicht. Nicht nach dem Auftauchen des zweiten Fotos. Wieder sah sie ihn vor sich auf der Terrasse sitzen. Seine Besorgnis schien echt gewesen zu sein, aber genau wusste sie es rückblickend nicht. Sie hatte ihn mehr als einmal in Verdacht gehabt, er könne gut manipulieren. Seine Ambitionen, ihr helfen zu wollen, konnten anders gedeutet werden. Er konnte genauso gut in Erfahrung bringen wollen, wie der Stand der Ermittlungen war, um so seine nächsten Schritte zu planen. Das war aufgegangen, da Andrina ihm von allem berichtet hatte.

Für diese Möglichkeit sprach darüber hinaus, dass sie seit gestern nichts mehr von ihm gehört hatte. Er hatte ihr versprochen, sich regelmässig zu melden, was er nicht getan hatte. Im Laufe des Tages hatte sie einige Male versucht, ihn zu erreichen. Jedes Mal war die Combox angesprungen. Das hiess, er hatte sein Handy ausgeschaltet. Bis jetzt hatte sie sich nichts dabei gedacht. Aber aus dem neuen Blickwinkel betrachtet lag der Grund auf der Hand. Ein ausgeschaltetes Handy konnte man nicht orten und somit nicht herausfinden, wo er sich gerade aufhielt.

Obwohl er sich in der Gegend nicht auskannte und kein Deutsch konnte, musste ihn das nicht davon abhalten, Enrico etwas anzutun. Den Ort, an dem das Foto entstanden war, konnte er durch Zufall entdeckt haben.

Moretti musste nur das Haus beobachten und, nachdem sie weggefahren war, das Foto im Briefkasten deponieren. Sie erinnerte sich, sich von ihm verfolgt gefühlt zu haben. Immer wieder hatte er für sie unerwartet vor ihr gestanden. Sie verwünschte sich, weil ihr Bauchgefühl auf ihn hereingefallen war.

«Woher sollte Moretti wissen, wann Herr Bianchi bei Jura-Med ist und wann nicht?», fragte Wagner.

«Ich habe Enrico Herrn Morettis Telefonnummer gegeben. Keiner weiss, was die beiden am Telefon miteinander besprochen haben.»

«Gut, knöpfen wir ihn uns noch einmal vor, obwohl ich das Gefühl habe, das wird nichts bringen.» Wagner wischte sich erneut über die Stirn. «Weisst du, wo er ist? Soviel ich weiss, wohnt er nicht mehr im Hotel.»

Das war ihr neu. Andrina schüttelte den Kopf.

«Er könnte abgereist und zurück in Italien sein», warf Häusermann ein.

«Falls das so ist, ist er nicht unser Mann. Wir müssen beim Hotel fragen, ob er Angaben gemacht hat, wo er hingefahren ist.» Wagner nickte Susanna zu, die sich eine Notiz machte.

«Gestern habe ich mit ihm gesprochen», sagte Andrina. Das Gefühl der Ohnmacht nahm zu. Sie kam sich verraten vor.

«Wann?», fragte Wagner.

«Am Abend zu Hause. Da hat er nicht erwähnt, nach Hause fahren zu wollen.» Im Gegenteil, er hatte bei ihr bleiben wollen.

«Bist du von allen guten Geistern verlassen?» Wagner schnaubte. «Hat er gesagt, wohin er wollte, als er ging?»

«Er sagte, er würde ins Hotel zurückkehren.»

«Weisst du, ob Enrico und er Kontakt hatten, bevor Moretti in die Schweiz kam?»

Die Frage hatte sie bereits einige Male beantwortet. «Enrico sagte Nein», konnte sie auch dieses Mal nur sagen.

«Sämi, wie weit sind die Techniker mit dem Laptop?», fragte Susanna. «Dort muss ein Hinweis zu finden sein. Eine E-Mail oder so.»

«Auf dem Laptop haben sie bisher nichts gefunden», antwortete Häusermann. «Es gibt keinen Hinweis auf Kontakt zwischen Moretti und Herrn Bianchi. Genauso wenig haben sie etwas, was auf den ersten Blick mit Herrn Bianchis Verschwinden in Verbindung gebracht werden kann.»

«Was ist mit dem Handy?», fragte Susanna weiter.

«Das ist und bleibt verschwunden.»

«Befangenheit hin, Befangenheit her, wir brauchen Marco.» Wagner klang entschlossen.

«Nein», sagte Andrina.

«Er hat spezielle Gehirnwindungen, die uns in der Vergangenheit oft weitergeholfen haben. Falls Susannas These stimmt und Herr Bianchi lebt, rennt uns die Zeit davon», sagte Wagner.

«Marco könnte selber damit ...» Andrina stockte, als sie Wagners Gesichtsausdruck sah.

«Was wolltest du sagen?»

Sie schwieg.

«Du glaubst allen Ernstes, Marco könne ...» Wagner brach ab. «Wie kannst du so was denken?»

«Unvoreingenommen betrachtet könnte es Sinn machen», sagte Susanna gedehnt.

«So einen Blödsinn habe ich lange nicht mehr gehört», donnerte Wagner. «Marco ist einer von uns.»

«Du kannst nicht leugnen, dass er einen Grund hat, Herrn Bianchi eine Lektion zu erteilen.» Susannas Blick war auf Andrina gerichtet. Deutlich konnte sie sehen, wie es in ihrem Kopf arbeitete. Genauso deutlich war, dass sie diese Möglichkeit bisher nicht in Betracht gezogen hatten.

«Nein», sagte Wagner mit Nachdruck. «Bevor ich Marco in den Kreis der Verdächtigen aufnehme, nehme ich lieber diesen Süditaliener ein weiteres Mal unter die Lupe.»

«Dazu müssen wir ihn zuerst finden», sagte Häusermann.

***

«*Ciao*, Andrina.» Moretti kam um die Hausecke herum. In seiner rechten Hand schwang eine Reisetasche hin und her. Andrina erstarrte. Spielte ihr das schwindende Licht in der Dämmerung einen Streich? Sie stellte die Giesskanne ab, mit der sie die Kübelpflanzen auf der Terrasse goss. Die Beine gaben nach, und sie sank auf einen Terrassenstuhl.

«Ich habe über gestern nachgedacht. Mir ist nach wie vor nicht wohl bei dem Gedanken, dich alleine zu wissen.» Er blieb stehen. «Was ist passiert? Du siehst wie ein Gespenst aus.»

Andrina schoss vom Terrassenstuhl hoch und sprang auf ihn zu. Mit beiden Fäusten trommelte sie gegen Morettis Brust. «Du mieses Schwein. Was hast du getan?»

«Ich? Nichts.» Moretti bekam Andrinas Hände zu fassen.

«Wo warst du?»

«Ich war in Zürich.»

«Ich habe mehrmals versucht, dich anzurufen.»

«Der Akku war leer.»

«Lüge! Was hast du mit ihm gemacht? Wo ist er?»

«Wer?»

«Enrico.»

«Ich dachte, du würdest mir endlich glauben. Ich habe nichts mit seinem Verschwinden zu tun.»

«Lügner!»
«Bitte sag, was ist passiert?»
«Das weisst du am besten.»
«Ich denke, es ist besser, wenn ich gehe.»
«Ja, zur Polizei!»
«Vergiss es. Bei dir wohnen zu wollen, um auf dich aufzupassen, war keine gute Idee, zumal du mir noch immer nicht glaubst. Ich dachte, gestern hätten wir das geklärt. Ich wollte dir helfen. Dir Sicherheit geben. Mit so viel Misstrauen geht das nicht.»

Moretti liess Andrinas Hände los und machte auf dem Absatz kehrt.

Andrina eilte ins Haus und schlug die Tür zu. Sie hastete zum Telefon und rief Susanna an.

«Es ist auf jeden Fall besser, wenn du zu uns kommst», sagte Susanna. «Auch wenn Moretti die Wahrheit zu sagen scheint.»

Sie liess sich auf dem Sofa neben Häusermann nieder.

Keine zehn Minuten nachdem Andrina Susanna angerufen hatte, war sie mit Häusermann vor der Tür gestanden. Inzwischen war es dunkel geworden. Detailliert hatte Andrina erzählen müssen, wie Moretti plötzlich auf der Terrasse aufgetaucht war und was er gesagt hatte. Kurz war ihr Bericht unterbrochen worden, als Wagner angerufen hatte.

Susanna fasste zusammen, was Wagner ihr am Telefon erzählt hatte. Moretti hatte sich selbst gemeldet und sie wissen lassen, in welchem Hotel er nun wohnte. Ausserdem hatte er Wagners Aufforderung Folge geleistet und war sofort ins Polizeikommando gekommen. Die Geschichte mit dem Besuch in Zürich schien zu stimmen. Er hatte genau berichtet, was er in Zürich gemacht hatte und ihnen die Quittungen der Restaurants ausgehändigt, in denen er gegessen beziehungsweise einen Espresso getrunken hatte.

Von den Restaurants in Zürich fehlte allerdings noch die definitive Bestätigung.

«Wenn das stimmt, könnte er nichts mit allem zu tun haben», hatte Wagner abschliessend gesagt. «Wir sollten jedoch weiterhin vorsichtig sein. Es entlastet ihn nicht. Herr Bianchi kann überall sein, das heisst auch in der Umgebung von Zürich.»

Die Fahndung nach Enrico beschränkte sich nicht mehr nur auf den Aargau und Sankt Gallen, sondern lief schweizweit, wie Andrina inzwischen erfahren hatte.

«Die Verdachtsmomente gegen Herrn Moretti reichen nach wie vor nicht aus, um ihn festzunehmen», sagte Susanna. «Er läuft weiter frei herum. Falls er es nicht ist, gilt das für den wahren Mörder ebenfalls. Wir nehmen Andrina mit zu uns.» Susannas entschlossener Miene konnte Andrina entnehmen, dass sie nichts von dieser Entscheidung abbringen konnte.

«Du glaubst dem Alibi nicht und meinst, Herr Moretti hat es geschickt inszeniert?», fragte Häusermann.

«Zuzutrauen wäre es ihm. Wir hätten Andrina nie alleine lassen und bei ihr sein sollen, als er kam», sagte Susanna.

«Das konnten wir nicht voraussehen. Moretti hätte sich genauso gut von Andrina fernhalten können. Er wusste, wir behalten sie im Auge.»

«Ein Wunder, dass sie lebt», sagte Susanna.

«Na, das klingt in meinen Augen übertrieben», erwiderte Häusermann.

«Sämi! Er wird einen Komplizen haben. Alleine kann man so was nicht durchziehen.»

«Moretti ist Italiener, und was ist sein Motiv? Wie soll das zusammenpassen?»

«Denk an den tödlichen Unfall seines Zwillingsbruders.»

Häusermann blieb skeptisch. «Was ist mit Aurélie Dubois und Köbi Steiner? Wie passen die beiden da rein? Bis jetzt gibt es keine Anzeichen, Moretti könne sie gekannt haben.»

Susanna hob die Hände und drehte die Handinnenflächen nach oben.

VIERZEHN

Andrina hatte das Gefühl, kein Auge zugemacht zu haben. Nach einer durchwachten Nacht, in der sie sich hin- und hergewälzt hatte, sass sie in der Küche und trank einen Kräutertee. Zudem hatte sie sich ein Müesli gemacht, in das sie frische Beeren gemischt hatte. Sie war sich bewusst, essen zu müssen.

Mechanisch schob sie einen Löffel in den Mund, kaute und würgte es hinunter. Dabei meinte sie, das Essen bliebe ihr im wörtlichen Sinne im Hals stecken. Sogar ein Schluck Tee half nicht. Andrina wiederholte die Prozedur einige Male, bevor sie die erst um die Hälfte geleerte Schale von sich schob. Sie warf einen Blick auf die Uhr. Kurz vor acht. Von oben hörte sie das Rauschen des Wassers. Susanna duschte. Gestern hatte Andrina sich überreden lassen und war mit zu Susanna und Häusermann gefahren. Häusermann war bereits unterwegs ins Polizeikommando.

Andrina musterte ihr Handy, das neben der Müeslischale auf dem Tisch lag. Sie hatte vor wenigen Minuten mit Elisabeth gesprochen und sie gefragt, ob sie heute freinehmen dürfe.

«Ich weiss, es ist sehr kurzfristig», hatte Andrina gesagt.

«Das ist kein Problem. Jeder kann dich verstehen. Spar dir deine Kräfte für Wichtigeres», war Elisabeths Antwort gewesen.

Dankbar hatte Andrina sich verabschiedet.

Sie dachte an das Gedankenkarussell der vergangenen Nacht. Die Ermittlungen drehten sich wie ihre Gedanken im Kreis. Das musste sich ändern. Andrina stand auf und räumte das Geschirr weg. Sie konnte nicht weiter tatenlos herumsitzen. Sie fragte sich, was sie tun sollte, und beschloss, zu JuraMed zu fahren und sich umzuschauen. Andrina nahm ihr Handy und rief Hartmann an.

Der Finanzchef nahm sofort ab. «Meinst du nicht, es wäre besser, das der Polizei zu überlassen?», war seine ausweichende Antwort. «Die geht hier sowieso täglich ein und aus, was die Leute zunehmend verunsichert. Ich habe das Gefühl, sie haben das Blatt jedes einzelnen Dossiers unter die Lupe genommen.»

«Ich muss etwas tun.»

«Das verstehe ich. Bedenke aber bitte, wenn du als Enricos Frau, na ja, Partnerin, Fragen stellst oder dich umschaust, könnte das bei den Mitarbeitern nicht gut ankommen.»

Andrina liess sich nicht beirren, und sie verabredeten sich in einer halben Stunde vor dem Gebäude.

Als Andrina aus der Küche trat, musste sie Susanna ausweichen.

«Wo willst du hin?»

«Ich muss hier raus.» Andrina hob die Hand, als Susanna zu einer Erwiderung ansetzte. «Ich fahre nur zu JuraMed. Herr Hartmann hat mich gefragt, ob ich vorbeikommen wolle.»

Susanna runzelte die Stirn. Andrina hoffte, sie durchschaute ihre Lüge nicht.

«Er wird auf mich aufpassen», sagte Andrina betont lässig. Susanna war anzusehen, dass ihr das nicht gefiel.

Sie hakte nicht weiter nach und liess Andrina gehen, wofür diese dankbar war.

Hartmann und Siebert erwarteten sie bereits auf dem Parkplatz.

«Ich bin mir nicht sicher, ob das gut ist», wiederholte Hartmann seine Bedenken.

«Ich möchte nicht mit den Leuten reden, sondern mich in erster Linie umschauen. Vielleicht fällt mir als Aussenstehender ein Hinweis auf, den ihr nicht realisiert.»

«Meinst du nicht, das ist die Aufgabe der Polizei? Die war, wie gesagt, mehrmals da und hat gefühlt jedes Staubkorn genau unter die Lupe genommen. Bisher hatte ich das Gefühl, sie machten ihren Job gut.» Er hob die Hand, als Andrina etwas erwidern wollte. «Ich weiss, sie haben ihn nicht gefunden beziehungsweise herausgefunden, wer der Täter sein und wie das Motiv aussehen könnte.»

«Den Autoschlüssel habe ich als Einzige bemerkt.»

«Lass es sie versuchen. Hilft es nicht, schadet es nicht», sagte Siebert.

Siebert und Hartmann führten Andrina ins Gebäude. Die junge Frau am Empfang schaute auf und nickte Andrina flüchtig zu.

«Wer könnte davon profitieren, wenn Enrico nicht mehr lebt?», fragte Andrina, als sie die Treppen hochstiegen.

Als sie sich in der vergangenen Nacht schlaflos hin- und hergewälzt hatte, hatte sie sich gefragt, ob Enrico einem Mitarbeiter – zum Beispiel aus der Geschäftsleitung – in Aussicht gestellt hatte, Teilhaber zu werden oder gar das gesamte Pharmaunternehmen übernehmen zu können. Zwar hatte er ihr davon nichts gesagt, und sie hatte nicht das Gefühl, er wolle sich zurückziehen. Trotzdem hatte sich diese Überlegung hartnäckig in ihrem Hinterkopf eingenistet. Allerdings sprach Enricos Alter dagegen. Gedanken, was mit JuraMed geschehen sollte, wenn er sich zur Ruhe setzte, waren kein Thema. Trotzdem musste das rechtzeitig in die Wege geleitet werden. Da Enrico alleinstehend war und keine Familie hatte, die erben konnte, war eine Teilhaberschaft eine Lösung, die er ins Auge gefasst haben könnte. Nun hatten sich die Vorzeichen geändert. Andrina und Enrico waren zusammengezogen und erwarteten ein Kind.

Das Testament war vor drei Wochen verfasst worden, musste sie einräumen. Zu diesem Zeitpunkt wussten sie noch nichts von einem Kind. Inzwischen hatte sie mit dem Notar gesprochen. Eine zufriedenstellende Antwort, warum Enrico sie im Testament bedacht hatte, hatte er ihr nicht geben können oder geben wollen. Das sei nicht das Thema gewesen, hatte er ausweichend erklärt. Zu gerne hätte sie Enrico gefragt, warum er ihr das Unternehmen vererben wollte. Eine Antwort würde sie vermutlich nie bekommen.

Hatte Enrico die Geschäftsleitungsmitglieder über seine geänderten Absichten informiert?

Andrina schluckte die Übelkeit hinunter, die ihre Speiseröhre hochkroch. So wie sie Enrico einschätzte, hatte er die Geschäftsleitungsmitglieder über die geänderten Pläne und das Testament in Kenntnis gesetzt, denn er hatte es gerne gehabt, wenn alles klar geregelt war. Auf Begeisterung würde die Änderung von Enricos Plänen in so einem Fall nicht stossen.

Andrina war sich unsicher, wie sie vorgehen und herausfinden sollte, ob Enricos Testament bei JuraMed bekannt war.

«Wie meinst du das mit ‹Wer könnte profitieren›?», stellte Hartmann die Rückfrage und führte Andrina zu Enricos Büro, nachdem sie im ersten Stock angekommen waren.

«Wer erbt die Firma?», machte Andrina einen direkten Vorstoss.

Siebert und Hartmann schauten sich an. «Gute Frage. Seine Familie, denke ich.»

«Seine Eltern sind tot. Für mich ist es eindeutig. Du», sagte Siebert und erschreckte Andrina damit zu Tode. Enrico hatte sie informiert.

«Ich?», krächzte sie.

«Das wäre in meinen Augen naheliegend. Wem sollte er die Firma sonst vererben?»

«Gibt es überhaupt ein Testament?», fragte Hartmann.

Andrinas Blick wechselte zwischen den Männern hin und her. Stellte Hartmann sich ahnungslos, oder wusste er nichts davon?

Siebert zuckte mit den Schultern. Andrina gelang es, einen nichtssagenden Gesichtsausdruck aufzusetzen, als die beiden in ihrem Gesicht forschten. Eine Gänsehaut bildete sich auf ihrem Rücken.

«Enrico hat mit mir über so was nie gesprochen», sagte Andrina und war froh, nicht lügen zu müssen. Sie verfluchte sich, das Thema so plump angeschnitten zu haben.

Die Tatsache, womöglich in Gefahr zu schweben, wurde greifbarer.

Nach wie vor waren die Blicke der beiden Männer auf sie gerichtet. Andrina las Verwirrung in ihnen.

Sie zwang ihre Gedanken zurück und fragte sich, ob ihre Phantasie mit ihr durchging. Hatte Enricos Verschwinden überhaupt mit JuraMed zu tun? Zwar war er von hier verschwunden, aber der Grund dafür konnte ein anderer sein.

Ihre Gedanken drifteten zu Moretti. Sie sah ihn vor sich, wie er mit der Tasche um die Hausecke in den Garten gebogen war. Susanna hatte bisher nichts davon gesagt, ob seine Angaben von den Restaurants bestätigt worden waren. Andrina nahm sich vor, Susanna zu fragen, wenn sie sie wieder sah.

Das Klingeln von Hartmanns Handy riss sie aus den Gedanken.

«Was?», fragte Hartmann. «Ach je, das habe ich vergessen.» Er beendete das Gespräch. «Die Sitzung mit dem Buchprüfer.»

«Wurde die nicht wegen Enricos Verschwinden verschoben?», fragte Siebert.

«Es war so geplant, aber sie wollten davon nichts wissen und meinten, wir könnten das genauso gut.» Er blickte Andrina an. «Tut mir leid. Du kennst dich ja aus.»

«Kein Problem. Ich verspreche, die Mitarbeiter nicht mit Fragen zu belästigen.»

Andrina blickte den Männern nach und schloss die Tür, als sie aus ihrem Blickfeld verschwunden waren. Wen hätte Enrico ins Auge gefasst, falls es sein ursprünglicher Plan gewesen war, eine Teilhaberschaft oder einen Nachfolger anzustreben? Im Kopf ging sie die Personen durch, die ihr als Mitglieder der Geschäftsleitung vorgestellt worden waren. Wenn das alle waren, waren bis auf Hartmann alle Geschäftsleitungsmitglieder älter als er. Hatte Enrico eine externe Lösung ins Auge gefasst, und wussten die Geschäftsleitungsmitglieder davon? Das Karussell in ihrem Kopf begann sich schneller zu drehen. Andrina setzte sich auf den Schreibtischstuhl und überlegte, wie sie weiter vorgehen sollte.

Andrina schloss das Garagentor. Lange hatte sie es nicht bei JuraMed ausgehalten, nachdem Hartmann und Siebert sie alleine gelassen hatten. Nach und nach war sie überzeugt gewesen, wie sinnlos es war, bei JuraMed nach neuen Hinweisen zu suchen. Inzwischen war es später Vormittag. Obwohl sie sich am Morgen bei Elisabeth abgemeldet hatte, hatte Andrina überlegt, in den Verlag zu fahren. Schnell war sie von dem Plan abgekommen. Alle Kraft, die ihr verblieben war, war verpufft. Sie wollte alleine sein.

Sie hatte beschlossen, erst zu Hause nach dem Rechten zu sehen, bevor sie zu Susanna fuhr. Einen Augenblick stand sie in der Einfahrt und liess ihren Blick über das Haus und den Garten schweifen. Das Haus strahlte bereits Verlassenheit aus. Eines stand fest, sie würde hier nicht alleine wohnen können. Es würde ihr vor Augen führen, was sie verloren hatte. Falls Enrico für tot erklärt wurde, nahm sie sich vor, das Geld zu spenden. Ausserdem würde sie aus Aarau wegziehen oder sogar auswandern. Es hielt sie nichts mehr hier.

Andrina ging zum Briefkasten. Sie nahm die Zeitung und die Briefe heraus und schlurfte zum Haus. Als sie alles auf den Wohnzimmertisch legte, rutschte ein Couvert aus dem Stapel und fiel auf den Boden. Wie versteinert starrte Andrina es an. Erst nach einer für sie erscheinenden Ewigkeit konnte sie sich bücken und es aufheben. Das Couvert war wie die beiden anderen unbeschriftet. Zum Vorschein kam ein Foto mit einem Kreuz. Dieses Mal gab es einen Unterschied. Es lehnte an einem Baumstamm. Das Datum war um den Tag ergänzt. Heute. Andrina schrie auf und taumelte zurück. Mit der Hand tastete sie nach dem Stuhl und liess sich darauffallen.

Enrico hatte die ganze Zeit gelebt. Jetzt war die Zeit um. Abgelaufen. Vertan. Auf dem Kreuz stand Enricos Todesdatum.

Ein Zittern durchlief ihren Körper. Sie zwang sich, die Augen zu öffnen und auf das Bild zu schauen. Das Kreuz lehnte an dem Baum. Es war nicht in die Erde gesteckt. Vielleicht gab es eine Chance. Konzentriere dich. Das Kreuz war nicht bildausfüllend. Rechts und links konnte Andrina Bäume erkennen. Die Aufnahme musste in einem Wald gemacht worden sein.

Sie setzte sich wie elektrisiert auf und starrte den Baum an, an dem das Kreuz lehnte. Dort war sie schon mal gewesen. Andrina blinzelte. War das so, oder sah es nur ähnlich aus? Es konnte täuschen. Sie beugte sich vor. Die Zweifel verflüchtigten sich. Es musste dort sein.

Als sie mit Feller zusammen gewesen war, hatten ihre Nachbarn sie einmal gefragt, ob sie Lust hätten, mit zum Pilzesammeln zu kommen. Es sei ein reiches Pilzjahr, und die Qualität sei gut. Das solle man sich nicht entgehen lassen. Sie waren mitgegangen, da sie ebenfalls Pilze gernhatten, sich aber nie zugetraut hatten, selbst sammeln zu gehen.

Andrina sah deutlich vor sich, wie sie durch den Wald gestreift waren. Ihr Pilzkorb hatte sich schnell gefüllt. Als sie beschlossen hatten, es sei genug, waren sie zu dieser Stelle gekommen. Es hatte viele Eierschwämme gehabt, und ihr Korb war bald übergequollen. Zum Glück hatte ihr Nachbar eine Stofftasche als Reserve mitgenommen. In der Mitte der kleinen Lichtung hatte genau dieser Baum gestanden. Er bestand eigentlich aus drei Stämmen, die ineinander verdreht waren. Andrina war mit den Fingern über die Rinde gefahren. Sie hatte mehrere Fotos davon gemacht, fasziniert, so einen aussergewöhnlichen Baum ausgerechnet im Aarauer Stadtwald anzutreffen.

Würde sie die Stelle wiederfinden? Sie musste. Andrina sprang auf, hielt aber mitten in der Bewegung inne und nahm ihr Handy, das sie neben die Briefe gelegt hatte. Sie wählte Susannas Nummer. Nach dem ersten Klingelzeichen schaltete sich die Combox ein. Sie suchte Wagners Nummer. Ebenfalls die Combox. Das Gleiche bei Häusermann. Das durfte nicht wahr sein. Andrina trommelte mit den Fingerspitzen auf den Tisch. Am Morgen hatte Susanna eine Sitzung erwähnt. Entgegen jeglicher Vernunft versuchte sie es bei Feller.

«Der Teilnehmer ist zurzeit nicht zu erreichen, bitte hinterlassen Sie …»

Andrina unterbrach die Verbindung.

Ihr Blick wanderte zu dem Foto. Warum hatten alle ihr Handy abgeschaltet? Wegen einer Sitzung? Sie versuchte es nochmals bei Susanna. Ohne Erfolg. Sie konnte nicht warten, bis sie erreichbar war. Andrina stand auf, setzte sich aber erneut. Sie machte ein Foto von dem Bild.

«Das kam heute mit der Post», tippte sie hastig. «Ich weiss, wo das ist. Ich war mal mit Marco dort. Frage ihn. Es ist da, wo es die vielen Eierschwämme hatte.»

Sie drückte auf Senden.

Marco kennt den Ort, schoss es ihr durch den Kopf, und sie versuchte, den Sendevorgang zu unterbrechen. WhatsApp war schneller. Rasch tippte sie eine neue Nachricht: «Achtung, wenn er die Stelle kennt, kann er der Mörder sein!»

Sie wartete nicht ab, bis die Nachricht übermittelt war, und stürzte aus dem Haus.

Andrina stolperte und konnte sich gerade noch auffangen. Sie blieb stehen und blickte auf die Uhr. Sie war fünf bis zehn Minuten unterwegs. Ihre Beine zitterten, und sie war froh, die Walkingstöcke mitgenommen zu haben. Zwar waren die Waldwege in den letzten Monaten immer besser zu bewältigen gewesen, aber heute schränkten die Aufregung und die Angst die Funktionstüchtigkeit ihres Gleichgewichtssinnes erheblich ein.

Marco, dachte sie. Es machte Sinn, dass er gerade diesen Ort gewählt hatte, und grenzte gleichzeitig an Hohn, weil er ihr das Foto in den Briefkasten gelegt hatte. Würde er annehmen, sie erkenne die Stelle wieder? War es am Ende eine Falle?

Nicht darüber nachdenken, befahl sie sich. Susanna weiss, wo du bist. Sie würde alles daransetzen, diese Information aus Feller herauszubekommen. Vielleicht war sie sogar gerade dabei. Diese Sitzung konnte schliesslich nicht ewig dauern. Was war aber, wenn es ihr nicht gelang? In dem Fall war es umso wichtiger, die Stelle zu finden. Ein neuer erschreckender

Gedanke blitzte auf. Feller musste nicht im Polizeikommando sein, sondern könnte ihr folgen.

Andrina drehte sich im Laufen um und stolperte erneut. Knapp konnte sie einen Sturz vermeiden. Sie blieb stehen und keuchte. Egal, sie musste weiter. Vielleicht lebte Enrico noch, und Feller hatte ihr das Foto als Ankündigung geschickt. Wenn sie sich nur erinnern könnte, wo es langging. Hör auf, dachte sie, und denk lieber nach. Sie musste sich sammeln und nicht kopflos durch den Wald hasten.

Andrina versuchte Feller aus ihrem Kopf zu verbannen und den Weg zu rekapitulieren, den sie damals gegangen waren. In Gedanken ging sie die Strecke durch. Sie waren von Fellers Haus losgezogen, an dem Parkplatz der Kunsteisbahn vorbei Richtung Schwirrenmattweg spaziert und am Grillplatz beim Häxehüsli vorbeigegangen. Danach waren sie den Waldwegen gefolgt, bis sie ins Unterholz abgebogen waren. Das Unterholz. Pilze waren nicht unbedingt neben den Wegen zu finden. Also zurück und nochmals von vorne – dort, wo der Schwirrenmattweg von der Goldernstrasse abzweigte. Widerwillig kehrte Andrina um.

Es begann zu nieseln. Die ersten Anzeichen des Wetterwechsels, den die Wetterfrösche am Morgen prognostiziert hatten. Ihre Bluse war bald nass und klebte auf ihrer Haut. Andrina verwünschte sich, keine Jacke mitgenommen zu haben. Damals hatte die Sonne geschienen. Die anderen Lichtverhältnisse halfen nicht gerade. Am Waldrand angekommen, drehte Andrina um. Zwei Jogger liefen an ihr vorbei. Sie nahmen keine Notiz von ihr und bogen rechts ab.

Andrina zwang sich, langsam zu gehen, und suchte das Gestrüpp zu beiden Seiten des Weges nach einem Erkennungsmerkmal ab. Nachdem sie einige Minuten gelaufen war, meinte sie, die Stelle zu erkennen, an der sie sich damals in die Büsche geschlagen hatten.

Andrina kämpfte sich durch das Buschwerk und stolperte immer wieder über Wurzeln. Sie blieb stehen und wischte sich den Schweiss von der Stirn. Der Nieselregen verstärkte sich, und sie strich nasse Haarsträhnen aus dem Gesicht. Sie schwitzte und fror gleichzeitig.

Resignation machte sich breit. Sie würde die Stelle nicht finden. Hoffentlich war Susanna jetzt erreichbar. Andrina tastete die Taschen ihrer Jeans nach dem Handy ab, fand es aber nicht. Erschrocken blieb sie stehen und schaute sich um. Sie musste es in die Gesässtasche gesteckt haben, als sie aus dem Haus gerannt war. Wo hatte sie es verloren? Oder lag es noch zu Hause? Andrina versuchte sich zu erinnern, ob sie es eingesteckt hatte oder nicht. Sie konnte es nicht mit Bestimmtheit sagen und fragte sich, was sie tun sollte. Umkehren, um das Handy zu finden, oder weitersuchen? Weitersuchen, beschloss sie. Falls Enrico noch lebte, zählte jede Sekunde. Sie musste darauf vertrauen, dass Susanna inzwischen die Nachricht gesehen und die Info von Feller bekommen hatte.

Ihr Atem hatte sich beruhigt. Ihre Beine aber nicht. Sie zitterten nach wie vor. Darauf konnte sie keine Rücksicht nehmen. Andrina zwang sich zu einem höheren Tempo. Wiederholt blieb sie mit den Stöcken im Gestrüpp hängen. Sie wollte sie aber nicht fortschmeissen, denn sie war fernab der Waldwege noch stärker auf sie angewiesen. Erneut blieb sie hängen und konnte knapp einen Sturz abfangen. Als sie auf den Boden blickte, erkannte sie zu ihrer Verwunderung Reifenspuren. Jetzt nahm sie das Motorengeräusch wahr, das sich langsam entfernte. Hier war vor nicht allzu langer Zeit jemand durchgefahren.

Hier, dachte sie verwundert und schaute sich um. Das sah nicht nach einem Weg aus. Junge Bäume waren umgeknickt. Äste, die von Büschen abgerissen waren, lagen auf dem Boden. Wer hier durchgefahren war, hatte auf die Natur keine Rücksicht genommen. Sie musterte die Reifenspuren und fragte sich, warum jemand quer durch den Wald fuhr. Den Spuren nach zu urteilen, war es nicht nur bei einem Mal geblieben. Waldarbeiter, die Bäume fällen wollten? Keiner der Bäume um sie herum war markiert.

Andrina eilte der Spur entlang weiter.

Nach einigen Metern blieb sie stehen. Einen Pfad, auf dem ein Auto gefahren war, hatte es damals nicht gegeben. Sie musste also falsch sein. Mutlosigkeit schlug über ihr zusammen. Sie würde die Stelle nicht wiederfinden. Sie musste die Suche abbrechen und nach Hause zurück, damit sie mit Susanna telefonieren konnte.

Am besten denselben Weg zurück. Das war einfacher gesagt als getan. Ihr wurde bewusst, nicht zu wissen, wo sie war.

Andrina entschied sich für geradeaus in der Hoffnung, die Spur führe sie zu einem Waldweg. Die Kraft in ihren Beinen liess nach, da das Adrenalin verrauscht war. Andrina kam sich wie eine Schnecke vor. Der Pfad machte eine starke Linkskurve. Unverhofft hörten die Reifenabdrücke auf. Andrina blieb stehen. Hier musste der Fahrer gewendet haben.

Sie hatte die Chance vertan, die Stelle zu finden. Dem nicht genug. Sie war in die falsche Richtung gelaufen, um wieder aus dem Wald zu finden. Dabei hatte sie weitere wertvolle Zeit vergeudet. Gerade wollte sie am Stamm eines Baumes entlang auf den Boden rutschen, als sie gegenüber mitten auf einer kleinen Lichtung einen Baum erblickte, der eigentlich aus drei Stämmen bestand. Sie waren umeinander geschlungen. An den Baum gelehnt stand ein Spaten.

Andrina brauchte einige Sekunden, um zu begreifen, was sie sah. Sie taumelte auf den Spaten zu. Wo war das Kreuz? Gehetzt sah sie sich um. Nichts. Das musste der falsche Ort sein. Aber es konnte unmöglich einen zweiten Baum geben, der so aussah. Andrina schaute an dem Baum vorbei und erstarrte. Das Kreuz steckte im Boden. Genau auf der Fläche, auf der sie damals die Eierschwämme gefunden hatten. Statt des Mooses gab es ein etwa zwei Meter langes und ein Meter breites Rechteck mit frisch aufgeworfener Erde.

«Enrico!»

Schluchzend schwankte Andrina auf das frisch zugeschüttete Grab zu und sank auf den feuchten Boden.

«Bitte nicht», flüsterte sie.

Sie war zu spät. Zu dem Zeitpunkt, als die Aufnahme gemacht worden war, musste Enrico noch gelebt haben. Nun hatte der Mörder ihn verscharrt. Hier im Wald. Vor einigen Minuten. Der Wagen, den sie gehört hatte, musste ihm gehören.

Mit der Hand tastete sie über den Boden und stiess gegen drei Nägel. Sie schob sie zur Seite. Mechanisch begannen ihre Hände in der frisch aufgeworfenen Erde zu graben. Die Bewegungen wurden immer schneller. Andrina schaufelte die lockere Erde zur Seite und stiess nach wenigen Zentimetern auf Holz. Die Hände zuckten zurück, als habe sie sich verbrannt. Andrina starrte das Holz an, das ihr in der kleinen freigelegten Fläche in der dunklen Erde entgegenleuchtete. Sie begann von Neuem mit beiden Händen zu schaufeln und hielt in der Bewegung inne. Der Spaten. Sie richtete sich auf und holte ihn. Nun kam sie schneller voran und legte immer mehr von der Kiste frei.

Nachdem sie ein Viertel freigeschaufelt hatte, musste sie absetzen und nach Atem schöpfen. Es war tatsächlich eine Kiste, die aus Spanplatten bestand. Sie schien grob zusammengezimmert zu sein. Der Deckel, der daraufgenagelt war, stand ein wenig über. Einige Nägel waren krumm geschlagen.

«Enrico», flüsterte sie. Weinkrämpfe schüttelten sie. Sie konnte ihn nicht hierlassen. Er sollte in einem richtigen Grab beigesetzt sein. Andrina wischte mit den dreckverschmierten Händen die Tränen weg, die über ihre Wangen liefen.

Als sie weitergrub, überlegte sie, wie sie es anstellen sollte, Enricos Leiche von hier fortzubringen. Gleich darauf durchfuhr sie ein Schreck. Sie hätte nicht graben dürfen. Das war ein Tatort. Bestimmt hatte sie eine Menge wertvoller Spuren verwischt. Andrina richtete sich auf und stützte sich auf den Spaten. Von weit weg drang ein Motorengeräusch zu ihr.

Andrina stiess den Spaten in die Erde und sank auf die Knie. Sie legte die Hände auf das raue Holz. «Du musst wohl oder übel da drinbleiben», sagte sie mit erstickter Stimme.

Schwerfällig stand sie auf. Sie musste so schnell wie möglich die Polizei verständigen. Am besten folgte sie den Reifenspuren. Andrina hob die Walkingstöcke auf und setzte sich in Bewegung.

«Andrina!»

Andrina fuhr herum. Von wo war der Ruf gekommen? Das klang wie …

«Max?», rief sie. «Sämi? Susanna?» Sie drehte sich einmal um sich selbst. «Ich bin hier!»

«Und ich hier.»

«Ich?» Die Verwirrung nahm zu. Niemand war zu sehen. Wieso klang das so gedämpft?

«Sämi! Max!»

«Andrina! Hier drin.»

«Wo drin?»

«*Qui.*» Andrina senkte den Kopf. Klopfgeräusche kamen aus der Kiste. «Hol mich hier raus.»

«Enrico!»

Sie griff nach dem Spaten und grub so schnell, wie sie konnte. Als sie ein neues Stück freigelegt hatte, musste sie keuchend innehalten.

«Ich weiss nicht, wie ich die Kiste aufbekommen soll.»

«Gibt es einen Hammer oder Stein?»

Das war die Idee. Mit dem Spaten suchte sie eine Stelle, an der sie das Gefühl hatte, dass der Deckel locker darauflag. Sie stemmte ihn in den kleinen Spalt und drückte den Griff nach unten. Ein Knirschen. Der Deckel bewegte sich aber keinen Millimeter.

«Enrico!»

Keine Antwort.

Wieder stiess Andrina die Spatenspitze unter den Deckel in die Ritze. Sie legte ihr ganzes Gewicht auf den Griff. Ein knirschendes Geräusch erklang, und Andrina verlor das Gleichgewicht. Rückwärts plumpste sie auf den Boden. Der Spaten fiel auf sie, und ein Stück Holz flog an ihr vorbei. Als Andrina sich aufrichtete, kam eine Hand aus der Kiste. Auf allen vieren krabbelte sie darauf zu. Ein Teil vom Deckel war abgebrochen. Das entstandene Loch hatte ungefähr eine Grösse von zwanzig Zentimetern.

Andrina ergriff die Hand. Sofort schlossen sich seine Finger um ihre.

«Enrico!»

«Endlich. Langsam wurde die Luft hier drin stickig.»

«Wie kannst du in dieser Situation Witze machen?»

«Ganz einfach, weil ich Luft bekomme. Mach den Deckel auf. Es ist alles andere als gemütlich. Die Kiste ist flach, und es ist eng. Ich kann die Beine nicht anwinkeln und stossen helfen.» Die Hand verschwand in der Kiste. Stattdessen tauchte ein Teil von Enricos Gesicht in der Öffnung auf.

«Du musst auf die Seite rutschen», sagte Andrina und griff nach dem Spaten. «Ich versuche es bei den Beinen.»

Als sie aufstand, traf sie ein harter Schlag am Hinterkopf.

***

Das Pochen des Kopfes war das Erste, das sie registrierte. Als Nächstes spürte sie die raue Oberfläche an der Wange. Die Fläche, auf der sie lag, war kalt und hart. Andrina öffnete ein Auge und musste es gleich wieder schliessen, weil das Licht an der Decke sie blendete und den Kopfschmerz verstärkte. Andrina wollte die Hand heben und gegen die schmerzende Stelle pressen, was nicht ging. Erst jetzt merkte sie, dass sie an Händen und Füssen gefesselt war. Sie lag auf der rechten Seite. Schulter und Hüfte taten weh. Ein neues Pochen gesellte sich zu dem ersten. Erst nach und nach realisierte sie, dass es nicht zu dem Pochen des Kopfschmerzes gehörte, sondern von ausserhalb an ihr Ohr drang. Vorsichtig öffnete Andrina erneut das Auge. Sie musste sich in einem Kellerraum befinden. Der Boden bestand aus Beton. Die Wände waren grauweiss verputzt. Einzelne Schimmelflecken waren zu erkennen. Das musste der Keller sein, in dem das Kreuz die ersten beiden Male fotografiert worden war.

Kreuz. Enrico! Sie presste die Augen zusammen. Er lebte bestimmt nicht mehr.

Das Hämmern wurde lauter, und Andrina fragte sich, woher es kam. Sie versuchte, sich von der schmerzenden Seite auf den Bauch zu drehen, was erst nach dem dritten Versuch gelang. Andrina drehte den Kopf auf die andere Seite und erblickte eine weitere Wand. In der Mitte befand sich eine weisse Holztür. Dahinter war das Gehämmer und Geklopfe zu hören, das zwischendurch aufhörte. Stattdessen vernahm Andrina Stimmen. Was gesprochen wurde, konnte sie nicht verstehen, allerdings meinte sie, zwei Männer auszumachen.

Warum war der Täter zurückgekehrt? Hatte er nachschauen wollen? Wieso?

Der Spaten. Er musste zurückgekehrt sein, weil er den Spaten vergessen hatte.

Sie war so nah dran gewesen, Enrico zu befreien. Bestimmt hatte der Täter ihn wieder begraben. Wie lange reichte der Sauerstoff in so einer Kiste? Sicher nicht lang. Er musste inzwischen tot sein. Sie hatte versagt.

Wieso hatte sie die Person nicht kommen gehört? Andrina musste sich korrigieren. Sie hatte die Person sehr wohl gehört. Das Motorengeräusch. Sie hatte einfach nicht auf die Warnung ihres Unterbewusstseins geachtet und war zu stark auf Enrico fixiert gewesen.

Leere breitete sich in ihrem Inneren aus. Alles fühlte sich dumpf an. Sogar der Schmerz, den die gefesselten Arme in den Schultern verursachten, rückte in den Hintergrund. Sie war schuld an seinem Tod.

Ein Klicken riss Andrina aus ihrer Trauer. Die Tür wurde geöffnet, und in ihrem Blickfeld tauchten vier Beine auf, die in Jeans steckten. Andrinas Blick wanderte nach oben. Die beiden Männer hatten die Arme vor der Brust verschränkt und starrten auf sie herab. Den einen schätzte sie auf Anfang dreissig. Ihn hatte sie bisher nie gesehen. Aber der Ältere kam ihr bekannt vor. Andrina konnte jedoch nicht einordnen, wo sie ihn bereits gesehen hatte. Genauso wenig konnte sie sich an den Namen erinnern.

«Lass mich mit ihr alleine», sagte der Ältere.

Der Jüngere gab ein Brummen von sich, das offenbar bekunden sollte, nicht damit einverstanden zu sein. Der Ältere bedachte ihn mit einem zornigen Blick, worauf sich der Jüngere zurückzog.

Der Ältere zog sich einen Stuhl heran, den Andrina bisher nicht bemerkt hatte.

«Warum tauchst du dort auf?», knurrte er. «Ich dachte, der Platz sei versteckt genug.»

Andrina schwieg. Immer noch gab ihr Gedächtnis den Namen nicht preis. Genauso wusste sie nicht, wo sie ihn angetroffen hatte.

«Ich muss einräumen, ich bin selber schuld. Ich hätte dir das letzte Foto nicht in den Briefkasten legen dürfen. Ich bin davon ausgegangen, die Warnung wäre deutlich genug, es Enrico nicht gleichzutun.» Wovon sprach er? «Er hat seine Nase in Angelegenheiten gesteckt, die ihn nichts angingen. Dafür hat er bezahlt.»

«Warum?», flüsterte Andrina.

Er stand auf und lehnte sich gegen die Wand. Es war, als ringe er mit sich, ob er etwas sagen sollte.

«Was haben Enrico und Köbi getan?»

«Köbi!», schrie der Mann, und Andrina zuckte zusammen. Enricos Entführung hing mit Köbis Verschwinden zusammen. «Er hat mein Leben zerstört!» Er funkelte Andrina an. Auf dem Absatz machte er kehrt und stürmte aus dem Raum. Die Tür flog mit einem Knall zu, und das Klicken des Schlüssels im Schloss erklang. Danach war nichts ausser einem Gehämmere zu hören, zu dem sich das Kreischen einer Säge gesellte.

FÜNFZEHN

Andrina erwachte langsam. Je mehr ihr Bewusstsein an die Oberfläche driftete, desto stärker wurde der pochende Kopfschmerz. Übelkeit gesellte sich dazu. Ihr war kalt. Sie registrierte, auf dem Rücken zu liegen. Ihre Hände waren nicht mehr gefesselt. Sie lagen stattdessen auf ihrem Oberkörper. Gefaltet. Andrina blieb ruhig liegen und nahm einen frischen Holzgeruch wahr. So hatte es gerochen, als Enrico im Gästezimmer einen neuen Einbauschrank zimmern liess.

Als Nächstes fiel Andrina die Ruhe auf. Wohltuende Ruhe nach dem Krach. Sie fragte sich, wie sie es bei dem Lärm geschafft hatte, einzuschlafen. Obwohl es angenehm war, die Hände nicht mehr auf dem Rücken verdreht zu haben, war die Lage nicht bequem. Die Unterlage war hart. Der Kopfschmerz war beinahe nicht auszuhalten. Andrina wollte die Hand heben, um an ihren Kopf zu fassen, stiess aber gegen etwas Hartes.

Sie öffnete die Augen. Schwärze umgab sie. Die Männer hatten das Licht im Keller ausgeschaltet. Sie drehte den Kopf auf die Seite, in der Erwartung, unter der Tür einen Schimmer zu erkennen. Nichts.

Andrina bewegte die Füsse und realisierte, dass sie nicht gefesselt waren. Sie wollte sich aufrichten, stiess aber nach wenigen Zentimetern gegen das Harte, das ihre Hände kurz zuvor berührt hatten. Andrina hob die Hände und tastete die Fläche entlang. Sie war rau. Wie unbehandeltes Holz. Sie fuhr mit den Fingern nach rechts und links. Eine Holzwand. Andrina streckte die Zehen und stiess ebenfalls gegen die Wand. Eine Wand aus Holz. Sie tastete über die Fläche, auf der sie lag. Holz. Rundherum Holz. Eine Kiste? Ein Sarg! Wie bei Enrico. Sie begann stossweise zu atmen. Nicht, schalt sie sich. Sie musste ruhig bleiben. Wenn sie hyperventilierte, würde der Sauerstoff schneller aufgebraucht sein. Andrina zwang sich, ruhiger zu werden, was ihr nur halb gelang. Plötzlich hatte sie das Gefühl, sie würde bewegt. Motorengeräusch, dessen Vibration sie in ihrem Inneren spürte. Sie war noch nicht verscharrt. Erneut tastete sie die Wände ab, in der Hoffnung, einen Spalt zu finden, durch den Sauerstoff ins Innere gelangen konnte. Und tatsächlich bildete sie sich ein, oberhalb ihres Kopfes eine kleine Lücke auszumachen. Sie stiess den Finger in die Öffnung, kam aber nach wenigen Millimetern nicht weiter. Sie zog die Hand zurück und hob den Kopf. Müsste sie dadurch nicht Licht sehen?

Nicht, wenn es Nacht war. Sie würden nicht riskieren, mit ihr bei Tag durch die Gegend zu fahren. Wie war sie überhaupt in den Sarg gekommen? Sie musste die Kiste gesehen haben. Gesehen haben, wie stabil sie war und ob eine Chance bestand, sie aufzustemmen.

Andrina meinte sich zu erinnern, wie der ältere Mann mit einem Glas Wasser zu ihr gekommen war. Dankbar hatte Andrina es in einem Zug ausgetrunken. Kurz danach war ihr schwindlig gewesen. Sie hatte alles wie durch einen Schleier wahrgenommen. Was war weiter geschehen? Richtig, der Ältere hatte die Fesseln abgenommen. Er hatte ihr die Hand gereicht und sie hochgezogen. Als er den Arm um sie gelegt hatte, hatte sie ihn wegstossen wollen, was nicht gelungen war, da ihr Körper ihr nicht gehorchte. Sie wusste noch, wie erstaunt sie gewesen war, aufrecht stehen zu können. Sobald er sie losliess, torkelte sie. Wie wenn sie zu viel Alkohol getrunken hatte. Andrina war sich sicher, es war kein Alkohol in dem Glas gewesen. Da sie unfähig gewesen war, alleine zu gehen, hatte er sie gestützt, als er sie in einen andern Raum geführt hatte. Eine grob gezimmerte Kiste tauchte vor ihrem inneren Auge auf. Sie erinnerte sich an die Angst, die aufgekeimt, aber durch irgendetwas abgedämpft gewesen war. Ihr war bewusst gewesen, dass sie fliehen musste. Stattdessen hatte sie angefangen zu kichern, als er sagte, sie solle dort hineinsteigen. Und danach? Filmriss.

Andrina spürte, wie der Wagen abbog. Der Weg musste

uneben sein, denn sie wurde von rechts nach links und wieder zurück geschleudert. Mehrmals stiess sie mit dem Kopf gegen das Holz. Andrina war klar, wohin er fuhr. Zu dem Ort, an dem er Enrico verscharrt hatte. Tränen traten in ihre Augen. Wenigstens würde sie im Tod neben ihm sein. Sie legte die Hand auf den Bauch. Das Baby. Nein! Andrina begann gegen den Deckel zu schlagen.

«Lasst mich raus!», schrie sie.

Als sie Luft holte, hörte sie einen Fluch. Der Wagen hielt an. Der Motor erstarb.

«Lasst mich raus», wiederholte Andrina und trommelte von Neuem gegen das Holz. Der Sarg bewegte sich. Sie hielt inne.

«Du hast ihr zu wenig gegeben», hörte sie eine Männerstimme. «Die schreit den ganzen Wald zusammen.»

«Hier hört uns keiner. Ausserdem geht ihr bald die Luft aus.»

Angst schnürte Andrina die Kehle zu. Oder war es der bereits einsetzende Sauerstoffmangel? Wie lange war sie in dieser Kiste? Andrina drehte den Kopf in die Richtung, in der sie vorhin den kleinen Spalt ertastet hatte.

Der Sarg wurde unsanft auf den Boden gestellt.

«Du hast nichts vorbereitet.»

«Hätte ich das tun sollen?»

«Ja, verdammt! Ich habe dir gesagt, du sollst das Loch ausheben.»

«Warum soll ich es alleine machen? Wir können das zusammen tun. Zu zweit geht es schneller.»

Ein Fluch, den Andrina nicht verstand. Gleich darauf prallte etwas gegen die Seite der Kiste. Andrina brauchte eine Weile, bis ihr klar war, dass es Erde war. Die beiden hoben ihr Grab aus.

Sie wollte «Nein!» schreien, aber es war nur ein leises Wimmern, das über ihre Lippen drang. Sie dachte an Enrico. Sobald sie unter der Erde war, würde es zu spät sein.

Wie würde es sein, wenn sie erstickte? Andrina war keine

Ärztin und wusste nicht, wie sich Sauerstoffmangel äussern würde. War das schmerzhaft? Sie meinte sich zu erinnern, wie Enrico ihr einmal erzählt hatte, man werde zuerst bewusstlos und sterbe an einer Kohlenstoffdioxidvergiftung. In welchem Zusammenhang er ihr das erzählt hatte, wusste sie nicht mehr.

Neue Erde prallte gegen den Sarg. Sie wollte nicht sterben. Es musste einen Ausweg geben. Zuerst war wichtig, möglichst wenig Luft zu verbrauchen. Dazu musste sie sich entspannen, ruhig atmen und die Panik im Zaum halten. Kein einfaches Unterfangen. Andrina hoffte, sie würden die Kiste ähnlich tief wie Enricos vergraben. Würde es ihr gelingen, den Deckel und die dünne Erdschicht wegzustemmen, wenn sie gegangen waren? Sie versuchte die Beine anzuziehen. Es ging nicht. Sie legte die Handflächen auf die Holzfläche und drückte dagegen. Da die Kiste so flach war, konnte sie nicht genug Kraft entwickeln. Umdrehen und mit dem Rücken dagegenstossen wäre eine weitere Möglichkeit. Auch dazu war zu wenig Platz. Andrina keuchte. Hör auf damit, dachte sie. Du verbrauchst mit den sinnlosen Übungen zu viel Sauerstoff. Sie zwang sich, langsam zu atmen. Schwere machte sich breit.

Laute Stimmen liessen sie hochschrecken. Es gab einen Tumult, dem ein Knall folgte. Etwas Spitzes fiel in ihr Gesicht. Sie wurde hochgerissen und aus dem Sarg gezogen.

Unsanft landete sie auf dem Boden und stiess mit dem Kopf gegen etwas Hartes. Benommen blieb sie liegen.

«Scheisse! Wir sind zu spät.»

Jemand presste seinen Mund auf ihren. Druck von Luft in ihrem Rachen. Ein anderer griff ihre Hand. Ein Druck auf der Innenseite ihres Handgelenks. Andrina öffnete die Augen, musste sie aber gleich wieder schliessen, weil sie geblendet wurde.

«Wir haben sie.» Das war Feller. Schemenhaft konnte sie erkennen, wie er sich über sie beugte. Andrina blinzelte. Sein Kopf schob sich zwischen sie und die Lichtquelle, sodass sein Gesicht im Dunkeln lag. Eine Hand fuhr ihre Wange entlang.

Andrina drehte vorsichtig den Kopf und erkannte Scheinwerfer. Ein paar Meter entfernt standen die beiden Männer. Sie hatten ihre Hände auf dem Rücken gefesselt. Der Ältere schaute in ihre Richtung, bevor er abgeführt wurde. Der Hass in seinem Gesicht war deutlich. Sie liess ihren Blick weiterwandern. Hinter Feller bemerkte sie ein dunkles Loch. Die Grube, die die beiden ausgehoben hatten. Daneben stand das Kreuz. Enricos Grab. Andrina begann zu zittern.

«Wo bleiben die Sanitäter», brüllte Feller.

«Sie kommen gerade», sagte jemand, den Andrina nicht kannte.

SECHZEHN

«Ihrem Baby geht es gut», sagte Dr. Clausen und tätschelte Andrinas Hand.

«Wirklich?» Glauben konnte Andrina es nicht.

Nachdem man sie in der Nacht ins Kantonsspital Aarau gefahren hatte, hatte man sie gleich in die Notaufnahme gebracht. Eine Untersuchung war der nächsten gefolgt. Als man sie auf ein Zimmer gebracht hatte, war Andrina sofort erschöpft eingeschlafen. Sie war erst wenige Sekunden wach, bevor Dr. Clausen, den sie von früher kannte, ins Zimmer gekommen war.

«Ja. Sie beide hatten grosses Glück. Dr. Hefti hat Sie genau untersucht. Glauben Sie unserem Gynäkologen, wenn er sagt, es ist alles in Ordnung. Die Dosis der K.-o.-Tropfen war anscheinend nicht zu hoch – zum Glück.»

Sie war mit Rohypnol gefügig gemacht worden. So war es ein Leichtes, sie zu überzeugen, sich in den selbst gezimmerten Sarg zu legen. Das erklärte, warum Andrina sich nur verschwommen und verzerrt an alles erinnerte und zwischendurch bewusstlos geworden war.

«Sie können nach Hause», sagte Dr. Clausen in ihre Gedanken hinein. Er drückte ihre Hand, bevor er das Spitalzimmer verliess.

Nach Hause, echote es in Andrinas Kopf. Dort wollte sie lieber nicht hin. Vor ihrem Auge tauchte Enricos Grab im Wald auf. Inzwischen musste er in die Rechtsmedizin zur Autopsie gebracht worden sein. Die Polizeibeamtin, die kurz mit ihr gesprochen hatte, bevor man Andrina nach den Untersuchungen auf ihr Zimmer gebracht hatte, und sich nach Andrinas Zustand erkundigt hatte, hatte nichts Weiteres gesagt. Die Beamtin hatte Andrina wissen lassen, dass sie sie gerne später befragen wollte. Bevor Andrina sich hatte erkundigen können, war die Beamtin gegangen.

Andrina stand auf, legte die Hand auf ihren Bauch und trat ans Fenster. Ihr wurde schwindlig, und sie musste sich am Rahmen abstützen. Sie lehnte den Kopf gegen das Glas und blickte auf die Grünfläche. Andrina war dankbar, dass dem Kind nichts passiert war. So würde ihr wenigstens etwas von Enrico bleiben.

Es klopfte.

«Ich habe hier jemanden, der Sie abholen möchte», vernahm Andrina Dr. Clausens Stimme. Sie wandte sich nicht um.

«Sie können zu ihr. Ich habe alles mit Frau Kaufmann besprochen.»

Als sie Schritte vernahm, drehte sie sich um. Ihre Beine drohten einzuknicken. Im letzten Moment konnte sie sich an der Wand abstützen.

«Du?», stammelte sie. «Wie kannst du hier sein, wenn du tot bist?»

Mit wenigen Schritten war Enrico bei ihr. «So ein Blödsinn. Mir ist es nie besser gegangen.» Er zog Andrina an sich. «Hat man dir etwa nichts gesagt?»

Andrina presste ihr Gesicht gegen seinen Hals und dachte dabei an die vergangene Nacht, in der es drunter und drüber gegangen war.

«Nachdem ich untersucht worden bin, hat Herr Häusermann mit mir gesprochen. Er hat mir gesagt, dass du auch im Kantonsspital bist. Als Herr Häusermann fertig war, liefen die Untersuchungen bei dir noch, und später hast du geschlafen.»

Er küsste ihre Haare. Andrina hob den Kopf. Mit der Hand fuhr sie seinen Gesichtszügen nach. Enrico war dünner geworden und das Gesicht kantiger. Er war blass und hatte Ringe unter den Augen. Vermutlich hatte er die Nacht im Spital ausgeharrt und hatte sogar die ganze Zeit an ihrem Bett gesessen, bis Dr. Clausen kam, ohne dass sie es mitbekommen hatte. Ein Lächeln umspielte seine Lippen, als er den Kopf nach unten beugte und sie küsste.

Es kam Andrina wie ein Traum vor, als sie neben Enrico das Gebäude verliess und sich rechts hielt.

In der Nacht war der definitive Wetterwechsel gekommen, der das Sommerwetter beendet hatte. Es hatte geregnet und klarte nun langsam auf. Die Strassen waren nass und die Luft kühl. Das Licht war nicht mehr gleissend hell wie in den vergangenen Tagen, sondern hatte die Milde, die es im Herbst bekam.

Arm in Arm schlenderten sie über das Areal. Nachdem sie sich vom Pflegepersonal verabschiedet hatten, waren sie schweigend mit dem Lift nach unten gefahren und ins Freie getreten. Auch jetzt wagte Andrina das Schweigen nicht zu brechen, da sie Angst hatte, aus diesem Traum aufzuwachen.

«Ich darf nicht daran denken, was alles hätte schiefgehen können», sagte Enrico, als sie auf die Westallee einbogen.

Andrina blieb kurz vor dem Zebrastreifen stehen und schaute auf das Parkhaus auf der anderen Strassenseite. «Wie hast du es geschafft, aus dem Sarg herauszukommen?»

«Du hattest bereits ein Stück vom Deckel weggehebelt. Ich hatte also frische Luft. Nachdem dich Oliver zusammengeschlagen hatte –»

«Oliver?»

«Oliver Bieri», knurrte er. «Er ist seit drei Monaten bei uns als Verkäufer angestellt.»

Jetzt erinnerte Andrina sich, wo sie den Älteren gesehen hatte – bei der Einweihung des Anbaus von JuraMed.

«Soviel ich mitbekommen habe, hat er, nachdem er dich niedergeschlagen hatte, Erde über mich geschaufelt, bevor er mit dir wegfuhr. Ich habe mit meinen Händen das Loch zugehalten, so gut es ging, damit nicht alles reinfiel.» Enrico übte einen leichten Druck auf Andrinas Schulter aus. Sie setzten ihren Weg fort und überquerten den Zebrastreifen. Enrico zahlte das Parkticket. Sie verzichteten auf den Lift und stiegen die Treppe zum obersten Deck des mehrstöckigen Parkhauses hoch.

«Oliver muss es geschafft haben, rechtzeitig mit dir wegzufahren.»

«Rechtzeitig?»

«Bevor die Polizei kam. Du hast Susanna informiert. Als sie dich weder zu Hause noch auf dem Handy erreicht haben, sind sie direkt losgefahren. Marco konnte sich zum Glück an die Stelle erinnern. Bevor sie kamen, konnte ich ein Loch graben und hatte wieder Luft. Die Erdschicht war ja nur wenige Zentimeter dick. Mein Bruder höchstpersönlich hat mir aus der Kiste geholfen.» Enrico schnitt eine Grimasse. «Ausgerechnet Marco rettet seinen nicht über alles geliebten Bruder. Woher wusstest du überhaupt, wo du suchen musstest?»

«Ich kannte die Stelle wie Marco von früher.»

«Leider kamen sie zu spät, um Oliver daran zu hindern, mit dir wegzufahren. Keiner wusste, wo er dich hingebracht hatte. Marco ging davon aus, dass Oliver nicht zu sich nach Hause fuhr. Herr Wagner stellte einen Beamten zur Überwachung der Lichtung ab und gab Olivers Geländewagen zur Fahndung raus. Nachdem sie mich befreit hatten, deckten sie mein Grab zu und richteten es so her, wie es ursprünglich war.»

«Zum Glück hatte Marco recht mit seiner Vermutung, dass Herr Bieri mich an den Ort bringt, an dem er dich verscharrt hat», sagte Andrina.

«Es war ein Risiko, dass er das nicht tat. Das wussten alle. Die Polizei stufte die Chance als gering ein, dass Oliver nochmals zurückkehrte, aber sie hatten keine andere Wahl.» Enrico entriegelte den Wagen. Sie stiegen ein.

«Warum haben sie so ewig gewartet, bis sie eingeschritten sind? Mir kam es wie Stunden vor», sagte Andrina.

«Soviel ich weiss, ging es schnell. Das kam dir wahrscheinlich nur so vor. Das Zugriffteam hielt Abstand zu der Stelle. Oliver sollte nicht alarmiert sein, falls er kam.» Enrico fuhr rückwärts aus der Parklücke und über die Rampen nach unten.

«Was ist mit Köbi und Aurélie? Hat Herr Bieri Köbi auch vergraben?»

«Oliver hat der Polizei gesagt, wo er Köbi vergraben hat. Bei Aurélie überstieg es seine Kapazitäten, und er legte sie im

Wald direkt hinter dem Parkplatz der Kunsteisbahn ab. Dort hat ein Jogger sie gefunden. Schliesslich war er dabei, einen Sarg für mich zu bauen, und suchte das Material zu diesem Zeitpunkt zusammen. Währenddessen hat er mich in diesen Keller gesperrt.»

«Daher hat es so lange gedauert?»

«Richtig. Offenbar ist von meinem Sarg genug Material für dich übrig geblieben.» Er schob das Parkticket in die vorgesehene Öffnung, und die Schranke hob sich. Enrico hielt sich rechts und stoppte vor dem Zebrastreifen, um zwei Frauen die Strasse überqueren zu lassen. An der nächsten Strasse bog er rechts ab.

In der Bachstrasse gingen Mütter mit ihren Kindern spazieren. Ein Bub fuhr in Schlangenlinien auf dem Laufvelo voraus. Seine Mutter ermahnte ihn, damit er am Rand anhielt und Enrico an ihnen vorbeifahren konnte. Er überholte zwei Velofahrer. Vier Enten landeten auf dem Stadtbach. Eine friedliche Szene, die angesichts der vergangenen Ereignisse unrealistisch wirkte. Vor dem Brügglifeldstadion bog er wieder rechts ab.

«Warum hat er dich überhaupt entführt?», fragte Andrina.

«Meine Nachforschungen gefielen ihm nicht. Nach Uelis Verplappern wegen der Kündigung habe ich ihnen natürlich gesagt, dass ich Köbi suchen werde und alles daransetze, mit ihm zu reden. Als ich an dem Morgen, bevor ich in die Ostschweiz wollte, früh ins Büro kam, um die Unterlagen zu holen, wunderte ich mich, weil der Alarm ausgeschaltet war. Der Mann von der Sicherheitsfirma hatte mir auf dem Parkplatz erzählt, dass er das Gebäude verlassen und den Alarm wieder eingeschaltet hatte. Umso erstaunter war ich, als ich im Gang auf Oliver traf. Er war erschrocken. Als ich ihn fragte, warum er um diese Uhrzeit da war, druckste er herum. Er meinte, er müsse mir dringend etwas zeigen. Ich habe den Schlag nicht kommen gesehen.» Enrico berührte eine Stelle am Hinterkopf. «Später hat er den Tesla in die Garage gefahren, damit er nicht vor dem Gebäude stand und sich nicht alle wunderten.»

«Warum kam es dir seltsam vor, Herrn Bieri dort anzutreffen? Er konnte mit dem Badge rein.»

«Wie du weisst, kann er damit die Alarmanlage nicht deaktivieren, die um diese Uhrzeit eingeschaltet ist. Den Code kennt er nämlich nicht, und er hätte um diese Uhrzeit einen Schlüssel gebraucht, den er ebenfalls nicht besass.»

«Wie ist er hineingekommen?»

«Lass mich ausholen. Ihm war klar, nicht ausserhalb der Bürozeiten mit dem Badge reinzukommen. Wie das Alarmsystem funktionierte, wusste er zu diesem Zeitpunkt nicht. Oliver war erst drei Monate bei uns und meistens als Aussendienstmitarbeiter unterwegs. Er versuchte es mit dem Einbruch, was misslang. Als alle über den Einbruch redeten, kam zur Sprache, wie das Abschalten der Anlage funktionierte. Den Schlüssel fand er an Köbis Schlüsselbund, den er ihm abgenommen hatte. Von irgendwoher wusste er, dass ich die Codes bei mir zu Hause aufbewahre.»

«Daher der Einbruch bei uns?»

«Ja. Das Glück war auf seiner Seite, weil er ihn recht schnell fand. Er hat ihn abfotografiert. Somit fehlte nichts, und er hatte freien Zutritt in die Firma.»

«Ich verstehe aber nicht, warum er so früh bei JuraMed sein wollte», sagte Andrina. «Tagsüber hätte er es einfacher haben können.»

«Er befürchtete, es könnten sich Hinweise in Köbis Büro befinden, die in einem Zusammenhang zu ihm stehen würden. Tagsüber hat er es ein- oder zweimal versucht, aber das Risiko war zu gross, überrascht zu werden, wenn er Köbis Zimmer durchsuchte. Daher wollte er richtig nachschauen, wenn keiner da war.»

«Was für Hinweise? Und warum Köbi?»

«Das ist eine lange Geschichte.» Enrico hielt vor der Garage an. Lass uns erst einmal reingehen.»

Enrico setzte sich in den Hängekorb. Er zog Andrina auf seinen Schoss. Sie legte ihren Kopf gegen seine Schulter und schloss die Augen. Sie schwangen eine Weile hin und her und genossen die Anwesenheit des anderen.

«Wer war das, der angerufen hat?», brach Andrina das Schweigen nach einer Weile. Kaum hatten sie das Haus betreten, hatte das Telefon geklingelt.

«Sergio. Er möchte heute Abend vorbeikommen und sich verabschieden, bevor er nach Italien zurückfährt. Er ist froh, dass es uns gut geht.»

Neues Schweigen setzte ein. Dieses Mal war es Enrico, der es beendete. «Bei Olivers Frau wurde vor längerer Zeit Krebs diagnostiziert. Sie war übrigens die Tote, die die Polizei in Köbis Kofferraum gefunden hat.»

«Was?» Andrina richtete sich auf.

«Die Behandlung schlug zuerst an», fuhr Enrico fort. «Als sich ihr Zustand später erneut verschlechterte, wollte sie keinen Arzt mehr aufsuchen. Sie wollte die Behandlung kein zweites Mal durchmachen. Den Tod vor Augen musste sie den Wunsch gehabt haben, sich die Last von der Seele zu reden. Während ihrer Ehe hatte sie wiederholt Affären, die Oliver nie mitbekam. Aus einer dieser Affären ist sein Sohn hervorgegangen.»

«Du willst sagen, Herr Bieri ist sein Leben lang betrogen worden, und am Ende schob sie ihm das Baby unter?»

Enrico nickte.

«Willst du ausserdem sagen, Köbi ist der Vater dieses Kindes?»

«Genau. Ausgerechnet er. Sie kannten sich von der Schule. Oliver war der Aussenseiter dort. Er tat alles, um von der Clique aufgenommen zu werden. Er bewunderte nämlich Köbi. Die Clique trieb jedoch ihren Spass mit ihm und demütigte ihn, wo sie konnte. Das Ganze gipfelte darin, dass Köbi Oliver seine erste richtige Freundin abspenstig gemacht hatte.»

«Als Aussenseiter hatte er eine Freundin?», fragte Andrina erstaunt.

«Sie ging nicht auf dieselbe Schule. Köbi und seine Clique

bekamen Wind davon, und der Plan war gefasst. Als Oliver von seiner späteren Frau die Affäre mit Köbi erfuhr, ist ihm die Sicherung durchgebrannt. Er liebte seinen Sohn über alles, und nun war es plötzlich nicht sein Kind, sondern das seines Peinigers aus der Jugendzeit. Oliver hat seine Frau getötet und sie in der Gefriertruhe im Keller gelagert. Der ursprüngliche Plan war, den Mord Köbi, in Form eines gemeinsamen Suizids, anzuhängen. Er wollte es so erscheinen lassen, dass Köbi erst Olivers Frau getötet und danach sich selbst gerichtet habe. Das sollte die Rache für alles sein, was er ihm angetan hatte. Allerdings funktionierte das nicht, wie er bald darauf merkte. Erst musste er eine Gelegenheit finden, Köbi zu töten und es gleichzeitig wie Selbstmord aussehen zu lassen. Das Ganze brauchte also Vorbereitung. Seine Frau war bereits tot, und der Rechtsmediziner hätte die unterschiedlichen Todeszeitpunkte, die bei einem gemeinsamen Suizid nicht allzu lange auseinander sein durften, festgestellt.»

Andrina schauderte. «Wunderte sich keiner, als Olivers Frau plötzlich weg war?»

«Oliver hat allen erzählt, sie sei im Ausland in Behandlung. Das wurde ihm offenbar abgenommen.»

«Ich verstehe nicht, warum er seine Frau in der Gefriertruhe lagerte, nachdem er bemerkt hatte, sein Plan gehe nicht auf. Wie passte sie überhaupt in die Gefriertruhe hinein?»

«Olivers Frau war klein. Die Truhe steht bei Köbi im Keller.»

«Damit versuchte er, Zeit zu gewinnen? Er hätte einen Arzt rufen und sich für Köbi etwas anderes ausdenken können. Immerhin hatte sie Krebs.»

«Diesen Zeitpunkt hat er verpasst. Er befürchtete, der Arzt könnte stutzig werden. Oliver hatte die Tat nicht geplant. Es war eine Affekthandlung. Ihm wurde nach dem Ersticken seiner Frau klar, dass er es überlegter hätte angehen sollen.»

Ein weiterer Schauer durchlief Andrinas Körper.

«Ihn störte es zudem, dass seine Frau einen schnellen Tod

gefunden hatte», fuhr Enrico nach einer Weile fort. «Der von Köbi sollte langsamer sein.»

«Willst du sagen, er hat ihn wie uns lebendig begraben?»

«Ja. Nur ihm kam keiner zu Hilfe.»

«Wo hat er ihn vergraben?»

«Die Stelle ist nicht weit von unserer entfernt. Das Tragische ist, Köbi hat Oliver selber eingestellt. Es gab keinerlei Anzeichen für die Tat. Im Gegenteil. Nach aussen hin kamen die beiden wunderbar miteinander aus. Ich denke, sie haben über damals gesprochen, und Köbi hat sich entschuldigt. Ausserdem wusste er nichts von der Existenz seines Sohnes. Ich vermute, er war sich nicht bewusst, mit wem er eine kurze Affäre gehabt hatte. Wenn ich das richtig verstanden habe, hat Olivers Frau die Affäre beendet, bevor sie wusste, dass sie schwanger war.»

«Du willst damit andeuten, Köbi hatte keine Ahnung, was passieren würde?»

«Für ihn war Vergangenheit Vergangenheit und Gegenwart Gegenwart. Daher ahnte er auch nicht, was Oliver plante. Gemäss Polizei hat er mit Köbi abgemacht und ihn am Wochenende entführt. Er nötigte ihn, sich am Montag krankzumelden, und später zwang er ihn, die Kündigung zu schreiben.»

«Warum?»

«Oliver wollte Köbi damit zusätzlich demütigen», erwiderte Enrico.

«Hatte Herr Bieri keine Angst, jemand könnte die Kündigung hinterfragen?»

«So weit hat er nicht gedacht. Ausserdem wusste er nichts von unserer Freundschaft.»

Andrina senkte den Kopf und betrachtete ihre Hände. «Warum musste Aurélie sterben?»

«Oliver wusste von Köbis Schwester und wie nahe sich die beiden standen. Er befürchtete, er könnte ihr von dem Wiedertreffen erzählt haben und sie würde das der Polizei nach seinem Verschwinden melden. Sie wusste, was ihr Bruder damals getrieben hat. Wenn sie der Polizei davon berichtete, wäre Oliver als potenzieller Täter befragt worden.»

«Als er dich bei JuraMed traf, warst du der Nächste, der unangenehme Fragen stellen würde.»

«Richtig. Er behielt dich im Auge, nachdem er mich entführt hatte. Die Fotos sollten eine Art Warnung darstellen.»

«Das verstehe ich nicht. Nach dem Erhalt der Fotos musste er damit rechnen, dass ich erst recht zur Polizei ging.»

«Bitte frage mich nicht, was genau in seinem Kopf vor sich ging. Ich denke, er war mit der Sache überfordert. Als Aurélie zu dir kam, befürchtete er, sie könnte tatsächlich Vermutungen haben. Das Risiko war ihm zu hoch.»

«Mit der Sorge hatte er offenbar recht. Hat man den Stick gefunden?»

«Der ist nach wie vor verschwunden. Gemäss Polizei hat Oliver ihn fortgeschmissen. Er schweigt, welche Informationen er enthielt. Wir werden vermutlich nie erfahren, was darauf gespeichert war.»

Schweigend schaukelten sie eine Weile.

«Ich finde es heftig, erfahren zu müssen, sein ganzes Leben betrogen worden zu sein, nachdem man die Vergangenheit, in der man Opfer von Mobbing war, hinter sich gelassen hatte», nahm Andrina das Gespräch wieder auf. «Muss man aber so darauf reagieren? Ich kann nachvollziehen, wie für Oliver die Welt zusammengebrochen ist.»

Enrico wischte eine Haarsträhne zur Seite, die sich aus Andrinas geflochtenem Zopf gelöst hatte.

«Aber gleich zu einem Mörder werden?» Andrina nahm seine Hand. «Das geht über meine Vorstellungskraft hinaus. Wer ist der Mann, der Oliver geholfen hat?»

«Köbis Sohn», antwortete Enrico.

«Wieso hat ausgerechnet er bei den Morden mitgemacht?»

«Soviel ich bisher erfahren habe, hatten die beiden ein gutes – inniges Verhältnis. Dem Sohn muss es ebenfalls den Boden unter den Füssen weggezogen haben, weil der Vater, den er vergötterte, nicht sein leiblicher Vater war. Ich denke, er wollte alles für Oliver tun. Vielleicht erfahren wir irgendwann die wahren Beweggründe.»

«Hätte seine Frau nicht ihr Gewissen erleichtern müssen, wäre nichts passiert», murmelte Andrina.

Enrico verlagerte sein Gewicht, und der Korb schwang stärker hin und her. «Lass uns das Thema wechseln.»

Gerne, dachte Andrina. Sie wünschte sich Abstand zu den Ereignissen, die in dem milden herbstlichen Licht irreal wirkten. Ihr war klar, die letzten Wochen nicht von heute auf morgen in den Hintergrund verbannen zu können. Trotzdem hoffte sie, die Normalität des Alltags und das Zusammensein mit Enrico würden helfen. Sie legte den Kopf zurück an die Schulter und wünschte, der Frieden, den Enricos Garten ausstrahlte, würde auf sie übergehen.

«Moment», sagte Enrico. Er machte einige Verrenkungen.

«Was tust du?» Andrina musste kichern. «Wenn du weiter so zappelst, werde ich seekrank und falle am Ende aus dem Korb.» Sie richtete sich auf und stützte sich an Enricos Schultern ab.

Enrico holte einen kleinen Gegenstand aus seinem Hosensack und hielt die Faust zwischen sie.

«Es gibt da was, über das ich mit dir reden möchte.» Er öffnete die Hand, und Andrina starrte auf den schmalen goldenen Ring mit dem eingravierten Muster, das die Form von unregelmässigen Wellen hatte. Sie wich ein Stück zurück und hätte beinahe das Gleichgewicht verloren. Im letzten Moment konnte sie sich an den geflochtenen Stäben festhalten.

Enrico war ihre Reaktion nicht verborgen geblieben, und er zögerte, bevor er mit dem Sprechen anfing. «Den Ring habe ich gekauft, nachdem du mir von unserem Baby erzählt hast. Ich weiss, du hast immer gesagt, du möchtest es langsam angehen und nichts überstürzen. Bisher habe ich es geschafft, dich nicht zu drängen. Zumindest glaube ich das. Normalerweise hätte ich dich jetzt nicht gefragt und ein wenig gewartet, bis wir uns an unser Zusammenleben gewöhnt haben. Doch die Sache mit Köbi hat mir gezeigt, wie schnell es vorbei sein kann – heute oder morgen. Da sollte man gewisse Dinge nicht aufschieben.»

Seine Hand zitterte leicht, als er Andrina den Ring auf der

Handfläche hinhielt. Andrina war sich bewusst, ihn wie ein verschrecktes Reh anzustarren. Es gelang ihr nicht, ihren Gesichtsausdruck in einen nichtssagenden zu ändern.

Enrico nahm Andrinas Hand und legte den Ring hinein. «Machen wir es so: Wenn du das Gefühl hast, es ist an der Zeit, gib mir ein Zeichen. Bewahre in der Zwischenzeit den Ring gut auf.» Kaum hatte er das gesagt, versteifte er sich. «Wir haben Besuch.»

Andrina drehte sich um und sah Feller über die Wiese auf sie zukommen. Er hatte eine Flasche Wein unter dem Arm und hielt einen Blumenstrauss in der Hand.

Andrina rutschte von Enricos Schoss und steckte sich aus einem Impuls heraus den Ring an den Finger. Enrico erhob sich ebenfalls.

Als Feller bei ihnen angekommen war, legte Enrico den Arm um Andrinas Schultern. Seine Anspannung war deutlich.

«Es tut mir leid, wenn ich einfach so hier hereinspaziere», sagte Feller anstatt einer Begrüssung. «Ich habe geklingelt, aber ihr habt nicht aufgemacht. Logisch.» Er machte eine Handbewegung, die den Garten einschloss.

Schweigen stellte sich ein.

Feller wirkte auf einmal wie ein Schuljunge, der unbedingt etwas loswerden wollte, aber nicht wusste, wie er das genau tun sollte.

«Es wird für mich immer schwer sein, euch zusammen zu sehen. Daran werde ich nichts ändern können.» Er senkte kurz den Kopf. «Mich hat dieser Fall etwas gelehrt. Man soll nicht nachtragend sein und die Prioritäten auf wichtigere Dinge setzen. Das wäre ein, wie soll ich sagen, normaler Umgang miteinander.» Er machte eine neue Pause. «Während der Ermittlungen ist einiges nicht so gelaufen, wie es sollte.» Er schaute Andrina an.

Sie las Schmerz in seinen Augen und brauchte eine Weile, bevor sie verstand, worauf er anspielte. Sie machte einen Schritt zurück, als sie an seinen Kussversuch vor Köbis Wohnung dachte. Enrico zog sie ein Stück dichter zu sich heran.

«Das tut mir leid.» Feller reichte Andrina den Blumenstrauss. Seine Finger streiften ihre. Etwas blitzte in Fellers Augen auf, das im Widerspruch zu dem Gesagten stand. Er bereute den Kuss nicht. Von seiner Seite war es nicht vorbei. Andrina zog ihre Hand mit einem Ruck zurück.

Verwirrt schaute Enrico von Andrina zu Feller und zurück. Deutlich hing die Frage in der Luft, was geschehen sei. Als keiner sprach, nahm er die Flasche, die Feller ihm hinhielt.

«Schauen wir, wo es hinführt», sagte Enrico. Die Bitte an Feller, zu gehen, hing deutlich in der Luft.

«Danke. Jetzt lasse ich euch alleine.» Fellers Abgang wirkte fluchtartig. Enricos Distanz war ihm offenbar nicht verborgen geblieben.

Bevor Feller um die Hausecke bog, schaute er zurück und hob kurz die Hand.

Leicht raschelte der Wind im Laub der Bäume. Eine Türkentaube liess sich in den Ästen nieder und gurrte. Eine Amsel hüpfte über die Wiese, offenbar auf der Suche nach einem Wurm. Das wirkte friedlich, wenn nicht die Anspannung gewesen wäre, die sich mit Fellers Auftauchen eingestellt hatte und die weiterhin in der Luft lag.

«Und nun?», fragte Andrina, als sie das Schweigen nicht mehr ertragen konnte.

«Ich weiss nicht, wie es mit dir ist», sagte Enrico betont locker. «Ich habe einen riesigen Hunger.»

«Ich auch. Und ausnahmsweise ist mir nicht schlecht.» Zu Andrinas Erleichterung wich die Anspannung.

«In dem Fall sollten wir es ausnutzen.»

Arm in Arm schlenderten sie auf das Haus zu. Auf halbem Weg blieb Andrina stehen.

«Sì», sagte sie mit Nachdruck.

«Sì?», fragte Enrico.

Anstelle einer Antwort hob Andrina die Hand hoch, an deren Ringfinger sie den Ring gesteckt hatte.

Glossar

1. August – Schweizer Nationalfeiertag
Apéro – geselliger Umtrunk
Badi – Freibad
Coiffeur – Friseur
Couvert – Briefumschlag
Eierschwämme – Pfifferlinge
Fisch-Chnusperli – Fischfilets in einem Teig, frittiert
Hosensack – Hosentasche
Jass – beliebtes Schweizer Kartenspiel
Kittel – Anzugjacke
Lavabo – Waschbecken
Pikett – Bereitschaftsdienst
Plättli – Fliesen
Poulet – Hühnchen
Rossschwanz – Pferdeschwanz
Schinkengipfeli – kleine Schinkenkrapfen, Blätterteiggebäck mit Schinkenfüllung
Store – Rollladen, Jalousie
tüppig – schwül
Velo – Fahrrad
Wähe – flacher Kuchen mit süssem oder salzigem Belag

Ina Haller
TOD IM AARGAU
Broschur, 224 Seiten
ISBN 978-3-95451-076-4

«Man nehme eine grosse Portion Krimispannung und Romantik, verfeinere sie mit einer Prise Kultur, hebe etwas Lokalkolorit darunter und garniere das Ganze mit einer attraktiven Protagonistin, fertig ist: ‹Tod im Aargau›.» Aargauer Zeitung

Ina Haller

GIFT IM AARGAU

Broschur, 240 Seiten

ISBN 978-3-95451-264-5

«Romantisch, ergreifend, spielerisch: Ina Haller versteht es, mit Emotionen zu spielen, mit denen der Figuren ebenso wie mit denen der Leser.» Kultur-Artour

www.emons-verlag.de

Ina Haller

DER METZGER VON AARAU

Broschur, 224 Seiten

ISBN 978-3-95451-483-0

In Aarau wird eine Anschlagserie auf Supermärkte verübt. Gleichzeitig erhält der Verlag, für den Andrina arbeitet, Postsendungen mit abgehackten Händen. Die Kantonspolizei unter der Leitung von Marco Feller steht vor einem Rätsel, noch dazu verschwindet eine Polizeibeamtin spurlos. Dann gerät Andrina ins Visier des Täters, und der Polizei droht endgültig die Zeit davonzulaufen …

www.emons-verlag.de

Ina Haller

DER FLUCH VON AARAU

Broschur, 288 Seiten

ISBN 978-3-7408-0284-4

Andrina Kaufmann steckt in ernsthaften Schwierigkeiten: Nachdem sie und ihr Verlobter Marco Feller eine Beziehungspause eingelegt haben, wird sie bewusstlos neben der Leiche einer jungen Frau gefunden. Als Andrina erwacht, kann sie sich an nichts erinnern. Ist sie die Täterin? Kurz darauf überlebt sie nur knapp einen Mordanschlag. Wer ist hinter ihr her? Und vor allen Dingen: Warum?

www.emons-verlag.de